HEYNE BÜCHER

W0267652

Fantasy

Herausgegeben von Wolfgang Jeschke

Aus der SAGA VON DRAY PRESCOT erschienen in der Reihe HEYNE SCIENCE FICTION & FANTASY:

1. Roman: Transit nach Scorpio · 06/3459
2. Roman: Die Sonnen von Scorpio · 06/3476
3. Roman: Der Schwertkämpfer von Scorpio · 06/3488
4. Roman: Die Armada von Scorpio · 06/3496
5. Roman: Der Prinz von Scorpio · 06/3504
6. Roman: Die Menschenjäger von Antares · 06/3512
7. Roman: In der Arena von Antares · 06/3534
8. Roman: Die Flieger von Antares · 06/3547
9. Roman: Die Waffenbrüder von Antares · 06/3567
10. Roman: Der Rächer von Antares · 06/3585
11. Roman: Die fliegenden Städte von Antares · 06/3607
12. Roman: Die Gezeiten von Kregen · 06/3634
13. Roman: Die Abtrünnigen von Kregen · 06/3661
14. Roman: Krozair von Kregen · 06/3697
15. Roman: Geheimnisvolles Scorpio · 06/3746
16. Roman: Wildes Scorpio · 06/3788
17. Roman: Dayra von Scorpio · 06/3861
18. Roman: Goldenes Scorpio · 06/4296
19. Roman: Ein Leben für Kregen · 06/4297
20. Roman: Ein Schwert für Kregen · 06/4298
21. Roman: Ein Schicksal für Kregen · 06/4357
22. Roman: Ein Sieg für Kregen · 06/4358
23. Roman: Die Bestien von Antares · 06/4359
24. Roman: Der Rebell von Antares · 06/4394
25. Roman: Die Legionen von Antares · 06/4395
26. Roman: Die Verbündeten von Antares · 06/4396
27. Roman: Die Labyrinthe von Scorpio · 06/4472
28. Roman: Delia von Vallia · 06/4510
29. Roman: Die Feuer von Scorpio · 06/4511
30. Roman: Die Klauen von Scorpio · 06/4554
31. Roman: Die Masken von Scorpio · 06/4593
32. Roman: Seg der Bogenschütze · 06/4624
33. Roman: Die Werwölfe von Kregen · 06/4642
34. Roman: Die Hexen von Kregen · 06/4675
35. Roman: Sturm über Vallia · 06/4717
36. Roman: Die Omen von Kregen · 06/4789 (in Vorb.)

Weitere Bände in Vorbereitung

ALAN BURT AKERS

Sturm über Vallia

Fünfunddreißigster Roman
der Saga
von Dray Prescot

Deutsche Erstausgabe

Fantasy

WILHELM HEYNE VERLAG
MÜNCHEN

HEYNE SCIENCE FICTION & FANTASY
Band 06/4717

Titel der amerikanischen Originalausgabe
STORM OVER VALLIA
Deutsche Übersetzung von Thomas Schlück
Das Umschlagbild schuf Janny Wurts
Die Karte zeichnete Erhard Ringer

Umschlaggestaltung nach einem Motiv
von Vicente Segrelles/Norma
durch Atelier Ingrid Schütz, München

Redaktion: Friedel Wahren

Printed in Germany 1990
Satz: Schaber, Wels
Druck und Bindung: Ebner Ulm

ISBN 3-453-04302-2

VORBEMERKUNG

Sturm über Vallia ist eine in sich abgeschlossene Geschichte aus dem prächtigen und geheimnisvollen, aus dem wunderschönen und schrecklichen Kregen, von einem Planeten, der vierhundert Lichtjahre von der Erde entfernt den Stern Antares umkreist. Auf jener abenteuerreichen Welt ist viel zu gewinnen und ebensoviel zu verlieren. Zum Siegen ist dort weitaus mehr als ein kräftiger Schwertarm erforderlich. Wer erfolgreich sein will, braucht weitaus mehr als einen schlauen, raffinierten Verstand.

Drak, Prinz Majister von Vallia, Sohn Dray Prescots und Delias, des Herrscherpaares von Vallia, Königin Lushfymi aus Lome, eine rätselhafte, leidenschaftliche, willensstarke und außergewöhnlich schöne Frau, sowie Silda Segutoria, Tochter Segs und Thelda Segutorios, sind in einem Netz aus Schicksal und Intrigen, aus Blut und Tod gefangen — eine Herausforderung, die die Beteiligten bis zum Letzten in Anspruch nehmen wird.

Die Geschichte beginnt aber mit Lon den Knien, einem Tierwärter, der, von der Hege und Pflege seiner Haustiere fortgerissen, in der Siegesparade Kov Vodun Allorans mitmarschiert, des verräterischen und anmaßenden Herrschers im weiten Südwest-Vallia.

Unter dem strahlenden, vermengten Licht der Sonnen von Scorpio verwebt sich das Schicksal dieser Menschen mit dem Geschick des exotischen Kregens.

— Alan Burt Akers

sonnen-
meer
nord-
turismond
wlocleF
cyphrenmeer
unwirtliche
gebiete
vallia
binnenmeer
wiomox
marschmeer
meer
der schwerter
hoboling
süd-
turismond
walfarg
donengil
zim strom
chem
äusserer
ozean
loh
süd-lohisches
meer
ozean des
zweifels

KREGEN

esthes
mehzta
chuliks
ntal
südlicher ozean
biere
amal
lfar
hyrklana

1

In Vodun Allorans Siegesprozession schritten die wilden Tiere unmittelbar vor den Wagen aus, die mit Trophäen und Schätzen überladen waren, davor bewegten sich die Gefangenen. Die wilden Tiere, die man mit Umsicht zusammengesucht hatte, boten eine reiche Vielfalt der Formen und Farben. Eines hatten sie allerdings gemeinsam: sie waren hungrig.

Hinter der übelriechenden Horde Raubtiere in ihren Käfigwagen marschierte Lon die Knie, der seinen Spitznamen dem Umstand verdankte, daß seine gekrümmten Beine ohne weiteres ein Faß hätten umschließen können. Er war ein Homo Sapiens und trug rauhgewebte Kleidung und ordentliche Sandalen an den Füßen. Der lange Stock in seiner Hand war vielleicht spitzer zugefeilt, als die Machthabenden es bei einem Tierpfleger geduldet hätten, wäre ihnen der Umstand bekannt gewesen.

»Sie sind unruhig, die elenden Monstren«, sagte Fandy, die neben Lon ging.

Sie schwenkte den Stab nicht gegen das Tier im Käfig, für das sie und Lon verantwortlich waren. Als Fristle, als Katzenfrau hatte Fandy die Rute borstiger Schnurrbarthaare vorzuweisen, und wo immer der allgegenwärtige Staub es zuließ, schimmerte ihr Fell graumarmoriert.

»Man hätte ihnen zu fressen geben sollen.« Lons Nase war angefüllt mit dem schweren, penetranten Tiergestank. Der Lärm, der durch die helle Luft hämmerte, beschränkte das Gespräch auf den engsten Umkreis. »Der Herr spart Geld, wo er es sich am wenigsten erlauben könnte.«

Dem Zug voraus ritten Kavallerieschwadronen und bahnten einen Weg durch die Menschenhorden auf den Straßen Rashumsmots, eines Ortes, der sehr an Bedeutung gewonnen hatte, seit die Hauptstadt Rahartium im Krieg stark beschädigt worden war. Den Tieren folgten laut spielende Kapellen und durchsichtig gekleidete Mädchen, die Blumen in den Haaren trugen und überhaupt ganz mit Blüten behängt waren. Sie bestreuten den Weg mit den bunten Blättern. Erst nach all diesem pompösen Prunk kamen die Mächtigen des Landes geritten; arrogant saßen sie in den Sätteln und genossen Reichtum, Macht und Prestige.

Fandy die Rute warf Lon aus den Augenwinkeln einen Blick zu; sein rötliches Gesicht war mürrisch verzogen und wirkte bleicher als sonst, von der unverändert roten Nase zogen sich tiefe Furchen zu den Mundwinkeln, die untypischerweise an eine zugeschnappte Rattenfalle erinnerten. Sie verstand sich darauf, die Gesichter anderer Rassen zu deuten — diese Fkeit brauchte auf Kregen jeder, der überleben wollte.

»Lon! Du fühlst dich nicht ...?«

»Ach, ich weiß nicht, Fandy. Wir sind doch ganz normale Tierpfleger; solche Ungeheuer liegen mir nicht. Außerdem mache ich mir wegen Nol Sorgen — für einen Zwillingsbruder ist er mir dermaßen unähnlich, daß mir manchmal so sonderbare Gedanken kommen ...«

»Zwillinge von verschiedenen Vätern?« Fandy ließ ihren langen, dicken Schwanz herumschnellen, der an den Stellen, wo er nicht matt von Staub verdeckt war, hell schimmerte. »So etwas wurde schon behauptet. Ich weiß nicht recht ...«

Die Kapellen spielten, die Zuschauer brüllten, die Soldaten marschierten, Trompeten erschollen, und die wilden Tiere streiften mit gesträubtem Fell in ihren Käfigen vor und zurück, vor und zurück.

»Nun ja, Nol, der die Schultern eines Schlingenwerfers besitzt, hat sich als Söldner verdingt. Mich hat man in die Kavallerieställe übernommen. Er kämpfte für unsere Herrin, die Kovneva, und als der neue Kov sie besiegte ...«

»Du bist hier, Lon. Er kommt schon durch, keine Sorge.«

»Ich bete zu Opaz, daß du recht hast. Ich habe nur so ein Gefühl ... beim Schwarzen Chunkrah! Ich wünschte, die verdammte Prozession wäre endlich vorbei!«

Die Straße wies an dieser Stelle viele Löcher auf, waren doch zahlreiche Steine für Katapulte herausgerissen worden, und die Räder der Käfigwagen hüpften quietschend durch die Vertiefungen und Rillen.

Inmitten der staunenden Menge, das wußte Lon, waren seine Freunde und Bekannten am Werk. Mit armen Leuten gaben sie sich nicht ab, sondern konzentrierten sich auf die Dicken und Reichen. Angeblich war der Geschickte Kando in der Lage, einer Frau den Goldring vom Finger zu ziehen, auch wenn sie das Schmuckstück seit dem ersten Aufsetzen nicht wieder abgenommen hatte. Lon gehörte nicht zur Brüderschaft der Diebe. Nach der Arbeit aber hatte er oft genug die Gesellschaft von Dieben genossen.

Inmitten des Lärmens von Bronzegongs, Messingtrompeten, Trommeln und Glocken waren das plötzliche Geschrei weiter vorn und das kehlige Fauchen und Knurren gleichwohl ein klares Signal.

In das atemberaubende Gewirr von Gerüchen und Aromen mischte sich schockartig der Geruch nach Blut — wie ein Rotweinfleck, der sich auf einem gelben Tischtuch ausbreitet.

»Ich wußte es!« rief Lon mit verkniffenem Gesicht und umfaßte seinen spitzen Stab. »Ich hab's dir gleich gesagt!«

Fandy fuhr herum und starrte nicht etwa nach vorn, wo ausgebrochene Raubtiere über gefesselte Gefangene herfielen, sondern auf den Käfig, der ihrer Obhut anvertraut war. Hier war alles noch fest und sicher. Die Verriegelungen, die Nieten, die die Käfigstäbe hielten — alles war an Ort und Stelle.

Der Churmod, der im Käfig hockte, reflektierte mit

seinem silberblauen, ungemusterten Fell das Licht, als läge eine Art Patina darauf. Der stumpfe Kopf des Tiers war angehoben. Der Schwanz des Weibchens klopfte einmal auf den Boden des Käfigs. Behäbig, angefüllt von der Arroganz eines Churmods, erhob sie sich auf die vier Hinterbeine, so daß der wild-abweisend aussehende Kopf unverändert auf ihren Vorderbeinen ruhte. Zwei scharlachrote Augen musterten Fandy mit einer boshaften Feindseligkeit, wie sie für einen Churmod in seiner gereizten, sadistischen, gnadenlosen Art typisch war.

Menschen liefen in alle Richtungen auseinander. Die Prozession zerbrach in einzelne Grüppchen. Außer sich vor Entsetzen, stürzten Männer und Frauen in Türöffnungen, stiegen durch Fenster in umliegende Häuser, versuchten Säulen zu erklimmen, um sich auf Balkonen in Sicherheit zu bringen, von denen noch immer helle Tücher und Blumen und Federbüschel den Zug grüßten, der jetzt kein freudiges Ereignis mehr darstellte.

Das Churmod-Weibchen stellte sich auf seine acht Beine. Acht Klauenpaare wurden ausgefahren wie Rasiermesser. Aufgerichtet paßte sich der Churmod der ruckelnden Bewegung des Wagens an. In dem Augenblick, bevor das Gefährt zum Stillstand kam, senkten sich die Vorderräder ruckhaft in eine Vertiefung. Der Käfig begann ächzend zu kippen und verweilte in schiefer Position.

Das ungeheure Fauchen des Churmods erinnerte an das Dampfablassen eines Vulkans.

Das Weibchen warf sich gegen das vordere Gitter und ließ es zerbersten. Aus der gleichen Bewegung heraus sprang es auf den Weg — ein tödliches silberblaues Phantom des Schreckens.

Fandy der Schwanz huschte in die entgegengesetzte Richtung, ihre breite Schwanzspitze verschwand zukkend hinter einigen Musikern, die sich ihrer Instrumente zu entledigen suchten.

Mit typischen geschmeidig-gelassen wirkenden Sätzen huschte der Churmod auf das Durcheinander weiter vorn zu, auf das Geschrei und den leckeren Blutgeruch.

Lon die Knie fluchte heftig vor sich hin — vor allem auf Kov Vodun Alloran — und nahm sich nicht die Zeit zum Überlegen. Hätte er sein Köpfchen benutzt, wäre er Fandy dem Schwanz gefolgt.

Er begann auf die tödlichen Geräusche zuzulaufen.

Warum er so handelte, wußte er nicht; natürlich litt er Todesängste, natürlich war er starr vor Schrecken und schimpfte sich einen opazbesessenen Dummkopf — doch immerhin war er für die Sicherheit des Churmods verantwortlich. Churmods sind erstaunlich selten und kostbar. Größer als Leems, heimtückischer als Chavonths, gelten sie in der Arena als unvergleichliche Beute. Und den Gerüchten zufolge hatte Vodun Alloran, der neue Kov, die Absicht, auf dieser frisch eroberten Insel Rahartdrin das Schauspiel des Jikhorkdun einzuführen, mitsamt der Arena, der Übungsringe, der Baracken und der Wetteinsätze und sonstigen blutigen Pracht.*

Lon hetzte sich auf krummen Beinen ab, bis ihm die Zunge aus dem Mund zu hängen begann.

Es dauerte nicht lange, da erreichte er das scheußliche Durcheinander, das die wilden Tiere angerichtet hatten. Überall zerfleischte Menschengestalten. Einige Tiere stillten ihren Hunger, während andere die Orgie des Tötens fortsetzten.

Von Lons Churmod war nichts mehr zu sehen.

Abrupt kam er zur Vernunft, und sein Gesicht kribbelte, als hätte ihn jemand mit Eisstücken beworfen.

Beim Süßen Opaz!

Wo hatte er nur seine Gedanken gehabt?

Sofort huschte er über die mit Hindernissen übersäte Straße und war froh, daß ihm kein Leem, keine Strigi-

---

* Kov: Herzog / Kovneva: Herzogin — *A. B. A.*

caw und kein sonstiges, mit scharfen Klauen bewehrtes Ungeheuer begegnete. Hastig verschwand er im schwarzen Rechteck einer offenen Tür.

Auf der Schwelle stolperte er über einen Körper. Er gewann sein Gleichgewicht wieder und senkte stirnrunzelnd den Blick.

Vor ihm lag eine junge Frau, eine gut gewachsene, stolze junge Frau, von Riesenklauen so schwer getroffen, daß sie sofort tot gewesen sein mußte. Sie trug enge schwarze Lederkleidung, die ihre Figur gut zur Geltung brachte. Ihr Helm mit den kühnen Federn war hinter die Tür gerollt.

Lon erkannte, daß er ein Kriegermädchen vor sich hatte. Rapier und linkshändiger Dolch hatten ihr nichts genützt, auch wenn die schwarzbehandschuhte rechte Faust das Schwert noch immer umklammerte.

Nachdenklich bückte er sich und nahm ihren Dolch.

Als einfacher Tierwächter konnte er nicht hoffen, ein Rapier tragen zu dürfen. Der Dolch, der sich in seiner Rechten schon ungewohnt genug anfühlte, war in Balance und Metall von weitaus größerer Qualität, als er es sich in der Sukh der Waffenschmiede je selbst hätte leisten können.

Die Straße draußen sah aus, als hätte eine Schlacht darin stattgefunden. Überall lagen Tote. Blut verunstaltete vornehme Kleidung und kunstvoll gestylte Frisuren. Einige geflohene Ungeheuer trieben sich noch herum und suchten frische Beute. Andere Ausbrecher, die noch ihrer Gier frönten, verbreiteten schmatzende Geräusche.

Lon stieg über das tote Mädchen hinweg und wagte sich ins Innere des Hauses vor, begierig, die Schrecknisse der Straße durch eine stabile Tür auszuschließen.

Vorsichtig tapste er durch den kurzen Gang, der vom Haupteingang zum Innenhof führte. Links und rechts führte je eine Tür ab, die rechte war geschlossen, die linke stand weit offen. Er schaute nach hinten, ehe er sich der offenen Tür näherte, und erblickte einen Chavonth, der neugierig einen Kopf durch den Eingang steckte. Lon schluckte trocken herunter. Der Chavonth, dessen Fell die gewohnten blauen, grauen und schwarzen Sechsecke aufwies, fauchte bedrohlich und zog die sechs Beine unter sich, um einen guten Absprung zu haben. Chavonths sind hinterlistig, und Lon wußte, daß dieses Exemplar sofort angreifen würde.

Mit einem Entsetzensschrei stürmte er durch die offene Tür und warf das kompakte hölzerne Hindernis hinter sich ins Schloß.

Dann verharrte er schauderd, den Kopf gegen die Tür gepreßt. Er war ein einfacher Tierpfleger, deshalb hatte der Kov ihm und einigen Kollegen Befehl gegeben, diese Menagerie zu übernehmen. Die wilden Tiere stammten aus Ländern jenseits der Ozeane. Lon war den Umgang mit normalen, vernünftigen Tieren gewöhnt, die Karren und Pflüge zogen oder sich reiten ließen — Tiere, die ganz normale, vernünftige Aufgaben verrichteten, wie sie von normalen, vernünftigen Menschen gefordert wurden.

Solche reichhaltigen Ansammlungen scharfer Klauen und Reißzähne war er nicht gewöhnt. Nein, bei Beng Debrant, dem Schutzheiligen der Tierpfleger!

Ein fürchterliches Knurren, leise, fauchend, ließ ihn zusammenfahren, als hätte ein Pfeil ihn getroffen.

Er wand sich behutsam herum — langsam, langsam! — und schaute voller Entsetzen auf die Szene in dem Erdgeschoßzimmer eines unbekannten Hauses.

Das Mädchen, das wie ihre arme tote Kollegin vom Eingang schwarze Lederkleidung trug, forderte energisch: »Keine Bewegung, Dom!«

Lon die Knie hatte wahrlich nicht die Absicht, sich zu rühren. Noch ehe er die Tür ein Stückchen hätte öffnen können, wäre der Chavonth, der sich in diesem Raum aufhielt, über ihn hergefallen. Und selbst wenn er es geschafft hätte, draußen im Flur wartete ja schon ein Artgenosse des Ungeheuers!

Der Schweiß lief ihm über die Nase und in die Augen, und er wagte keinen Mucks zu machen. Die blauen und schwarzen und grauen Sechsecke auf dem Fell des Ungeheuers schienen zu pulsieren. Der Chavonth hob die vordere linke Tatze, an der Blut klebte. Hier und dort schimmerte weiteres Blut am Körper des Monstrums und störte das sechseckige Muster.

Aber auch das Schwert des Mädchens war blutig ...

Lon wußte nicht, wie das Schwert wohl genannt wurde — es erinnerte ein wenig an den gemeinen Clanxer, die in Vallia verbreitete Hieb- und Stichwaffe; doch gab es Unterschiede, die sogar er feststellen konnte. Sein Bruder Nol hätte vermutlich sofort Bescheid gewußt. Lon stand wie festgewurzelt und schwitzte und war beruhigt, daß wegen seiner krummen Beine die Knie nicht zusammenschlagen und das schreckliche Monstrum etwa aufregen konnten.

Von der Einrichtung des Raumes nahm Lon absolut nichts wahr — ein vager Eindruck von einem schweren Tisch vor einem Fenster, von einigen Stühlen und drei Leichen auf dem Boden. Das Kriegermädchen stand in den schwarzen Stiefeln entschlossen vor den drei Toten.

Zim und Genodras, die Zwillingssonnen, schickten ihr vermengtes Licht über die tödliche Szene draußen auf der Straße und funkelten hier drinnen in seltsamem jadegrünem und rubinrotem Widerschein. Lon stand wie versteinert an der Tür.

Er spürte, daß seine beiden Hände leer waren. Wenn er nur den langen spitzen Stock behalten hätte ... Aber schon der Gedanke, dem Chavonth diesen Stab entgegenzurecken, verursachte ihm ein unangenehmes Gefühl der Übelkeit.

Schon seit dem Augenblick, da die Zwillingssonnen über den Horizont stiegen, hatte Lon vage geahnt, daß dieser Tag noch Schlimmes bringen würde. So hatte er sich auch gegenüber Nath dem Treiber geäußert, der schon zu normalen Zeiten ein unduldsamer, mürrischer Bursche war. Nath, der für die wilden Tiere verantwortlich war und sich wegen dieser unerwünschten Pflichten große Sorgen machte, hatte nur etwas in seinen Bart gemurmelt und Lon mit einer Fliege im Ohr weitergeschickt — oder, wie es auf Kregen heißt, mit einem Zorcahuf in der Kehrseite. Lons Vorahnungen hatten sich nun als wahr herausgestellt — vor allem in Gestalt dieses wilden Chavonths und der Toten und des vielen Bluts und des Durcheinanders draußen...

Der starre Blick des Mädchens ließ den Chavonth nicht los.

Wenn das Wesen sich schließlich zu seinem tödlichen Sprung entschloß, würde sie bereit sein — das wußte Lon. Dies war an jeder Linie, jedem bebenden Zentimeter ihres Körpers abzulesen, der — wie ihm plötzlich auch aufging — von außergewöhnlicher Schönheit war.

Ihr Schwert schwankte nicht.

Den linken Arm hielt sie auf dem Rücken verborgen.

Sie war eine Jikai-Vuvushi, ein Kampfmädchen, und war mit der Kavallerie an der Spitze der Prozession geritten. Zweifellos hatten die armen Toten, ausnahmslos Männer, und das Mädchen am Eingang ebenfalls zur Vorhut gehört. Sie waren zurückgeritten, um herauszufinden, was das Lärmen sollte, und waren auf entsetzliche Gegner gestoßen.

So stand nun dieses Mädchen, diese Jikai-Vuvushi, dem Schrecknis allein gegenüber.

Wieder mußte Lon schlucken und senkte langsam die rechte Hand zu dem ungewohnten Griff der Main Gauche, die er sich in den Gürtel gesteckt hatte. Das Mädchen übte einen Zauber auf ihn aus, dem er vernünftigerweise widerstand. Sie war nicht für ihn geschaffen. Er gab sich normalerweise mit Tavernenmädchen ab, wenn sich die Gelegenheit bot, und hatte großen Spaß daran. Dieses Mädchen aber besaß eine besondere Aura, von ihr ging ein Lodern der Macht und der Beherrschtheit aus, sie war zäh. Kein Zweifel. Sie war kampferprobt.

Ein Beweis war das Blut an der Flanke des Chavonths, das dem Blut an ihrer Klinge entsprach.

Der Chavonth griff an.

Das Mädchen sprang mit einer solchen Anmut, mit einer derart schönen Bewegung zur Seite, daß Lon der Atem stockte.

Aus ihrer Bewegung heraus, mit der sie dem Hieb der vorderen Pranken auswich, stach sie zu. Die Klinge traf den Oberkörper des Ungeheuers. Die Schwarzgekleidete wirbelte herum, riß das Schwert zu einem neuen Streich hoch, und der Chavonth wich fauchend zurück.

»Bei Vox!« sagte sie und war offenkundig enttäuscht. Und noch immer war ihre linke Hand nicht zu sehen, die sie auf dem Rücken hielt.

Die Jagdkatze bekundete an den drei Toten, die auf dem Boden lagen, kein Interesse. Vielmehr starrte sie aus haßsprühenden Schlitzaugen auf die lebendige Gestalt des Mädchens. Und wieder hob sie eine Vorderpfote mit ausgefahrenen scharfen Krallen.

Ein Kratzen machte sich an der Tür bemerkbar, dahinter ertönte ein schreckliches Jaulen. Der andere Chavonth, Partner des hier eingeschlossenen Tiers, wollte herein. Lon hatte das Gefühl, daß ihm die Knie weich wurden; aber noch immer bewegte sich seine rechte Hand behutsam dem Griff des linkshändigen Dolchs entgegen.

Und plötzlich trat eine Wende des Geschicks ein, wie sie in solcher Häufigkeit jeden Menschen treffen kann, der auf Kregen lebt — das Lärmen vor der Tür veränderte sich. Das Kratzen hörte auf. Das Jaulen steigerte sich zu einem fauchenden Schnauben. Daneben waren nun andere Laute zu hören, ein langes unheilverkündendes Zischen.

Dieses leise, angsteinflößende Zischen kam von dem

Churmod — von Lons Churmod, für den er dem hohen Herrn verantwortlich war. Einen Herzschlag später war alles vorbei. Das fauchende Toben endete mit einem langgedehnten qualvollen Schrei. Dann war von dem Chavonth nichts mehr zu hören. Dafür ertönte wieder leise und dämonisch das Zischen des Churmods.

Lon vermochte sich nicht mehr recht daran zu erinnern, was nun geschah. Seine Hand erreichte den Dolchgriff, und er zog die Waffe, bereit, sie zu schleudern. Er sah sich als Mann, der eine Klinge zu werfen vermag, auch wenn es sich dabei um etwas so Ungefüges handelte wie diesen linkshändigen Dolch.

Der Chavonth, den der Tod seines Partners bedrückte, dessen bestialische Sterbelaute er durch die Tür richtig zu interpretieren wußte, ließ seinen Schwanz herumzucken und sprang los.

Lon warf den Dolch.

Er sah, wie sich die Spitze in ein blaues Fell-Sechseck bohrte. Dann gewahrte er die herumschwingende Klinge des Mädchens, die ihn blendete wie von plötzlich aufblitzendem Feuer. Mit zusammengekniffenen Augen gewann er einen Eindruck von herabzuckendem Stahl, von grünen und roten Sonnenstrahlen, die sich auf poliertem Metall spiegelten. Das Mädchen zog zurück und ließ das Schwert erneut vorkreisen. Der Chavonth torkelte blutüberströmt zur Seite. Das Wesen kreischte schrill vor Schmerz. Gelassen, äußerlich ruhig trat die Jikai-Vuvushi vor und bohrte dem Ungeheuer die Klinge tief in die Flanke. Diese Klinge, das erkannte Lon bebend, durchstach das Herz des Monstrums und brachte es für immer zum Stillstand.

Seltsamerweise drehte sich das Mädchen nun wortlos zu Lon den Knien um. Ein brauner Leinenbeutel hing an ihrer Hüfte. Ihr Schwert tropfte blutig rot.

»Ich sage dir meinen Dank, Dom. Du heißt?«

»Also, nun ja, meine Dame — Lon die Knie ...«

»Ja.«

Und sie lächelte. Und Lon die Knie war überwältigt.

Er fuhr sich mit der Zunge über die Lippen, schluckte trocken herunter und brachte hervor: »Meine Dame! Du hast einen Chavonth getötet! Das ist ein großes Jikai!«

Ihr Lächeln veränderte sich nicht. »Vielleicht ein kleines Jikai, Lon die Knie. Will man das große Jikai erringen, gar nicht zu reden vom Hohen Jikai, muß man schon mehr tun als das, weitaus mehr.«

Er öffnete den Mund, und sie fuhr fort: »Jetzt hilf mir mal mit diesem jungen Herrn. Seine Gefährten sind tot, was für sie selbst bedauerlich ist, auch wenn es hier in Rahartdrin bestimmt irgendwo Leute gibt, die dieses Ereignis dem Dank an Opaz unterstellen werden.«

Lon begriff nicht, was sie meinte; dennoch trat er mit zitternden Knien vor und half dem Mädchen, einen der Toten anzuheben.

Der Mann trug prächtige Kleidung von einer Art, wie sie Lon mit Neid, zugleich aber auch mit Abscheu erfüllte.

Wie aus heiterem Himmel sagte sie: »Du bist im Messerwerfen recht geschickt, Lon.«

»Aye, meine Dame.«

»Dieser Streich brachte die Wende. Ich gewann Zeit — halt seinen Arm, der Idiot fällt immer wieder um ... nun los, junger Herr, nun öffne schon deine verdammten Augen!« Sie versetzte der Leiche einige Ohrfeigen, die daraufhin tatsächlich die Augen aufmachte!

Der Mann öffnete die aufgedunsenen Lippen und rief: »Hilfe!«

Das Mädchen schüttelte ihn an der Schulter. »Es ist alles vorbei! Du bist in Sicherheit, Jen* Cedro.«

Der junge Herr Cedro in seinen pompös-bunten Kleidern brauchte einige Zeit, um sich zu beruhigen. Ihm war übel. Seine Augen, die von einer für vallianische

---

* Jen: Vallianische Bezeichnung für ›hoher Herr‹, ›Notor‹ ist havilfarisch, ›Pantor‹ pandahemisch — *A. B. A.*

Verhältnisse hellen Durchsichtigkeit waren, starrten ausdruckslos auf den toten Chavonth und seine beiden toten Gefährten. Dann erbebte er und mußte sich erneut übergeben.

Erst aus unmittelbarer Nähe, als er ihr beim Stützen des jungen Edelmannes half, gewahrte Lon den blutigen Schlitz in ihrer schwarzen Lederkleidung. Ein Hieb rasiermesserscharfer Krallen hatte sie an der linken Schulter verwundet. Deshalb, so vermutete Lon, hatte sie wohl den linken Arm auf dem Rücken gehalten.

»Meine Dame! Du bist verwundet.«

»Ein Kratzer. Sobald ich Jen Cedro in sichere Hände gegeben habe, soll sich eine Nadelstecherin darum kümmern.«

»Laß mich doch wenigstens einen Verband ...«

»Mach keine Umstände, Lon die Knie.«

Er fühlte sich zurechtgewiesen und sagte nichts mehr.

»Draußen treibt sich noch der verdammte Churmod herum.« Sie wirkte unwirsch und nicht weniger wild und gefährlich als der verdammte Churmod. »Ich habe keine große Lust, dagegen nun auch noch ...«

»Meine Dame! Das wäre Wahnsinn!«

»Oh, aye, bei Vox, absoluter Wahnsinn. Ich tu's also nicht.«

»Dank sei dem guten Opaz.«

»Wir warten hier drinnen ab, bis Kov Vodun das dumme Durcheinander geordnet hat. Unterdessen kannst du mir von dir erzählen.«

Und er berichtete — nicht daß es viel zu erzählen gab. In früher Jugend verwaist und auf einem Bauernhof an die Arbeit geschickt, hatte er sich sein ganzes Leben um Tiere gekümmert. Sein Zwillingsbruder Nol, der sich als Schleuderkämpfer verdingt hatte und inzwischen alle möglichen Zunamen tragen mochte — war ihm eine Quelle ständiger düsterer Vorahnungen.

»Warum, Lon?«

»Na, Soldaten fallen, meine Dame.«

»Ach, aye, das tun sie natürlich. Aber das gleiche gilt für Tierpfleger, die nichts von ihrer Arbeit verstehen.«

»Meine Dame!« Lon empfand eine tiefe Enttäuschung, die ihm eigentlich fremd hätte sein müssen. Die Großen im Lande finden immer jemanden, dem sie die Schuld geben können, und suchen sie niemals bei sich selbst. »Ich bin nicht für den Umgang mit wilden Tieren ausgebildet — um so besser verstehe ich mich auf Quoffas oder Mytzers oder Zorcas oder ...«

»Ich weiß, Lon. Ich mache dir ja auch keine Vorwürfe. Nichts liegt mir ferner.«

»Man hätte die Gefangenen nicht so dicht bei den wilden Tieren marschieren lassen sollen, außerdem ...«

»Außerdem waren die Käfige ein Witz. Ja, das habe ich mir so gedacht. Aber, Lon die Knie, findest du es nicht seltsam, daß so viele wilde Tiere entkommen sind — alle gleichzeitig?«

»Ich habe gesehen, wie der Churmod die Gitterstäbe durchbrach. Es war erschreckend.«

»Ganz bestimmt. Trotzdem vermute ich, daß eine helfende Hand die Stäbe der Käfige gelockert hat — nicht bei dir, Lon, glaube mir, das wollte ich nicht andeuten.«

Angesichts seiner normalen Einstellung gegenüber den Großen und Mächtigen im Lande war es seltsam, wie leicht Lon ihr glauben wollte, wie gern er davon ausgehen wollte, daß sie die Wahrheit sagte. Er erkannte durchaus, daß sie eine höchst bemerkenswerte junge Dame war.

»Du fragst mich ja gar nicht nach meinem Namen, Lon.«

»Der ist jenseits meiner Reichweite, meine Dame, und das weißt du.«

»Ach ... verstehe. Ja. Ich bin eine Jikai-Vuvushi und bin rauhe Sitten gewöhnt. Nun also, Lon die Knie, ich bin Lyss die Einsame — ja, das ist einer der Namen, unter dem man mich kennt.«

Ernsthaft sagte Lon: »Llahal und Lahal, Lyss die Einsame. Nun haben wir angemessen das Pappattu vollzogen.«

»Lahal, Lon.«

Die gegenseitige Vorstellung war geschafft.

Herr Cedro ächzte und begann sich herumzuwälzen, doch Lyss schob ihn fort, um nicht mit seinem Erbrochenen in Berührung zu kommen.

Dieser Gestank und der Blutgeruch in dem Zimmer erzeugten in Lon ein Gefühl der Schwäche. Immerhin war er eher die Gerüche eines Bauernhofes gewöhnt.

Lyss ging zum Fenster und schaute hinaus. Dann schüttelte sie den Kopf.

»Die Ungeheuer schleichen noch immer hochmütig herum. Von Menschen keine Spur — von lebenden Menschen, meine ich.«

»Ach«, sagte Lon.

»Bestimmt ruft der Kov schon seine Leute zusammen. Es dauert bestimmt nicht lange, dann kommen sie geritten und versuchen die Tiere einzufangen ...«

»Dabei müßte ich ihnen helfen.«

»Du bleibst hier und hilfst mir.«

»Quidang*, meine Dame!«

»Du wolltest also niemals Söldner werden?«

»Ach, ich bin mit meinem Bruder Nol losgezogen. Man nahm ihn als Schleuderschwinger; mich aber schickte man lachend nach Hause. Trotzdem war ich schon in einer Armee — als Totrixpfleger.«

»Jemand muß das tun, sonst könnte die Armee nicht reiten.«

Nervös testete Lon das Band der Freundschaft, das er zwischen sich und der Fremden spürte: »Und du, meine Dame — bist du in vielen berühmten Schlachten gewesen?«

---

* Quidang: Die Bestätigung, daß der Sprechende einen Befehl ausführen wird. ›Sehr wohl!‹ Vorwiegend beim Militär gebräuchlich — *A. B. A.*

»In einigen.«

»Also ... ich verstehe.

»Eine Schlacht ist eine Schlacht, Lon. Eine unangenehme Sache.«

»Ja, meine Dame.«

Der Gedanke, daß ein Schlachtfeld eigentlich nicht der richtige Platz für eine junge Dame sei, konnte Lon den Knien oder seinen Zeitgenossen nur kommen, soweit er sich auf ein bestimmtes Mädchen bezog, eines, das einen besonderen Herzensplatz innehatte. Ganz allgemein waren Mädchen auf Kregen immer an Kämpfen beteiligt, und die Regimenter der Jikai-Vuvushies waren zurecht gefürchtet.

Lon war es völlig zufrieden, darauf zu warten, daß Kov Vodun sie rettete. Lon zweifelte nicht daran, daß der Kov kommen würde. Er wußte inzwischen, daß der junge, unangenehme Herr Jen Cedro war, einer von Kov Voduns Neffen. Wenn der lachhafte Idiot bei seinem Onkel in hohem Ansehen stand, brauchte auf Rettung nicht lange gewartet zu werden. So vermutete Lon die Knie.

Außerdem — und bei diesem Gedanken verspürte Lon Unsicherheit — würde er dem Kov von Angesicht zu Angesicht gegenüberstehen. Vodun Alloran mochte über große Ländereien herrschen; das einfache Volk konnte während seines Lebens darauf hoffen, ihn allenfalls fünfmal zu sehen. Die Großen des Landes ritten in funkelndem Gold vorüber, umgeben von Trompeten und Bannern; die gemeine Herde jubelte in der Masse und sah nur das Blendwerk für die Augen.

Nachdem sie sich überzeugt hatte, daß Cedro noch lebte, machte es Lyss offenbar nichts aus, daß er wieder bewußtlos wurde. Sie saß auf einem der Stühle, den sie zum Fenster herumgedreht hatte. Eine reglose, schlanke Gestalt in schwarzer Lederkleidung, und Lon spürte ein seltsames Stechen in sich. Wenn er nur ...!

Nun ja, die fröhliche dicke Sendra unten in der Ledernen Flasche hatte ihn bisher recht gut behandelt, und wenn er die Augen schloß und seinen Träumen nachhing ...

Aufklingendes Lärmen in der Straße verriet ihm, daß die Retter endlich gekommen waren. Hufgetrappel, das Wutkreischen von wilden Tieren, die von Schwertern und Pfeilen getroffen wurden, das schrille Geschrei von Männern und Frauen, die in einer Art Tötungsrausch handelten — all diese Laute drangen durch das Fenster herein. Lyss stand auf. Sie rückte Rapier und Main-Gauche zurecht, ergriff ihr kompaktes anderes Schwert und begab sich zur Tür.

»Meine Dame!« Lon war dermaßen beunruhigt, daß ihn das Ausmaß seiner Gefühle erschreckte.

»Ja?«

»Du kannst doch nicht ... ich meine ... warum willst du gerade jetzt hinaus?«

»Ich bin eine Jikai-Vuvushi.«

Lon drückte das Rückgrat durch.

»Aye! Und wahrscheinlich eine tote Jikai-Vuvushi, wenn du jetzt die Tür aufmachst — meine Dame.«

Zum Glück sagte sie nicht: »Und was schert dich das?« Solche Banalitäten, das wußten beide, waren zwischen ihnen längst überwunden. Sie setzte ihr strahlendes Lächeln auf.

»Ich glaube, daß deine berechtigte Sorge inzwischen unbegründet ist — hör doch!«

Von der anderen Seite der Tür war deutlich zu hören, wie der zischende Churmod sein Leben aushauchte. Lon hatte keine Mühe, sich den Hagel der Armbrustbolzen vorzustellen, der das gespenstische silberblaue Fell zerfetzt haben mußte.

Lyss öffnete die Tür.

»Hai! Herr Cedro ist hier vorzufinden, unverletzt. Beeilt euch Famblys, nehmt ihn vorsichtig hoch, denn er ist ein naher Verwandter des hohen Kov.«

Männer und Frauen, die eine Vielzahl bunter Uniformen trugen, betraten den Raum und begannen sich sofort um Cedro zu kümmern. Lon starrte auf die offene Tür.

Vodun Alloran, Kov von Kaldi, Eroberer der Insel Rahartdrin, trat ein. Lons faszinierter Blick ruhte auf ihm, denn er hatte keine Ahnung, in welche Gefahren er sich mit seiner Neugier gegenüber einem hohen Herrn bringen konnte.

Alloran sah aus, wie man sich einen Herrscher seiner Statur vorstellte. Seine Kleidung war prunkvoll; die normale Kleidung Vallias, braune Tunika und Hosen, hatte er abgelegt: Nun verliehen ihm Goldlitze, Federn und Löckchen eine blendende Pracht. Sein schlaues, vom Wetter gegerbtes Gesicht wirkte gewohnheitsmäßig streng, und die leuchtend braunen vallianischen Augen, hinter heruntergezogenen Lidern teilweise verborgen, verrieten etwas von dem zornigen Ehrgeiz, der in ihm tobte.

Er trug ein Federbüschel, braun und grau gefärbt, in den Farben Kaldis, dazu die goldene Darstellung eines springen Meeres-Barynths, eines langen, geschmeidigen Ungeheuers der kregischen Meere. Sein persönliches Gefolge trug braun-grau abgesetzte Ärmel, wie es den alten vallianischen Sitten entsprach. Unter hängenden Lidern starrte er in die Runde und richtete abrupt den Blick auf Lyss.

Sie war eine aufrechte, schlanke Gestalt in ihrem schwarzen Lederanzug.

»Mein Neffe«, fragte der Kov, »ihm ist nichts geschehen?«

»Es geht ihm gut, mein Kov, Lob sei Opaz ...«

»Ja, er würde einer Horde Leems entrinnen, ohne sich auch nur einen Riß in seiner Kleidung zuzuziehen.«

Lyss schwieg. Lon stand da und hatte das Gefühl, daß seine Zunge für seinen Mund zu groß werde.

Alloran schaute in die Runde und zeigte dabei den

abweisenden, verächtlichen Blick aller großen Männer dieser Welt.

»Hier ist eine üble Tat begangen worden«, stellte er fest und sprach dabei durch zusammengebissene Zähne. »Ich werde dafür sorgen, daß die Schuldigen an den Fersen über der Burg aufgehängt werden, bis sie in Fetzen gerissen worden sind.«

Lon beobachtete Lyss die Einsame und sah, wie sie Haltung bewahrte, mit welcher Anspannung sie vor dem Herrscher durchhielt. Lief da ein unmerkliches Schaudern durch ihre Gliedmaßen, wollte sich da etwa ein Muskelzucken an ihrer Wange bemerkbar machen? Er war zu dem schnellen Schluß gekommen, daß dieses prächtige Mädchen vor nichts Angst hatte. Sie hatte sich einem wilden Tier gestellt und es überwältigt und dafür nicht einmal ein Jikai beansprucht. Nun stand sie wachsam da, wie ein Falke, der sich gleich zur Jagd in die Luft erheben wollte.

Natürlich empfand Lon Ehrfurcht und Angst vor Kov Vodun Alloran.

Aber hatte auch dieses Kampfmädchen, diese hervorragende Jikai-Vuvushi, Angst vor dem Kov?

Nein. Nein, Lon die Knie durfte nicht annehmen, daß dieses Mädchen auf Kregen vor überhaupt etwas Angst hatte.

2

Eine halbe Stunde, nachdem sie begonnen hatte, ging die Schlacht mit dem völlig überraschenden Eingreifen einer zweiten feindlichen Armee zu Ende, die auf der linken Flanke hinter den Sanddünen hervorschwärmte. Die vallianischen Reihen lösten sich auf, die Kämpfer ergriffen die Flucht.

Die Erste Armee unter dem Kommando Draks, des Prinz Majisters von Vallia, schlich betrübt von der Bildfläche. Dann begann es zu regnen.

Grüppchen und Trüppchen zahlreicher Regimenter mühten sich zu Fuß durch Schlamm, der immer tiefer wurde und wie Leim klebte. Einige wenige Artilleriegeräte, die man vor dem Untergang bewahrt hatte, Ballistae und Katapulte in grobes Sackleinen gehüllt, um sie vor dem Regen zu schützen, wurden von einer bunten Mischung von Tieren und auch Menschen mühsam durch die Gegend geschleppt. Die Kavallerie, die schlimme Verluste hatte einstecken müssen, führte die Tiere am Zügel. Ringsum waren nur hängende Köpfe zu sehen.

Die Verwundeten wurden, soweit sie transportfähig waren, improvisiert befördert, denn es standen jämmerlich wenige Ambulanzkarren zur Verfügung.

Dahingleitend, ausrutschend schleppte sich die Erste Armee durch den Schlamm in Richtung Osten, quer durch die Herrschaftliche Provinz Venavito in Süd-west-Vallia.

Jiktar Endru Vintang befehligte eines der persönlichen Leibwache-Regimenter des Prinzen.*

---

* Die vier wichtigsten Rangstufen in den meisten kregischen Armeen sind: Deldar, Kommandant über zehn Mann. Hikdar, Kommandeur einer Pastang oder Kompanie oder Schwadron. Jiktar: Regimentskommandeur. Chuktar: General. Ein Chuktar wird zum Kapt gewählt, dem befehlshabenden Kommandeur. — *A. B. A.*

Er hatte auf der Jiktar-Rangleiter drei Viertel zurückgelegt und hoffte bald den Chuktar zu schaffen. Nach dem katastrophalen Abschneiden bei der Schlacht in Swantons Bucht hatte Endru das unschöne Gefühl, daß Beförderungen im speziellen wie im allgemeinen in nächster Zeit nicht anstehen würden. Da mußte man schon einen verstorbenen Vorgesetzten ersetzen, um sich zu verbessern. So schätzte er die Lage ein.

Geredet wurde nicht. Über den dahinstapfenden Soldaten lag ein tiefes, mürrisches Schweigen, das nur durch das Klatschen des Regens, das Quietschen von Achsen, das Saugen und Plätschern von Füßen im Schlamm und das Ächzen der Verwundeten unterbrochen wurde. All diese beunruhigenden Laute wurden jedoch aufgesaugt von der Bitterkeit, die die Armee durchströmte.

Endru Vintang ti Vandayha* war ein zäher, tüchtiger Bursche, ein hervorragender Zorcakämpfer, der etwas von Disziplin verstand, hatte seinem Regiment angedeutet, daß er die Entwicklung verstehe. Er hatte früher als Freiheitskämpfer in Valka gefochten und schätzte sich glücklich, vom Prinz Majister zum Befehlshaber über das Regiment der Schwertwache des Prinz-Majisters bestimmt worden zu sein. Das Beste war daran, daß Endru eine echte, starke Zuneigung zu dem Prinzen verspürte und wußte, daß dieser ihn mochte, ihm vertraute und ihn als Freund behandelte.

Er wußte, daß viele andere arme Kerle in der geschlagenen Armee so dachten und empfanden wie er. Er hatte das Gefühl, Prinz Drak schwer, sehr schwer enttäuscht zu haben.

Aber man mußte das Ganze sehen! Die zweite Ar-

---

* ›ti‹ bedeutet ›von‹ und kennzeichnet den so Benannten als Person von Bedeutung an dem angegebenen Ort. ›Von‹ als ›na‹ oder ›nal‹ zeigt eine Person von höherem Rang und größerem Besitz an. — *A. B. A.*

mee, die da plötzlich hinter Sanddünen hervorpreschte, wo Kundschafter zuvor nur Krabben und Schellfische gemeldet hatten! Dieser Vorstoß hatte den Widerstand brechen lassen.

Die opazverfluchten Kataki-Zwillinge waren die Ursache der Niederlage gewesen. Soviel schien klar zu sein.

Spektral durch den schräg herabpeitschenden Regen schimmernd, erschien weiter vorn ein Licht. Erschöpft klappte Endru wieder die Decke über seinen Sattel, sagte Scheckohr, seiner Zorca, ein leises Wort, und stieg in den Sattel. Obwohl er schnell handelte, spürte er sofort die Nässe durch die Hose. In der Unendlichkeit des Kummers ringsum war eines klar — seine Uniform war hin.

Er spornte Scheckohr an — doch nur mit der Ferse, denn kein echter Zorcareiter treibt sein temperamentvolles, mutiges Tier mit eisernen Sporen an — und lenkte ihn im Schritt neben sein Regiment.

»Deldar Fresk! Zehn Mann zu mir. *Bratch!*«

Zu elft ritten sie vor der niedergeschlagenen Horde dem Licht entgegen, das nach Endrus Erkenntnis in einem Hausfenster des Dorfes Molon leuchtete. Er sagt nichts, wandte den Kopf nicht, als er die kräftige Gestalt passierte, die energisch neben seiner Zorca an der Spitze der Kolonne marschierte. Der Prinz hatte im Augenblick bestimmt keine Lust auf eine höfliche Konversation, bei Vox!

Die Dorfbewohner, durch die scheinbar magische Buschtrommel allgemeiner Informationen gewarnt, waren geflohen.

Es gab Betten für die Verwundeten und ein Dach für eine große Anzahl Leute, die sich in die kleinen Häuser drängen konnten. Sogar zu essen gab es etwas. Feuer wurden entzündet, Kleidung begann zu dampfen und verbreitete die typische angekohlte, feuchte, faserige Atmosphäre trocknender Stoffe. Als er seinen Pflichten nachgekommen war, meldete sich Endru beim Prinzen.

»Die Nacht wird etwas Erholung bringen, Jis«, sagte er und benutzte das ›Jis‹ als Abkürzung für ›Majister‹, ein Titel, auf den Drak in der Anrede keinen großen Wert legte.

»Die, die wir auf dem Schlachtfeld zurücklassen mußten, können noch tiefer schlafen«, sagte Drak deprimiert.

»Die Chancen standen mehr als zwei zu eins, beinahe drei zu eins gegen uns. Wären wir nicht ...«

»... fortgelaufen?«

»Aye, Jis! Hätten wir das nicht getan, lägen jetzt noch viel mehr dort auf dem Schlachtfeld. Und was wäre dann mit morgen?«

»Du hast recht, Endru. Wir müssen uns der Zukunft zuwenden.«

Endru war im gleichen Alter wie der Prinz. Er fand nichts dabei, sagen zu können: »Verbitterung wegen dieser Niederlage, Jis, bringt nichts. Das Unheil haben wir den verdammten Kataki-Zwillingen zu verdanken, da möchte ich wetten.«

»Ich habe sie im Kampf nicht gesehen. Du?«

»Nein.«

Drak nahm auf einem einfachen Holzschemel Platz und legte die Unterarme auf die geschrubbte Tischplatte. Das Feuer ließ in seinem Gesicht scharfe Schatten entstehen. Endru aber sah die Macht in diesem Antlitz, die arrogante Krümmung der Nase, das vorspringende Kinn, das Charisma, das er besaß, das er von seinem Vater, dem Herrscher, geerbt hatte. Die beiden glichen sich in vielem, doch besaß Drak bei all seiner Strenge, Aufrichtigkeit und Pflichtbesessenheit einige weichere Charakterzüge, die er seiner Mutter, der göttlichen Herrscherin Delia, verdankte.

Der kleine Hüttenraum beherbergte andere Männer und Frauen, Kapt Enwood nal Venticar, Adjutant und

Stabschef des Prinzen, den erfahrenen alten Jiktar Naghan den Bogen, der das Leibwacheregiment des Prinzen befehligte, die Ergebenen Bogenschützen des Prinz Majisters, dazu persönliche Dienstboten, einige Marketender, die Schäden melden wollten, verschiedene Leute, die den Prinzen sprechen wollten, außerdem Chuktar Leone Sternenhammer, Kommandantin über Königin Lushfymis Jikai-Vuvushi-Regiment. Nun setzte Kapt Enwood das Gespräch fort, das bei Endrus Eintreten unterbrochen worden war.

»Jiktar Endru bestätigt also meine Ansicht, Jis. Ich bin davon überzeugt, daß die Kataki-Zwillinge das Kommando geführt haben. Es steht fest, daß Vodun Alloran nicht dabei war.«

»Je eher er beseitigt wird, desto besser für Vallia.«

»Er ist aber ein schlauer, findiger Mann. Er führt das Kommando über viele Männer. Er bekommt von irgendwoher Gold ...«

»Aye!« entfuhr es Drak. »Aber woher?«

»Es ist meine Überzeugung«, meldete sich Leone Sternenhammer, »daß in der Angelegenheit auch Zauberkräfte stecken.«

Niemand wollte darauf antworten. Leone, eine kräftig gebaute Frau mit schlichtem Gesicht, dunklem Haar, Oberarmmuskeln, die ein Schwert durch Eichenholz treiben konnten, legte an sich und ihre Mädchen, was das Kämpfen betraf, einen sehr hohen Maßstab an. Zum Glück — so sahen es jedenfalls Drak wie auch die anderen — waren die Jikai-Vuvushis nicht ernsthaft in die kurze Auseinandersetzung einbezogen worden.

»Schauen wir uns die Landkarten an, um zu sehen, was wir zu einem Plan zusammenfügen können.«

Wieder spürte Endru stechendes Entsetzen ob der Niedergeschlagenheit des Prinzen.

Die Landkarten wurden gebracht und auf dem Tisch ausgebreitet. Im Schein einer billigen Mineralöl-Lampe steckte man die Köpfe zusammen.

Zunächst führte Drak aus, was auf der Hand lag.

»Wir kämpfen für Vallia. Das große Inselreich ist in kleine Stücke zerbrochen worden, und Sklavenhändler und Sklavenherren, Schurken, die von unserem Leid zehren wollen, sind ins Land geschwärmt, um zu schänden und sich gütlich zu tun. Wir dulden keine Sklavenhändler in Vallia. Wir werden es nicht gestatten, daß ehrliche Menschen unterdrückt werden. Also kämpfen wir für sie. Und heute sind wir in diesem Kampf besiegt worden.«

»Morgen, Jis«, sagte Kapt Enwood, »oder übermorgen oder überübermorgen werden wir wieder siegen!«

»Und wie viele Tage müssen die Unterdrückten auf uns warten?«

»So viele, wie die in der Pracht Opaz' manifestierten Unsichtbaren Zwillinge für richtig halten, mein Prinz.«

Drak nahm diese Antwort einigermaßen gelassen hin. Er stach mit dem Finger auf die Karte.

»Wenigstens haben sie nicht nachgesetzt, um ihren Sieg endgültig zu machen.«

»Ich habe den größten Teil einer vorzüglichen Totrixbrigade verloren«, sagte Kapt Enwood grimmig. »Dann begann der Regen.« Er atmete tief durch. »Nein, sie haben uns nicht verfolgt.«

Draks Fingerspitze zeigte auf die kleine Bucht, die Swantons Bucht genannt wurde und an der Stelle ein kleines Stück aus der Küstenlinie Venavitos herausbiß. Östlich davon lag die Provinz Delphond, der Garten Vallias. Delphond war die Provinz der Herrscherin Delia. Die Delphonder waren gelassen und entspannt, sie genossen die guten Dinge des Lebens, die ihnen ihr Land so überreichlich schenkte, und ließen sich nicht leicht in Erregung versetzen. In der Zeit der Unruhe hatten sie sich gewandelt und schickten nun so manchen kräftigen Sohn, so manche kampfstarke Tochter in die Reihen der regulären vallianischen Armee. Delphond lag abseits der meisten direkten Straßen und Kanalsysteme, so daß Invasionen den Bereich normalerweise nicht erreichten. Drak wagte sich nicht vorzustellen, was seine Mutter sagen würde, wenn er es zuließ, daß noch einmal Invasionshorden ihre Ländereien heimsuchten.

Nach Norden zu erstreckte sich das Vadvarat Thadelm, vorwiegend von Vodun Allorans Söldnern besetzt. Seine Pläne stießen dort allerdings auf einen gewissen Widerstand, und eine kleine Streitmacht beobachtete die Grenze.

Im Westen war das Kovnat Ovvend wieder einmal fest in Allorans Gewalt. Ovvend war für eine Kovnat-Provinz ein wenig klein, doch zeigte es sich offenkundig reich.

Westlich von Ovvend lag das rhombusförmige Kovnat Kaldi, Vodun Allorans Provinz. Dieses schloß mit einer westlichen vallianischen Landspitze ab. Dahinter lagen noch zahlreiche Inseln, von denen Rahartdrin die größte war, weiter nördlich Tezpor. Von diesen Inseln — ebenso von den weiter westlich gelegenen — war seit vielen Jahresperioden nichts mehr zu hören gewesen. Spione, die man dorthin schickte, waren nicht zurückgekehrt.

Zwei Divisionskommandanten waren in der Schlacht gefallen, so daß sich die Ratsversammlung etwas dünn ausmachte. Man würde Brigadiere befördern müssen, die die Divisionen übernahmen; wie Endru vermutet hatte, würden sie nun innerhalb des Chuktar-Ranges um eine Stufe vorrücken.

»Ich bin entschlossen, sie an dieser Linie zu halten«, sagte Drak und deutete auf einen mehrere Meilen östlich gelegenen Fluß. »Wir müssen sie nach Norden locken.«

Die Anwesenden, die sich in bester Absicht eingefunden hatten, Hilfe und Rat zu geben, wußten natürlich, warum er so handeln wollte. Die Vorstellung, Delphond könnte wieder unter die Knute von Brandschatzung und Schwert kommen, erfüllte Drak mit zorniger Schwäche. Er hatte einen Teil seiner Kindheit dort verbracht und mochte Delphonds gelassene Atmosphäre, seine hübschen Flüsse, die gewundenen staubigen Wege, die Obst- und Hopfengärten, die dicken Ponshos mit wolkenweißen Vliesen. O nein, er mußte Allorans Armee, die unter dem Kommando der Kataki-Zwillinge stand, nach Norden locken, wo man ihr einen Hinterhalt stellen konnte.

Kapt Enwood sagte: »Wir müssen jemanden nach Vondium schicken, der Verstärkung fordert. Ich sehe keine andere Möglichkeit.«

»In der Hauptstadt ist man knapp an Truppen.«

»Wenn du dich beim Herrscher einsetzt ...«

Drak hob ruckartig den Kopf. Beinahe, beinahe wäre es ihm entfahren: »Meinen Vater fragen? O ja, wir werden ihn fragen. Aber er wird nicht dort sein. Er ist niemals dort. Er treibt sich irgendwo auf der Welt herum und begeht Heldentaten. In seinem scharlachroten Lendenschurz stürmt er unter den Sonnen daher und schwingt sein Krozair-Langschwert. O ja, fragt ruhig den Herrscher. Es wird euch viel nützen.«

In Wirklichkeit aber sagte er: »Schickt den Boten los, Kapt.«

»Quidang!«

Die Gesichter der Anwesenden zeichneten sich im Lampenlicht und Widerschein des Feuers kantig ab, während sie eine Art Plan schmiedeten. Sie wollten den Feind weiterlocken, wollten ihn irgendwie nach Norden dirigieren und in unwirtliches Gelände drängen, wo er durch ständige Überfälle zermürbt werden konnte. Eine gezielte Konfrontation, eine geplante Schlacht kam nicht in Frage. Nicht solange das Stärkeverhältnis nach den schweren Verlusten schlechter als eins zu drei stand. Wenn die Verstärkung kam, zu Fuß oder durch die Luft, nun, dann mochte es mit Opaz' Segnung und der Schläue Vox' geschehen, daß sie Alloran einen entscheidenden Schlag versetzten.

Und ebenso seinen beiden peitschenschwänzigen Katakis …

»Wir müssen die Phalanx erhalten, wie sie ist«, sagte Drak und sagte damit eigentlich etwas Überflüssiges. »Ohne sie wären wir in Swantons Bucht völlig aufgerieben worden.«

»Aye, Jis.«

»Die Kervaxes sollen sich beim ersten Licht rühren und die ganze Phalanx nach Osten zurückweichen lassen. Wir brauchen leichte Infanterie für die Hinterhalte — und leichte Kavallerie.«

So ging die Diskussion noch geraume Zeit weiter, bis viele Einzelheiten festgelegt waren. Auf Draks Vorschlag zog man sich schließlich zurück, um für den Rest der Nacht vielleicht doch noch etwas Schlaf zu finden. Der Regen hatte nicht aufgehört. Der Himmel war eine schwarze Schale, die sich auf das Land preßte. Leone Sternenhammer zögerte am Ausgang.

»Jis?«

»Ja, Leone?«

»Die Königin — ich fürchte, sie wird nicht gut auf die Nachrichten reagieren.«

»Trotzdem muß man es ihr sagen, meine ich …«

»Jiktar Shirl die Elegante ist gefallen …«

»Ach! Das bekümmert mich zutiefst! Ich wußte nichts davon.«

»Ein blindlings abgeschossener Varterbolzen traf sie über dem Brustschild in den Hals. Sie ist in meinen Armen gestorben.« Auf Leones Gesicht zeigte sich keine Regung, doch ließ sich Drak davon nicht täuschen.

»Sie war Zofe der Königin, doch bestand sie nachdrücklich darauf, sich der Armee anschließen und als Jikai-Vuvushi kämpfen zu dürfen. Schließlich gab die Königin nach und stimmte zu. Shirl die Elegante stand der Königin sehr nahe.«

»Verstehe. Dann muß sie Bescheid wissen. Ich danke Opaz, daß die Königin in Vondium bleibt.«

Leone starrte ihn an, und die schwache Bewegung ihrer rechten Augenbraue vermittelte eine Botschaft von großer Bedeutung.

»Ich glaube, die Königin wäre liebend gern bei der Armee und marschierte mit ihrem Regiment Jikai-Vuvushis, um bei dem Mann zu sein, dem Prinzen, den sie ...«

»Schon gut, Leone, ich weiß es, du weißt es, das ganze verdammte Kregen weiß, daß Königin Lushfymi aus Lome mich heiraten möchte. Ich bin mir da nicht so sicher.«

»Darf ich anmerken, Prinz, daß es sicher eine prächtige Verbindung wäre? Lome ist ein sehr reiches Land, und Pandahem ist nach den Kriegen nun mit uns verbündet, und ...«

»Mit uns verbündet! Bei Vox Leone! Du hast doch die Armee gesehen, die da kreischend über den Strand raste. Die Furien kamen aus Pandahem! Es waren Pandahemer. Es würde mich nicht überraschen zu erfahren, daß darunter auch etliche Lomer waren!«

»Majister!«

»Männer wie Frauen!«

»Jis – du stellst meine Ehre in Zweifel ... ich kann doch nicht ...«

Ehe Drak klarstellen konnte, daß seine hitzig und unwirsch gesprochenen Worte gar nicht so gemeint waren, hatte Leone das Zimmer verlassen. Drak fluchte. Er fegte die Landkarten zu Boden, trat gegen das Tischbein und fluchte wieder.

Frauen!

Das Problem hatte damit begonnen, als Königin Lust ... Sofort berichtigte er sich im Geiste. Er sollte sie richtig als Königin Lushfymi bezeichnen, obwohl sie allgemein Königin Lust genannt wurde. Sie war nach Vallia gekommen, um den alten Herrscher zu heiraten,

Draks Großvater. Als der ums Leben gekommen war, hatte Königin Lust einige unangenehme Erfahrungen mit Zauberkräften gemacht und war schließlich zu der Überzeugung gelangt, daß es das beste für sie wäre, den Prinz Majister zu heiraten. Eines Tages würde Prinz Drak Herrscher sein.

Nun ja, und so würde es kommen, wenn es nach seinem Vater ging. Drak wollte nicht einmal daran denken. Er mußte einen Feldzug organisieren und Vodun Alloran, den verdammten Verräter, besiegen. Da war später noch Zeit genug, ans Heiraten zu denken.

Und außerdem ... Außerdem brachte er es nicht fertig, sich Silda aus dem Kopf zu schlagen.

Tochter Seg Segutorios, des Lieblingsgefährten seines Vaters, des besten Bogenschützen aus Loh auf ganz Kregen. Silda Segutorio beunruhigte Drak auf eine Weise, die er nicht zu ergründen vermochte. Er wußte, daß sie ihn liebte. Sie hatte bereitwillig ihr Leben riskiert, um ihn vor dem Tod zu retten. Sie war großartig, wunderbar, impulsiv, launisch und auch verdammt raffiniert — wie alle Frauen, die der berühmten, wenn auch geheimen Vereinigung der Schwestern der Rose angehörten.

Darüber hinaus wußte er, daß Seg Segutorio, der ihm wie ein Onkel nahestand, und sein Vater, der Herrscher, und seine Mutter, die Herrscherin, im Grunde einhellig wollten, daß Drak und Silda ein Paar wurden. Das schien ihnen unausweichlich zu sein — und eine wunderbar passende Sache.

Dagegen Königin Lust, gebildet, verlockend, welterfahren, sinnlich und klug und angeblich mit magischen Kräften ausgestattet — sie hatte ihn ebenfalls aufs Korn genommen.

Ach, es war alles ein Durcheinander!

Er schaute auf sein großes Krozair-Langschwert, das neben dem Kamin in der Ecke stand. Die Kohlen waren so gut wie durchgebrannt. Am besten ging er ins Bett, ehe der Raum zu kalt wurde. Als Krozair von Zy gehörte er einem kriegerischen und mystischen Orden an. Ja, das Leben war am Auge der Welt, am kregischen Binnenmeer, viel einfacher gewesen. Dort draußen, wo sein Bruder Zeg als König über Zandikar gebot, stellten sich die Dinge simpel dar. Wer oder was die grüne Farbe trug, wurde bekämpft. Wer die rote Farbe angelegt hatte, verdiente es, mit dem eigenen Leben geschützt zu werden.

Was Silda Segutorio anging, wohin, bei einer herrelldrinischen Hölle, hatte sich das Mädchen verschlagen lassen! Wo mochte sie stecken? Vielleicht in Vondium, wo Königin Lust zweifellos ein Luxusleben führte. Vielleicht bestand sie aber auch ein verrücktes Abenteuer im Auftrag der Schwestern der Rose. Es gab auch die Möglichkeit, daß sie sich bei seiner Schwester Dayra oder bei seiner Mutter, der Herrscherin Delia, befand, obwohl in jüngsten Briefen nicht von ihr die Rede gewesen war. Vielleicht begleitete sie sogar seinen Vater, den Herrscher von Vallia, in atemberaubende Abenteuer.

Zutiefst unzufrieden rollte sich Drak in seinen Mantel und versank in einen unruhigen Schlaf. Er träumte von augenlosen Gestalten, die in der blutroten Brandung von Swantons Bucht herumwateten.

3

Der Verlust so vieler Exemplare durfte die Festlichkeiten nicht stören — nicht solange Kov Vodun Alloran na Kaldi noch ein Wörtchen mitzureden hatte. Nein, bei Vox!

»Es gibt jede Menge Gefangene!« rief er seinen Kammerherren zu. »Setzt sie ein. Muß ich denn an alles denken?«

In Erwartung der vielen Feierlichkeiten waren die Straßen bekränzt worden, Laken und Wandteppiche hingen von Balkonen, Bier und Wein wurden karrenweise in die Stadt gebracht, Bäume waren mit bunten Lichterketten geschmückt, die die abendlichen Feste beleuchten sollten.

Wanderschauspieler, die in der Zeit der Unruhe kaum noch aufgetreten waren, kamen wieder zum Vorschein. Wenn die Menschen glaubten, daß die neuen unruhigen Zeiten vorbei waren, konnte man sie in dieser Überzeugung stützen.

Schauspielertrupps, Sänger, Jongleure, Feuerschlukker, Tier-Dompteure — sie alle kamen in der Stadt zusammen, um dem festlichen Anlaß ihren Glanz hinzuzufügen.

Wie es seiner Ansicht über sich selbst entsprach, ließ sich Alloran auf seinen Reisen von einem persönlichen Schneider begleiten. Dieser teilte sich Quartier, Mahlzeiten und Sold mit dem Friseur, dem Stiefelmacher, dem Parfumier, der Aufseherin des Leinens und anderen Männern und Frauen, deren einzige Aufgabe darin bestand, sich der Pflege der Person Vodun Allorans zu widmen.

»Ich möchte Kleidung, die schöner und prunkvoller ist, als man sie je zuvor gesehen hat!« wies Alloran seinen Schneider an, einen schniefenden kleinen Och mit Namen Opnar die Seide.

»So soll es sein, mein Herr Kov«, plapperte Opnar.

»Schließlich geschieht es zum erstenmal, daß ich zum König gekrönt werde«, sagte Alloran und musterte sich in dem großen Spiegel, der in einer Zimmerecke stand. Er lächelte sein Spiegelbild breit an, denn er genoß die Aura der Macht und königlichen Überlegenheit, die er von sich ausgehen spürte. »Allerdings bin ich davon überzeugt, daß ich diese Zeremonie nicht zum letztenmal erlebe.«

»Selbstverständlich nicht, mein Herr Kov.«

Der kleine Och ließ von seinen Helfern Ballen mit Stoffen hereinschaffen, so daß zunächst das Tuch ausgesucht werden konnte. Auf eine Weise war er erfreut, daß der Kov das Wort mit solcher Vertraulichkeit an ihn richtete, zugleich aber zitterte er vor der Möglichkeit, dem hohen Herrn könnte ein wichtiges Staatsgeheimnis über die Lippen kommen, das die Trennung seines Kopfes von den schmalen Schultern erforderlich machen könnte.

Alloran zeigte sich mit allem unzufrieden, was man ihm zeigte, und das war durchaus normal. Opnar ließ seine Ängste und seine schlechte Laune nicht an seinen Helfern aus. Alles in allem war er ein sanfter Mann, dem es nur darum ging, gute Kleidung zu nähen.

»Es soll viel Gold daran sein!« erklärte Alloran nachdrücklich. »Goldlitze, Goldknöpfe, Goldplatt — überall Gold. Die Leute müssen sehen und wissen, was für ein großartiger König ich bin.«

Ein solches Ansinnen kam Opnar die Seide durchaus normal und logisch vor. Er nickte energisch mit dem Kopf und rollte weitere Stoffballen auf.

Ein an der Doppeltür stehender Wächter meldete sich zu Wort: »Mein Herr Kov, Kapt Logan Lakelmi wünscht vorgelassen zu werden.«

Natürlich hatte Alloran sich in der besten Residenz der Stadt niedergelassen. Schon gingen ihm Ideen durch den Kopf, wie der Bau zu vergrößern und von höheren Mauern zu umgeben und durch weitere luxuriöse

Räumlichkeiten zu erweitern sei. Sobald er sich darüber im klaren war, wo er die Hauptstadt und den Palast seines Reiches errichten wollte, würde er sich einer kolossalen Bauwut hingeben.

Lässig bewegte er zwei beringte Finger, und der Wächter verschwand und kehrte mit Kapt Logan Lakelmi zurück.

»Mein Herr Kov!« rief Lakelmi forsch und grüßte.

»Kapt Logan. Welche Nachrichten bringst du?«

»Gute Nachrichten. Der Kataki-Strom hat einen großen Sieg über den Prinzen Majister errungen. An einer Stelle, die Swantons Bucht heißt. Die Vallianer fliehen Hals über Kopf, und ...«

»Halt, Kapt Logan! Ja, diese Nachricht ist äußerst positiv. Der Kataki-Strom hat sich gut geschlagen, obwohl ich ihm weitreichende Verstärkungen geschickt habe. Aber gemach, Kapt Logan. Wir sind hier Vallianer in Vallia, auch wenn du Söldner aus Loh bist — vergiß das nicht. Wenn ich erst König von allem bin, werde ich Herrscher von Vallia sein.«

»Ja, mein Herr Kov.«

»Vallia!« hauchte Alloran und war ehrlich bewegt. Seine Augen funkelten. »Ja, ich werde Herrscher von Vallia sein, und Vallianer werden in ihrer Heimat regieren, wie es sich gehört.« Unter gesenkten Lidern schaute er Lakelmi an. »Treue Diener aber werde ich nicht vergessen, Kapt Logan. Man wird auch dich nicht vergessen.«

»Ich danke dir. Möchtest du nun die Listen sehen ...?«

»Später.«

Kapt Logan Lakelmi, der das typische lohische rote Haar hatte, dazu eine hagere, große, aufrechte Gestalt, sah von Kopf bis Fuß wie ein Kämpfer aus. Hier und jetzt wirkte er als Allorans Stabschef und sehnte sich nach einem eigenen Kommando. Dazu würde es kommen, dessen war er sicher. Die Pläne des Kovs liefen auf zahlreiche weitere Feldzüge und Schlachten hinaus, die in den kommenden Jahresperioden noch vielen Söldnern Beschäftigung verschaffen würden.

Lakelmi kannte sich in Allorans Vergangenheit ein wenig aus. Der Kov, der in der friedlichen Zeit vor der Periode der Unruhe nicht mehr damit gerechnet hatte, Kov zu werden, weil sein Vater so lange lebte, war schließlich ins Ausland gegangen. Schon als sehr junger Mann war er Söldner geworden. Dann hatte er sich mit harter Arbeit und engagiertem Einsatz zum Paktun hochgekämpft, einem Söldner, der einen gewissen Ruf besaß. Der nächste Schritt war die Erlangung des Ranges eines Mort-Paktuns gewesen, eines Kriegers, dem von seinen Kollegen der silberne Mortilkopf an silbernem Bande verliehen worden war. Sein Ruf hatte sich unter seinesgleichen verbreitet. Doch ehe er den nächsten Schritt, den Zhan-Paktun, in Angriff nehmen konnte, der ihm einen goldenen Zhantilkopf eingebracht hätte, brach die Katastrophe über Vallia herein.

Alloran war nach Hause zurückgekehrt, nachdem sein Vater von irgendwelchen Aufrührern umgebracht worden war, und hatte für sein Kovnat gekämpft. Diesen Kampf hatte er verloren, so daß er in die Hauptstadt des Landes fliehen mußte — nach Vondium.

Dort hatte er sich der neuen vallianischen Armee angeschlossen. Der neue Herrscher gab ihm das Kommando über eine Brigade, an deren Spitze er gut kämpfte. Er war erwählt worden, mit einer Armee in den Südwesten zu ziehen, um dort die Sklavenhändler und alle anderen Parasiten zu vertreiben, die sich an Vallia bereicherten, und die dortigen Provinzen in den Verbund des Staates zurückzuführen.

Wie sich der verderbliche Ehrgeiz schließlich Bahn gebrochen hatte, wußte Lakelmi nicht genau. Jedenfalls stand fest, daß Vodun Alloran dem Herrscher die Loyalität versagt hatte. Er hatte für seine eigene Kovnat-Provinz gekämpft, hatte sie zurückerobert, hatte dann benachbarte Provinzen vereinnahmt und schließlich seine Unabhängigkeit erklärt.

Der nächste unvermeidliche Schritt war die Selbstkrönung zum König von Südwest-Vallia.

Nach seinem jüngsten Sieg gegen die Streitkräfte des Prinz-Majisters von Vallia schien es für ihn keine Hindernisse mehr zu geben. Sein Ehrgeiz sollte sich erfüllen.

Ja, Kapt Logan Lakelmi hatte durchaus das Gefühl, daß sich eine strahlende, ergiebige Zukunft vor ihm erstreckte.

Natürlich nur, wenn er sich nicht bei irgendeinem dummen kleinen Kampf das Lebenslicht ausblasen ließ.

Das goldene Funkeln der Pakzhan, die an einer Seidenschnur um seinen Hals lag, verriet der Umwelt, daß er ein Zhan-Paktun war. Diese hohe Stellung innerhalb der Bruderschaft der Söldner war Logan Lakelmi noch weitaus wichtiger als seine derzeitige Position als Kapt unter Kov Vodun.

Nun schob er sich die zusammengerollten Listen wieder unter den linken Arm. Später, hatte der Kov gesagt. Nun ja, das war Lakelmi gerade recht.

»Jen«, sagte er. »Es geht da um die entflohenen Sklaven, die wieder eingefangen werden konnten …«

»Das ist eine Sache für die Gerichtsbarkeit, Logan.«

»Durchaus. Aber ich möchte den Leuten Gelegenheit geben, sich zur Armee zu melden. Wir brauchen Männer.«

Alloran runzelte die Stirn.

»Männer! Die kosten Gold, man bezahlt sie, und manchmal kämpfen sie, manchmal laufen sie aber auch einfach weg. Und sie lassen sich umbringen, und wo bleibt das Gold dann?«

Lakelmi antwortete nicht. Opnar verharrte reglos mit einem Ballen wäßrig-grüner Seide in der Hand.

»Sklaven, die uns zeigen, wie undankbar sie sind, indem sie entfliehen, müssen bestraft werden. Ich neige zu den alten vallianischen Traditionen. Die Sklaverei ist eine überlieferte, ehrwürdige Institution. Ich könnte nicht in dem Vallia leben, das der neue Herrscher geschaffen hat — in einem Vallia ganz ohne Sklaverei. Der Mann ist ein Dummkopf, daran führt kein Weg vorbei.«

»Ja, mein Herr Kov.«

»Nachdem die Flüchtigen bestraft worden sind, nachdem man sie jikaider geschlagen hat, kannst du sie immer noch anwerben.«

»Danke, mein Herr Kov.«

Ihm schossen bereits Pläne durch den Kopf. Er wollte mal ein Wort unter vier Augen mit den Peitschendeldars wechseln, die sollten den Sklaven nicht allzusehr zusetzen und sie auf keinen Fall jikaidern — eine primitive Bestrafung, bei dem mit zwei Peitschen überkreuz gearbeitet wurde. Er würde sich schon erstklassiges Kampfmaterial besorgen, bei Hlo-Hli!

Dann sagte Alloran mit einem hinterlistigen Lächeln: »Aber, guter Logan, wer soll die rechtmäßigen Besitzer der Sklaven entschädigen? Immer vorausgesetzt, daß sie ihr rechtmäßiges Eigentum nicht zurückhaben wollen.«

Diese Formulierung, die Betonung des Rechtmäßigen beunruhigte Lakelmi.

»Ich werde mit ihnen sprechen, mein Herr Kov, und sehen, was sich machen läßt.«

»Tu das, Logen, tu das.«

»Es bleibt die Tatsache, daß wir jede Menge Leute brauchen, um unsere Armeen aufzufüllen.«

»Ja, und vermutlich berichten die Listen, die du dir dort unter den Arm geklemmt hast, von weiteren goldwerten Verlusten bei den Männern in Strom* Rosils Armee?«

»Die Verluste waren nur gering ...«

---

* Strom: Ein Adelsrang, der dem irdischen ›Graf‹ gleichzusetzen ist. — *A. B. A.*

»Dafür sei Takar Dank!«

»Eine frisch ausgebildete Einheit konnte heute nachmittag landen, die Argenter sind offenbar problemlos eingelaufen, und wenn jeder dreihundert Mann an Bord hat, müßten wir mindestens sechstausend dazubekommen.«

Lakelmi hatte das Gespräch absichtlich von Strom Rosil fortgelenkt, denn er wußte, daß der Kataki-Strom den größten Teil des Goldes geliefert hatte, mit dem die auf dem Festland kämpfende Armee bezahlt wurde. Niemand wußte, woher dieses Gold kam; wohin es floß, war dafür um so klarer, beim kühnen Lohako!

»Ich hoffe«, grunzte Alloran auf seine unhöfliche Art, »daß sich darunter gute Kämpfer befinden. Von den jaulenden Schwächlingen, die du Kampffutter nennst, haben wir wahrlich genug!«

»Das stimmt, mein Herr Kov.«

»Außerdem brauche ich eine erstklassige Kavallerie! Und Luftstreitkräfte!« Finster starrte er den Kapt an. »Was würde ich nicht alles geben für ein bißchen Luftkavallerie und Flugbootschwadronen — das könnte uns die Lufthoheit geben. Wie die Dinge liegen, ist jeder Kampf, was den Himmel angeht, ein Risiko.«

»Das gilt aber für alle Armeen, Jen. Wir kommen schon durch.«

Nach kurzem weiterem Gespräch war die Audienz vorbei, und Kapt Logan Lakelmi ging seinen Pflichten nach. Alloran bewarf Opnar und seine Helfer mit einem Stoffballen, fluchte und tobte, daß sie schon bessere Stoffe finden müßten als dieses abgegriffene Zeug, und begab sich zu seinem gewohnten reichlichen Mittagsmahl. Danach suchte er prächtig gekleidet den Hafen auf, um sich anzuschauen, was die frisch angekommenen Schiffe an menschlicher und dinglicher Fracht zu entladen hatten.

Auf den Wehrmauern über dem Hafen gesellte sich sein Neffe Jen Cedro zu ihm. Die Zwillingssonnen ver-

Zwischendurch: [redacted] Alloran ist ein boshafter Herrscher wie er im Buche steht. Er flucht und tobt – und findet deshalb auf Kosten seiner Untertanen schnell Entspannung. [redacted] Wir hingegen finden unsere Entspannung auf freundlichere Weise – zum Beispiel bei der Lektüre eines spannenden Buches. Und wenn uns dann der kleine Hunger zwischendurch unaufmerksam werden läßt – dann können wir uns in aller Gemütsruhe einfach einen heißen Drink bereiten. Wir brauchen dazu nur heißes Wasser und den… [redacted]

breiteten die gewohnte Pracht, in der Luft lag ein lokkend-frischer Meergeruch, Möwen kreisten krächzend, ein angenehmer Wind blies, und die versammelten Scharen spekulierten raunend über die Schätze, die die Schiffe angeblich in sich bargen.

Die Argenter, breit gebaute Schiffe mit einfacher Takelage, vermochten ungeheure Frachtmengen zu befördern. Schon bewegten sich Ketten von Sklaven über die schmalen Gangplanken — mit schweren Lasten die Schiffe verlassend, mit leeren Händen zurückkehrend. Die frische Meeresbrise half, ihre Gerüche zu dämpfen.

Die Söldner kamen an Land und taten, als wären sie nach den Wochen auf See zu keinem geraden Schritt mehr fähig, so alberten sie herum und machten ihrer Freude über die sichere Ankunft Luft. Alloran beäugte sie boshaft. Cedro überließ dem Kov sein Teleskop, mit dessen Hilfe sich Alloran einen besseren Eindruck von der Qualität dieser Krieger verschaffte. Er stieß einen Fluch aus.

»Darunter sind ja viele Frauen — Jikai-Vuvushis!«

Kapt Lakelmi hielt sich ein gutes Stück hinter den Männern auf, unauffällig, doch bereit, sich jederzeit zu melden, sollte sein Rat gesucht werden. In diesem Augenblick mußte er daran denken, daß die Kampfmädchen dem Kov schon gute Dienste geleistet hatten. Diese Ansicht wurde auch von der Gruppe Frauen geteilt, die einige Schritte entfernt auf den Befestigungen stand und die bunte Szene weiter unten beobachtete.

Abrupt wandten sich alle Frauengesichter dem Kov zu, als erwache ein Blumenbeet unter den Strahlen der Sonne zum Leben.

Lakelmi rührte sich nicht, sondern steckte sich die Zunge zwischen die Zähne, bis sich die Wange ausbuchtete. Seine Lippen blieben geschlossen. Die Szene konnte vergnüglich werden.

Chuktar Gilda Failsham, eine energische, abgebrühte Frau, deren hübschem Gesicht man die Erfahrung im

Kampf und in der Manipulation von Männern und Frauen ansah, war offensichtlich gewillt, ihre Meinung zu sagen. Sie war Mitglied des Ordens der Schwestern des Schwertes. Als Chuktar führte Gilda Failsham das Kommando über alle Kriegermädchen des Kovs — eine gut ausgebildete, kompetente Befehlshaberin. Für Dummköpfe hatte sie nichts übrig, für Männer wohl noch weniger, auch wenn sie zuweilen eingestand, daß sie zu gebrauchen waren.

»Mein Herr Kov!« rief sie aus ihrer Gruppe herüber. »Da unten sehen wir in der Tat eine große Anzahl Jikai-Vuvushis. Dafür sollten wir den Unsichtbaren Zwillingen danken — bist du nicht der gleichen Ansicht?«

Unduldsam, hitzköpfig, vor Eitelkeit und Arroganz strotzend wie Kov Vodun war, zeigte er sich doch nicht als Dummkopf. Er hatte viel von der Aura der Überlegenheit und Integrität verloren, die für seine Untergebenen einst so tröstlich gewesen war, doch war er noch immer ein bedeutsamer Mann. Ihm gelang kein breites Lächeln, wie es vielleicht angebracht gewesen wäre, doch sagte er: »Du hast recht, Gilda. Voll und ganz. Ich bin sicher, du weißt von der Hochachtung, die ich deinen Mädchen entgegenbringe.«

Lakelmi seufzte innerlich und nahm enttäuscht die Zunge zwischen den Zähnen hervor; er fühlte sich um eine amüsante Szene betrogen.

Lyss die Einsame, die zu der kleinen Frauengruppe gehörte, war ebenfalls enttäuscht. Wie angenehm wäre es doch gewesen, wenn Gilda Failsham — eine prächtige, wenn auch irregeleitete Frau — sich mit dem schurkischen Kov Vodun überworfen hätte! In jedem Kreis von Menschen, der sich um einen hohen Herrn bildete, kam es zwangsläufig zu Eifersüchteleien, Rivalitäten, heimlichen Abneigungen und geheimen Plänen, die kälter genossen wurden als der Schnee auf den Bergen des Nordens. Ihrer Erfahrung nach, die, wie sie selbst zugab, noch nicht sehr ausgedehnt war, gab es nur wenige Höfe, an denen keine Intrigen gesponnen wurden.

Um den Herrscher von Vallia hatten sich Menschen versammelt, die aus ihrer Sicht für das Beste standen, was es im neuen Vallia zu finden gab. Sogar um den Prinz Majister gediehen Intrigen, die geflüstert und mit verstohlenen Blicken vorangetrieben wurden. Dies betrübte sie. Hier riskierte sie nun ihr Leben bei diesen opazverfluchten Niemanden rings um Alloran, und wenn sie Pech hatte, verplapperte sich irgendein ahnungsloser Schweinehund, verriet ihre Tarnung und lieferte sie den gnadenlosen Verhören Kov Vodun Allorans und seiner zweimal verdammten Zauberer und dreimal verdammten Folterer aus.

Obwohl der Tag von dem lodernden Feuer Zims und Genodras' erhellt wurde und ein frischer Wind blies, glaubte sie ersticken zu müssen.

Sie warf Herrn Cedro einen Blick zu, der ihn eigentlich hätte zerschmelzen lassen müssen.

Weder er noch sein Onkel der Kov hatten ein einziges Wort über die Ereignisse in dem Raum verloren, in dem der tote Chavonth und die beiden toten Gefährten von großen Taten zeugten. Nicht daß sie sich deswegen Sorgen machte. Sie konnte daran nur zum wiederholten Male ablesen, mit was für Menschen sie es hier zu tun hatte.

Sie hatte den o-beinigen Lon die Knie energisch fortgeschickt, nicht ohne ihn zu absoluter Verschwiegenheit über die Ereignisse zu verpflichten, die er mitbekommen hatte. In seiner Angst war er nur zu gern bereit gewesen, auf alles einzugehen. Sie würde sich später mit ihm treffen. Der gute Lon sollte nicht plötzlich zu plaudern beginnen. Nein, bei Vox!

Die Nachricht, daß der Kataki-Strom, ein längst überfälliger Schurke, Drak in der Schlacht besiegt hatte, war schlimm und überraschend. Sie wußte, daß Drak entkommen sein mußte, denn wäre er getötet oder gefangengenommen worden, hätte sich diese Neuigkeit bestimmt wie ein Lauffeuer verbreitet. Das war eine, die logische Erklärung — der eigentliche Grund, warum sie Drak in Sicherheit wußte, bestand in ihrer Überzeugung, daß sie es sofort und mit größter Gewißheit in ihrem Herzen spüren würde, sollte ihm ein Leid geschehen.

So stand sie nun hier mit diesen unangenehmen Leuten und mußte zuschauen, wie weitere Verstärkung für die verflixte Armee an Land kam. Sie seufzte und dachte an ihr Zuhause. Ihr Leben hatte sich wahrlich nicht so entwickelt, wie sie es sich gewünscht hatte. Sie hatte gehofft, Draks Schwester, Prinzessin Majister Lela, auch Jaezila genannt, würde ihren nach dem Herrscher benannten Bruder Drayseg heiraten. Aber das war nicht geschehen. Lela trieb sich irgendwo in Hamal herum und himmelte einen hamalischen Prinzen namens Tyfar an, und beide gingen im Kreis und hatten nicht die geringste Ahnung, wie sie mit dem Schicksal fertigwerden sollten, das ihnen zugefallen war.

Was Drayseg betraf, so war er, als sie zuletzt von ihm hörte, irgendwo in Balintol als Zhan-Paktun unterwegs gewesen. Kein sehr beruhigender Gedanke. Und zu allem anderen Übel hatte es die dicke, luxusgewöhnte Königin Lust offenkundig auf Drak abgesehen! Unerträglich!

Silda Segutoria, in dieser ungesunden Gegend als Lyss die Einsame bekannt, besann sich auf das, was gut für sie war — als pflichtbewußte kleine Jikai-Vuvushi hatte sie ihre Aufmerksamkeit einem verräterischen Kov zu widmen — einem verdammten Schweinehund!

4

Die komplexe Serie der Feierlichkeiten, Rituale und religiösen Gesten, die Vodun Alloran, Kov von Kaldi, in König Vodun von Südwest-Vallia verwandeln würden, sollten ganze sechs Tage in Anspruch nehmen. Dies, so behaupteten die Alleswisser, sei doch genau richtig. Bliebe er unter diesem Zeitlimit, zeuge das doch nur von Unsicherheit und mangelndem Mut seitens des Kov, und auch, was noch wahrscheinlicher war, von mangelnden Mitteln für das Amt. Bei längerer Dauer hätte man leicht an einen aufgeblasenen Ehrgeiz, ein aus dem Ruder gelaufenes Ego denken können — Dinge, die bestimmt die Rache der Götter herausgefordert hätten.

In einigen Punkten war Alloran rechtschaffen unzufrieden — dazu gehörte der unschöne Umstand, daß er keine Königin zu krönen vermochte. Söldner, das hat ihr Beruf so an sich, heiraten selten, es sei denn, sie hätten eine langfristige Aufgabe als Leibwächter übernommen. Seine Absicht, die Kovneva von Rahartdrin zu heiraten und seinen Ansprüchen auf die Insel damit mehr Substanz zu verleihen, war leider nicht zu verwirklichen gewesen.

Er ballte die linke Faust um den verzierten Griff und bewegte das Rapier in der Scheide auf und nieder. Mürrisch zog er die Brauen zusammen. Die alte Schnepfe! Katrin Rashumin, Kovneva von Rahartdrin, hatte seine Armee bis auf das letzte bekämpft, aus Hinterhalten und Gräben, und sogar noch in den Bergen. Schließlich war sie ihm irgendwie nach Übersee entkommen.

Er hatte noch so viele Verfolger ausschicken können, niemand hatte sie gefunden.

Nun ja, eines Tages würde man sie aufspüren, tot oder lebendig. Wenn dieser Tag heraufdämmerte, würde sich Alloran seine Handlungsweise neu überlegen.

Besitz — das war der Schlüssel! Er hielt Rahartdrin fest in Griff. Bald würde seine Armada in den Norden segeln, nach Tezpor.

Andere Gründe zur Unzufriedenheit umgaben ihn reichlich.

Niedergekauert saß er in einem riesigen Ohrensessel, die Füße mit den schimmernden Stiefeln arrogant auf den gebohnerten Tisch gelegt. Jedesmal, wenn er das Rapier niederrammte, berührte die Scheidenspitze den Boden. Nun ja, goldene Waffenhüllen waren nun kein Problem mehr, denn die Insel war von der Anlage her ungeheuer reich — und er würde sie alle zur Arbeit antreiben. Er wollte ausreichend Sklaven kaufen oder erbeuten, um seinen Reichtum aus jedem Winkel der Insel zu ziehen.

Aber — er befand sich hier in Rahartdrin, in der Stadt Rashumsmot, nicht in seiner Heimat. Sie waren mit Kaldo und Kalden nicht zu vergleichen.

Außerdem war dieser Ort nicht einmal die eigentliche Hauptstadt der Insel. Das war Rahartium, und dort herrschte ein unglaubliches Chaos. Er hatte die Brände verhindern, dann löschen wollen; aber diese Aufgabe wäre selbst dem aus Legenden und Liedern bekannten Nath zuviel gewesen.

Vodun tröstete sich mit der Erkenntnis jedes Herrschers, daß er an Größe gewinnen würde, wenn das Volk eines eroberten, besiegten Landes zuschauen mußte, wie er sich die Krone aufsetzte. Er konnte ja weitere Krönungszeremonien in seiner eigenen Provinzhauptstadt Kalden abhalten.

War er jedoch erst Herrscher des ganzen Landes, mußte er sich natürlich in Vondium krönen und in sein Amt einführen lassen.

Das stand fest.

Er zweifelte nicht im geringsten daran, daß es so kommen würde.

Nun ja — er schwang die Beine vom Tisch und stand

auf, um den wartenden Völkerscharen gegenüberzutreten — nun ja, bis jetzt war alles gelaufen wie vorausgesagt. Arachna* hatte immer recht behalten, da konnte seine Zuversicht eigentlich nur zunehmen.

Das Lärmgewirr in den Straßen, das ihm bei seinem einsamen Auftritt auf dem Balkon entgegenschlug, wirkte förmlich berauschend. Er winkte der Menge zu. Die tiefstehenden Sonnen übergossen Gesichter und Köpfe mit smaragdgrüner und rubinroter Pracht, ließen an den Wachen der Posten und Soldaten blutrote Reflexe erscheinen, schickten grüne Lichtströme über ihre Rüstungen.

In der Menschenmenge standen hier und dort an geeigneten Punkten dunkel gekleidete Männer und Frauen und beobachteten die Vorkommnisse. Hätte es jemand gewagt, den Bogen zu heben, um auf den Kov zu schießen, wäre ein anderer Finger schneller gewesen und hätte mit einem zielsicher abgefeuerten Armbrustbolzen dem unbesonnenen Dummkopf das Lebenslicht ausgepustet.

Alloran begann zu winken und verzog das Gesicht zu einer Grimasse, die von unten als Lächeln gedeutet werden konnte — so zeigte er sich seinem Volke. Seinem neuen Volk. Die meisten Zivilisten waren geborene Rahartdriner. Seine Funktionäre waren damit beschäftigt, ihre Loyalität auf ihn umzubiegen. Dazu war ein besonderes Können vonnöten. Er setzte überaus fähige Männer und Frauen ein — und machte sich ihre Talente sehr geschickt zunutze.

Nath der Antreiber hatte seine Befrager überzeugt, daß er von den gelockerten Gitterstäben nichts gewußt hatte. Er war völlig unschuldig. Als Alloran dieses gemeldet wurde, hatte der Kov nur gesagt: »Es war die

---

* Arachna: Prescot sagt, er habe diesen Namen so übersetzt, weil er im Original-Kregischen überaus lang und kompliziert und für Menschen von der Erde nicht auszusprechen sei. — *A. B. A.*

Aufgabe dieses Rasts, alles zu wissen, was es über die wilden Tiere zu wissen gab. Die hat er nicht erfüllt. Er kann uns nichts mehr nützen.«

Dann hatte er innegehalten, und ein ehrliches Lächeln war auf seinem Gesicht erschienen. »In einer Hinsicht mag er uns doch noch nützlich sein. Anstatt die Tiere zu bewachen, kann er sie füttern — mit seinem eigenen Körper.«

Das Gefolge und die Funktionäre in Allorans Nähe bekundeten ihre Begeisterung über den Scherz.

Nun winkte er ein letztesmal und verließ den Balkon, wobei er sich einredete, daß das Jubelgeschrei der Masse durchaus ehrlich klang.

So wie Alloran andere Menschen benutzte, hatte er keine Verwendung für ein kaputtes Werkzeug und machte sich nichts daraus, es wegzuwerfen.

Wer ihm diente, war sich dessen bewußt.

Als er sich in das neu ausgestattete Umkleidezimmer begab, um das schmuckvolle und leicht auszumachende Paradegewand gegen ebenso prächtige, aber weitaus elegantere Abendkleidung einzutauschen, machten seine Dienstboten keine Fehler.

Gewandet in aufregende Seidenstoffe, übersät mit Edelsteinen, schritt Kov Vodun in den Raum, den er bereits den Bankettsaal nannte.

Dabei hing der frühere Besitzer der Villa noch hoch über den Wehrbefestigungen der Stadt.

Speisen und Getränke wurden in ungeheuren Mengen aufgefahren. Das Bankett war für hundert Gäste ausgelegt, von denen nur Naghen der Unförmige und Glenda die Schlanke mehr aßen als der Kov.

Was das Trinken anging, so war die Zahl derjenigen, die den Kov darin um einiges übertrafen, weitaus höher ...

Hinterher wurde der übersättigte Alloran in sein privates Ruhezimmer geführt. Er scheuchte eine perlendrapierte Sylvie fort, die sich um ihn kümmern wollte, und trat allein ein. Er befahl: »In einer Bur!«* und ließ die Tür hinter sich schließen.

Er setzte sich auf den Diwan, streifte die dünnen Schuhe ab, zog die Beine an, legte den Kopf auf ein Seidenkissen und ließ sich in den Schlaf sinken. Wovon er träumte, erinnerte er sich nicht, als die Tür aufging, und ein Lakai nervös sagte: »Eine Bur, mein Herr Kov.«

Er raffte sich auf. Dienstboten reichten goldene Schalen mit wohlduftendem warmem Wasser und weiche Handtücher. Erfrischt ließ er sich die Schuhe wieder über die Füße schieben. Dann stand er auf, rückte die Gurte für Rapier und Dolch zurecht, die mit goldenen Verschlüssen und Edelsteinen übersät waren, bewegte automatisch das Rapier auf und nieder und verließ zufrieden den Ruheraum.

In regelmäßigen Abständen standen Posten in den Fluren. Ihre Uniform war ein wenig zu bunt für echte Kämpfer; doch waren sie alle inzwischen reichlich auf die Probe gestellt worden, und Alloran traute ihnen so sehr, wie ein umsichtiger Herrscher seinen Leibwächtern überhaupt trauen kann.

Massig von Gestalt, so schritt Alloran selbstsicher aus, und die ehrfürchtigen Lakaien folgten ihm in einigem Abstand, wie es sich gehörte.

Er mußte nicht weit gehen, bis er die Doppeltür erreichte, die mit dunkelgrünem Samt und goldenen Nägeln beschlagen war, umrahmt von einer Borte aus gravierten goldenen Panelen. Er selbst hatte diese Tür anbringen lassen. Wenn er sich seinen eigenen Palast baute, würde er eine ähnliche Tür bauen und dahinter eine ganze Flucht von Gemächern anordnen lassen — und das alles ebenfalls in angenehmer Nähe.

In einem Seitenkorridor, der mit blauem Marmor ausgekleidet war, hielten Kampfmädchen Wache. Alloran

* Bur: Die kregische Stunde, von der 48 auf einen Tag gehen. Jede umfaßt 50 Murs. Eine Bur ist vierzig irdische Minuten lang. — *A. B. A.*

warf ihnen nur einen einzigen Blick zu, ehe er die schwer beringte Rechte hob und dreimal gemessen auf den goldenen Beschlag klopfte. Ein Mädchen verließ den blau ausgekleideten Korridor und schaute sich jede Jikai-Vuvushi genau an. Obwohl sie ferne Küchengerüche wahrnahm, rümpfte Lyss die Einsame nicht die Nase. An dieser Stelle und in diesem Augenblick hätte das mißverstanden werden können — was ein sehr teurer Irrtum gewesen wäre. Energisch bewegte sie sich von einem Mädchen zum nächsten, dabei schaute sie den Korridor entlang. Seitlich von ihr stehend, klopfte Kov Vodun an die rätselhafte grüne Tür.

Lyss die Einsame hätte zu gern gewußt, was sich hinter der vielfach geschmückten Tür befand.

Zu gern, o ja!

Wenn Alloran seine tägliche Routine weiterhin beibehielt, würde er auch morgen um diese Zeit an die Tür klopfen. Das war der Grund, warum Lyss die Mädchen der Garde ausgerechnet jetzt inspizierte.

Allorans derzeitige Flamme, Chemsi die Blonde, lebte in einer vornehmen Wohnung im Obergeschoß des Westflügels der Villa. Lyss war überzeugt, daß hinter der grünen Tür nicht etwa eine Frau auf Alloran wartete und jeden Abend von ihm besucht wurde.

Chuktar Gilda Failsham war zwar Mitglied des mächtigen Ordens der Schwestern der Rose, verschaffte ihrer derzeitigen Flamme, Ortyg dem Stämmigen, aber angemessenen Luxus in den oberen Gemächern des Blindell und Korf.

Überall in der Stadt hielten reiche Männer und Frauen ihre Liebsten aus — das waren Tatsachen des Lebens, die man als ganz normal hinnehmen mußte.

Sie war lange genug stehengeblieben und mußte sich sehr kritisch mit Sosie der Nachlässigen befassen, die in Lyss' Pastang immer am meisten Kummer mit der Ordnung hatte. Sie war zwar ein Jiktar, befehligte aber nur eine kompaniestarke Pastang aus sechzig Mädchen, während Gilda als Chuktar das kleine, dreihundertsechzig Kämpfer starke Wachregiment unter sich hatte. Ein durchaus normales Arrangement für Leibwächter, das sich von der Organisationsform der regulären Armee natürlich unterschied.

»Also, Sosie, was hätten wir denn heute abend ... ah!«

»Er ist mir unter der Hand losgegangen, Jik — ich schwör's!«

»O ja, ich glaube dir, Sosie. Wirklich. Du mußt deine Knöpfe eben fester annähen, ja?«

»Jawohl, Jik!«

Lyss wandte sich ab und sagte dabei nicht unfreundlich: »Wie gut, daß ich kein Mann bin, in den du dich verlieben könntest, Sosie. Er wäre wirklich schnell in Lebensgefahr, das kannst du mir glauben.«

Lyss fuhr wieder herum und blickte Sosie mit starrem Gesicht an. Die vollen Lippen des Mädchens begannen unmerklich zu zittern. Dann zeigte sich ihr Gesicht so reglos wie das ihrer Vorgesetzten.

Zufrieden marschierte Jiktar Lyss die Einsame weiter.

»Dee Sheon sei mein Zeuge!« sagte sie im Gehen vor sich hin. »Wenn dir eine Aufgabe gestellt ist, mußt du sie so gut ausführen, wie es irgend geht, und zwar aus vollem Herzen und mit aller Konzentration und Kraft. Da ich nachlässige Regimenter hasse, trieze ich die Mädchen und unterwerfe sie der Disziplin — und wozu? Damit sie losziehen und gegen meine Freunde kämpfen können, die unter Drak dienen! Das ist wirklich ungeheuerlich!«

Allerdings hatte die Situation auch ihre komischen Seiten, die ihr nicht verborgen blieben.

Als Schwester der Rose, das wußte sie, gehörte sie zu der besten Vereinigung dieser Art, die es überhaupt gab — daran brauchte sie keinen Gedanken zu verschwenden. Die Schwestern des Schwertes, die Großen Damen und die anderen weiblichen Orden, geheim, kriegerisch, mystisch, wohltätig, wie auch immer, verblaßten zur Bedeutungslosigkeit neben der Pracht der Schwestern der Rose.

In dem von Gilda befehligten Regiment befand sich nur eine Handvoll Mädchen aus den SdR, und keine von ihnen kannte Silda Segutoria. Sie hatte um Neumitglieder in letzter Zeit einen Bogen gemacht und schaute sie sich gründlich aus dem Hintergrund an, ehe sie sich ihnen als Lyss die Einsame bekanntmachte.

In einer halben Bur war ihr Dienst vorbei; dann wollte sie ihre Verabredung mit Lon die Knie einhalten. Viel lieber wäre sie in die Räume hinter der aufreizenden grünen Samttür mit den kostbaren goldenen Verzierungen vorgedrungen.

Sie erreichte den links gelegenen Wachraum, der den Jikai-Vuvushis vorbehalten war. Von dort schlugen ihr lautes Gelächter entgegen, laut neckende Stimmen, ein heftiger Streit um den Besitz einer schwarzen Hose und ein Duft, der angenehmer war als die meisten Düfte in dieser Villa. Sie duckte sich, um einer durch die Luft wirbelnden Haarbürste auszuweichen, schob sich an zwei Mädchen vorbei, die Armdrücken machten, und erreichte schließlich den kabinenhaften Verschlag, der den Jiktaren vorbehalten war.

Das war natürlich alles Unsinn. Es machte ihr nichts aus, den Wachraum mit den Mädchen zu teilen, die auf der Stufe der Kämpfer standen, die bei den Männern Swods genannt wurden — wobei sich die Mädchen phantasievolle Namen zu geben verstanden. Da die Villa für die vielen Leute zu klein war, die Kov Alloran hier zusammengezogen hatte, ging es nicht ohne Kompromisse. Wenigstens hatten sie und die anderen Jiktare einen Raum für sich, einen eigenen Spind und einen Haken, um daran die Dienstuniform aufzuhängen.

Sie legte das dumme Gewand, das wie ein Heroldsrock geschnitten war, ab; darunter kam ihre schwarze Kampflederkleidung zum Vorschein. Der Heroldsrock war steif vor eingewobenem Draht — der allerdings nicht aus Gold bestand. So sehr lag Kov Vodun doch nicht an seinen Leibwächtern, daß er auf diese Weise Gold verschwendete. Den Gerüchten zufolge würden alle Farben wechseln, sobald Alloran sich zum König gekrönt hatte. Sie hängte den Heroldsrock an den Haken und hörte draußen irgend etwas zersplittern. Die Mädchen waren heute in griffiger Stimmung.

In Wirklichkeit waren sie ein ordentlicher Haufen. Wenn sie nur für den Prinz Majister, für Drak, gekämpft hätten, anstatt für seinen erbitterten Feind!

»Du hast wohl schon einen Mann für heute, Lyss?« rief Jiktar Nandi die Stürmische, die ihren Kopf durch die schmale Tür hereinschob.

»Nein.«

»Ach ja!« sagte Nandi mit geröteten Wangen; das Haar fiel ihr in die Stirn. »Die Frage hätte ich mir sparen können. Man nennt dich nicht umsonst die Einsame.«

»Bist du bereit, mich abzulösen, Nandi?«

»Ja, aber warum hast du es so eilig?«

»Ich hab's nicht eilig. Es liegt nichts Besonderes an. Wenn du meine Mädchen reinholst, will ich nur schon fort sein. Das ist alles.«

»Du hast sie wohl wieder tüchtig rangenommen, wie? Sollte es mal zum Kampf kommen, wirst du eine der ersten sein, die einen Pfeil in den Rücken bekommt.«

Nandis Bemerkung war nur halb scherzhaft gemeint. Lyss' Strenge im Umgang mit ihrer Pastang war allgemein bekannt.

Wortlos saß Lyss auf ihrem kleinen dreibeinigen Schemel, streifte ihre Villenschuhe ab und begann die langen schwarzen Stiefel anzuziehen.

Nandi bot ihr keine Hilfe an.

Lyss war zu stur, um Hilfe zu erbitten.

Dieser Umstand zeigte wieder einmal, daß sie, die eine und wahre Silda Segutoria, die hier saß, in großer Gefahr war, in jener anderen strengen, barschen Frau aufzugehen, in Lyss der Einsamen. Offenkundig erforderte es ihre eigene Sicherheit, daß sie auch in Gedanken Lyss die Einsame war. Sich selbst als Silda zu sehen, Zwilling des Bruders Valin, den sie schon viele schmerzhafte Jahresperioden lang nicht mehr gesehen hatte, hieße der Katastrophe Tür und Tor zu öffnen.

Unter gesenkten Lidern schaute sie empor, beide Hände an den Bändern ihres linken Stiefels.

»Wenn Sosie die Nachlässige Schluß macht — sie muß vier Burs Zusatzdienst in den Waschräumen ableisten. Ich sage dem Deldar Bescheid, wenn ich gehe.«

»In den Waschräumen? Ja gut. Müßte sie in der Küche Strafdienst machen, würde sie alles anbrennen lassen.«

Ein schwaches Lächeln erschien auf Lyss' Lippen. Silda hätte laut aufgelacht.

Nandi verschwand, und Lyss brach ebenfalls auf, nachdem sie noch einmal schnell in den kleinen ovalen Spiegel geschaut und ihr Haar zurechtgerückt hatte.

Sie trat energisch auf, um die richtige Bequemlichkeit für ihre Füße zu erlangen, dann rückte sie noch einmal auf vertraute Weise die Waffengurte zurecht, bis sie richtig auf den Hüften saßen. Ob nun Silda oder Lyss — sie achtete stets auf Sauberkeit und Ordnung.

Auf direktem Wege begab sie sich zum nächsten Ausgang der Villa. Zahlreiche massive Statuen waren aus Gängen und Ecken entfernt worden, um mehr Raum zu schaffen. An den Stellen, wo sich diese Denkmäler befunden hatten, schimmerte der Marmorboden heller — in polierten Vierecken oder Sternenformen. Lyss bewegte sich mit ruhigen, geschmeidigen Schritten. Leute kamen an ihr vorbei, mit ihren Aufgaben beschäftigt. Ein Stich durchfuhr sie beim Anblick von Sklaven in grauen Lendenschurzen, aber natürlich ließ sie ihrem starren Gesicht keine Regung anmerken.

In dem Saal, der zum Ausgang führte, hallte Stimmengewirr auf wie bei einer ganzen Gruppe, die durcheinanderredete. Sie marschierte weiter und sah die

Gruppe in das Gebäude kommen; eine Horde Neuankömmlinge, die ihren Aufgaben zugeführt wurden. Stopfte man noch viel mehr Körper hier herein, würden die Wände bersten!

Abrupt blieb sie stehen. Sie fluchte nicht; dafür straffte sich die weiche Rundung ihrer Lippen.

»O verdammt!« sagte sie zu sich. »Typisch mein Pech!«

Zu der näherkommenden Gruppe gehörte Mandi Volanta, die gerade einen riesigen Bogenschützen aus Loh anlachte. Mandi war zur gleichen Zeit wie Silda Segutoria in Lancival gewesen und würde sie bestimmt erkennen. Lancival — der Ort, an dem die Schwestern der Rose ihre Mädchen in vielen Künsten ausbildeten und auf das kregische Leben vorbereiteten — brachte eine besondere Sorte Mensch hervor. Sofort durchfuhr Silda ein Stich des Kummers und des Zorns darüber, daß Mandi Volanta sich gegen die Mehrzahl ihrer Schulkameraden und gegen den Herrscher gestellt hatte.

Ihr blieb nichts anderes übrig, als sich abzuwenden, den Weg zurückzugehen, den sie eben gekommen war, und sich auf Umwegen zum nächsten Ausgang zu bewegen, der hinter dem Korridor der Knochen zu finden war.

Sie schaute nicht nach links oder nach rechts; mit arrogant erhobener Nase stolzierte sie an den wachestehenden Chuliks vorbei. So überlegen sie auch tat, gewahrte sie doch die gelbe Haut der Chuliks, die grüngefärbten Schweineschwänzchen, die runden schwarzen Augen und vor allem die aus den Mundwinkeln emporgereckten Hauer. Sie trugen erstklassige Rüstungen und leuchtend helle Uniformen, und ihre Waffen waren sauber und scharf. Chuliks waren eben geborene Söldner; sie konnten einen hohen Lohn verlangen.

Als sie ins Freie trat, waren die Sonnen beinahe schon untergegangen.

Menschenmengen wälzten sich durch die Straßen in Erwartung des Feuerwerks, das der Kov für den heutigen Abend seiner Krönungsfeierlichkeiten angekündigt hatte. Bestimmt hofften sie auch auf freien Wein.

Ein seltsamer Geruch lag in der Luft, ein Duft aus Schweiß und Staub und dem Atem zahlreicher Menschen. In den Straßen hallte das Brandungsmurmeln der Menge wider, zu dem gelegentliches schrilles Lachen nicht im Widerspruch stand. Lyss war solches Treiben zuwider.

Eigentlich sollten diese Menschen nach Drak und dem Herrscher rufen, ihnen zujubeln. Andererseits konnte sie ihnen ihr Verhalten nicht verübeln. Die bedrohlich aussehenden Chuliks dahinten und all die anderen Krieger unter Kov Voduns Kommando würden keine Mühe haben, den Gehorsam gegenüber den neuen Herren sicherzustellen.

Schon torkelten die ersten Betrunkenen durch die Straßen — ein widerlicher Anblick.

Die Tavernen konnten sich vor Gästen kaum retten. Entschlossene Trinker warteten nicht etwa auf Freiwein vom Kov — dazu mochte es kommen oder nicht. Die Anhänger Beng Dikkanes, des Schutzheiligen aller Ale-Trinker in Paz, würden sich ohnehin nicht die Lippen mit Wein beflecken, sei er kostenlos oder nicht. So flossen die alkoholischen Getränke bereits reichlich, mit der Folge, daß Trunkenbolde durch die Straßen zogen, wie es bei Leuten mit kleinem Gehirnkasten und schwachem Charakter nun mal passiert.

Letzte grünrote Strahlen stachen in den Himmel, als die Zwillingssonnen Zim und Genodras sich zur Ruhe betteten. Als Ablösung ihrer ewigen Wache über dem Antlitz Kregens erschien der vierte Mond am Abendhimmel und verbreitete ein helles Licht. Die Frau der Schleier verbreitete einen verschwommenen rosa Schimmer, der die Welt auf ganz eigene, rätselhafte Weise erleuchtete.

Silda — wenn sie nicht im Dienst war, wollte sie sich auf jeden Fall Silda nennen und nicht Lyss — empfand es stets als tröstlich, die Frau der Schleier gelassen über sich am nächtlichen Himmel schweben zu sehen. Von ihren engen Freunden empfanden viele ebenso.

Nun kam es zu einer schicksalhaften Begegnung mit vier massigen Burschen, zwei Zwillingspärchen mit Namen Ob, Dwa, So und Ley Dohirti, die allerdings schon ziemlich früh heftig getankt haben mußten, denn sonst wäre keiner auf den wahnsinnigen Gedanken verfallen, eine Jikai-Vuvushi zu beleidigen. Die Männer waren mit schweren Holzknüppeln bewaffnet, wie es das Recht jedes freien Vallianers war.

In Begleitung der vier ungehobelten Bauernburschen befand sich Nath der Verschlagene, der zweifellos die Ursache des Ungemachs war. Nath der Verschlagene stachelte die Burschen an. Er war kleinwüchsig und schwächlich gebaut, mußte zum Sehen die Augen zusammenkneifen und war wild entschlossen, sich an der ganzen Welt dafür zu rächen, daß er nicht den kräftigen Körper eines Kämpfers abbekommen hatte, der auf Mädchen wirken konnte. Er war Schreiber auf dem Bauernhof und wies die für seinen Beruf typischen Tintenflecke hinter den Ohren und an den Fingern auf. Lüstern blickte er zu Silda empor.

»Ein tolles Früchtchen, Jungs! Reif zum Pflücken!«

Noch vor drei Tagen hatte Nath der Verschlagene eben diese Worte in einem Theaterstück gehört, das in einem Zelt aufgeführt wurde, und hielt sie nun für überaus angebracht und sich selbst für einen gebildeten Mann, der Poesie rezitieren konnte.

»Eine richtige Kämpferschönheit«, sagte Ob Dohirti und stieß auf.

Sein Zwilling Dwa stotterte: »Ich kämpfe mit jedem um den ersten Platz ...«

»An der haben wir doch alle genug«, warf Nath der Verschlagene ein, der einen Streit in der Familie verhindern wollte. »Packt sie euch!«

Silda wußte nicht, ob die Schurken ihren Hinterhalt

mit großer Schläue gewählt oder lediglich von Coggog dem Unsäglichen mit Glück versorgt wurden. Als sie sich nun einem Zwillingspärchen zuwandte und dabei die Hand zum Rapiergriff gehen ließ, wußte sie, daß die beiden anderen gleichzeitig von hinten angreifen würden.

Die Dohirti-Zwillinge, die den Umgang mit fauchenden, widerspenstigen Tieren auf dem Hof gewöhnt waren, warfen ihr Seil mit großer Geschicklichkeit. Silda spürte, wie sich die Schlingen um sie legten und ihren Arm behinderten.

»Haltet sie ruhig!« quiekte Nath der Verschlagene.

Die fragliche Stelle, die entweder von den fünf Cramphs oder dem aus Coggogs Gunst geborenen Zufall bestimmt worden war, bot den Zwillingen die Chance, Silda in die schwarze Mündung einer Gasse zu zerren, die zwischen kahlen Ziegelsteinmauern verlief. Schwarze Flecken, die an Brandmale oder verzerrte Wolken erinnerten, zeigten sich im Mondlicht auf dem Mauerwerk. Fenster waren verbrettert worden. Silda kannte diesen Ort, es war ein Bau, den Alloran zum Abriß bestimmt hatte, um Platz für seine Neubauten zu haben.

Sie trat um sich und traf mit schwarzem Stiefel einen Unterleib, zugleich kickte sie mit dem anderen Bein zur Seite, verfehlte eine entscheidende Stelle und hielt es für angebracht, mit dem Schreien zu beginnen.

Nath der Verschlagene zog sein Messer, faßte es an der Klinge und versetzte Silda einen Schlag über den Kopf.

Sofort sackte sie zusammen, ihr Körper erschlaffte und fiel haltlos mit ihrer Fessel in die Schwärze der Gasse.

5

Silda fiel vorwärts in die Schwärze und ließ sich über abgetretene schwarze Pflastersteine rutschen. Ein einziger Hieb mit dem Griff eines Messers, geführt von einem so dürren Burschen, würde sie nicht um das Bewußtsein bringen. In ihrem Kopf dröhnte es ein wenig, als hätte den berühmten Glocken Beng Kishis jemand einen Dämpfer aufgesetzt.

Mit der Vorwärtsbewegung streifte sie das baumelnde Seil von ihrem Arm.

Die Situation, in der sie sich befand, war ihr von ihren Ausbildungsjahren in Lancival bestens bekannt. Dort lehrte man die Mädchen, auf sich selbst aufzupassen.

Die Männer stritten bereits auf das lebhafteste miteinander.

»Schnapp sie dir, du großer Hulu!«

»Aus dem Weg!«

»Kann überhaupt nichts sehen.«

»Das ist mein Fuß!«

Eine grobe Hand versuchte Sildas Fuß zu packen.

Gehorsam ließ sie sich auf den Rücken rollen und schaute rückwärts auf die Silhouetten der Männer vor dem vagen Schimmer der mondhellen Straße. Als sie den Fuß hob, bedauerte sie, daß sie keine sporentragende Zorcareiterin war. Immerhin waren ihre Stiefel ziemlich hart. Der Hacken senkte sich mit saftigem Knirschen.

Einer der Gauner begann zum Steinerweichen zu brüllen.

Im nächsten Moment war Silda aufgesprungen. Das Scharren, das zu vernehmen war, als ihr Rapier die Scheide verließ, gab den Trunkenbolden einen Anflug von Vernunft ein.

»Sie ist gar nicht ...«

»Sie hat ihr Schwert!«

Nath der Verschlagene fühlte sich betrogen.

»Auf sie, ihr Dummköpfe!«

Einer der Männer wagte sich vorwärts, ein dunkler, fledermaushafter Umriß.

Silda wollte die Burschen nicht töten. Gewiß, es gab viele Mädchen, die sich einen Spaß daraus gemacht hätten, den Burschen ihren harten Stahl zu schmecken zu geben. Silda aber hatte ihre Gefühle unter Kontrolle. Sie war eine kühl abwägende Kampfmaschine und vermied Blutvergießen, wo es irgend ging. Ihre Tarnung war wichtiger als jede Rache.

Behutsam piekste sie den ausgestreckten Arm.

Der Mann jaulte wie von einem Brenneisen getroffen auf und stolperte rückwärts.

»Onker! Idioten!« Silda war auf alles gefaßt.

»Schnappt sie!« kreischte Nath. Aber er befolgte seinen Befehl selbst nicht, zog er es doch vor, die schwierigeren Aufgaben seinen halb betrunkenen Begleitern zu überlassen.

Silda stand im Schatten und war für die Angreifer praktisch unsichtbar, während sie sie als schwarze Umrisse wahrnahm.

»Verzieht euch, ihr Gaunerpack, sonst spieße ich euch auf, einen nach dem anderen! *Bratch!*«

Die Burschen bratchten nicht auf der Stelle, doch zögerten sie sichtlich. Nath flüsterte heftig auf sie ein, und Silda entdeckte den erhobenen Arm und den geschleuderten Knüppel noch im letzten Augenblick.

Einfache Vallianer verstehen sich auf den geschickten und schnellen Umgang mit Knüppeln und Messern.

Sie duckte sich. Das Holz fuhr ihr über die Stirn, prallte ab, fiel lärmend auf das Kopfsteinpflaster. Ein Schwindelgefühl überkam sie, und sie mußte die Zähne zusammenbeißen und gegen eine unangenehme Schwäche ankämpfen, die ihr die Knie weich machte. Sie hielt sich aufrecht und benutzte ihre Ausbildung, um den Schmerz zu unterdrücken, während sie aufmerksam um sich starrte.

»Also gut, ihr Rasts. Das wär's für euch. Bei Vox!« keuchte sie. »Ich schneide euch die Ohren ab!«

Ein Gefühl der Leichtigkeit durchwogte sie, als wäre sie eine Feder, und als sie vortrat, schien ihr dummer Kopf vorangehen zu wollen und der Körper Mühe zu haben, ihm zu folgen. Sie brachte das Rapier in die Angriffsstellung. Der kleine Kerl — diesen Schweinehund mußte sie erwischen ...

Einer der Männer sagte gepreßt: »Ich verschwinde. Kommt — wahrscheinlich hat sie sowieso kein Gold.«

Silda nahm die perfekte Haltung ein, verharrte einen Augenblick lang und attackierte.

Mit schrillem Entsetzensschrei sprang Nath der Verschlagene empor wie ein Lachs in der Strömung und entging knapp der Klinge, die ihm sonst den rechten Arm abgeschlagen hätte. Die Spitze erwischte ihn am Ellbogen, und einen atemlosen Augenblick lang stellte sich Silda vor, das Rapier würde sich in seinen Knochen verfangen. Sie riß es los und hieb damit sofort auf den Arm des nächsten Burschen nieder.

Damit war die Sache entschieden.

Die primitiven Bauernschuhe hallten auf dem Pflaster. Gleich darauf waren die Angreifer verschwunden.

Der unangenehme Vorfall gehörte zu den unschönen Begleiterscheinungen des Alkohols, dessen war sich Silda bewußt.

Allerdings ... allerdings mußte man den kleinen Burschen, den die anderen Nath nannten, wohl ausnehmen; offensichtlich hatte dieser Kerl böse Absichten gehegt.

Nun ja, es gab Tausende von Naths auf Kregen; der Name leitete sich von einem sagenumwobenen Helden her, der in manchen epischen Legenden eine Rolle spielt. Nath war so etwa der verbreitetste und beliebteste Name auf Kregen. Das kostbare Metall Nathium, das sich sehr weich anfühlte, besaß angeblich magische Eigenschaften. Silda faßte sich mit der rechten Hand an die Stirn und spürte etwas Feuchtes.

Sie hatte ihre Main-Gauche nicht gezogen. Der ganze dumme Vorfall war es offenbar nicht wert, daß man sich darum Gedanken machte. Sie nahm die Hand von der Stirn und betastete kurz den braunen Leder- und Leinenbeutel an ihrer Hüfte.

Die armen Hulus! Wenn sie ... Nun ja, entweder wären sie kreischend geflohen oder hätten zu schreien versucht, obwohl sie keine Gesichter mehr hatten ...

Nun mußte sie sich doch an die schmierige Wand lehnen und tief die Abendluft einatmen. Sie schauderte kaum, doch wurde sie auf diese Weise wenigstens das Gefühl der Beschmutztheit ein wenig los.

Anschließend wischte sie sich die Stirn, reinigte das Rapier an dem Öltuch, das alle erfahrenen Krieger für solche Fälle bei sich haben, und eilte auf die Straße hinaus.

Von den vier Betrunkenen und ihrem üblen Einflüsterer Nath war natürlich nichts mehr zu sehen. Seinen Zunamen kannte Silda nicht. Wahrscheinlich nannte er sich der Schlaue, oder Raffinierte, oder Macher.

Es gab in ihrer Bekanntschaft so manches Mädchen, das an ihrer Stelle gehofft hätte, daß sein Ellbogen für immer steif sein würde.

Als Apim, als Homo Sapiens, hatte er nur zwei Arme.

Die verschiedenen kregischen Rassen, die mit vier Armen oder einer Schwanzhand gesegnet waren, konnten sich Sildas Ansicht nach wirklich glücklich schätzen. Vier Arme beim Kämpfen! Oder einen Schwanz mit einem an der Spitze befestigten Dolch oder — wie bei den Pachaks — einer Hand, mit der man eine Klinge packen konnte ... Wie großartig wäre das gewesen!

Auf dem weiteren Weg achtete Silda mehr auf ihre Umgebung, als sie es vor dem Überfall getan hatte. Lon die Knie hatte gemeint, die *Lederne Flasche* wäre ja wohl nicht das geeignete Lokal für ein Treffen mit einer Dame, und hatte den *Silbernen Lotus* vorgeschlagen, eine Schänke, die allgemein einen guten Ruf genoß. Normalerweise wäre Lon nicht auf den Gedanken gekommen, ein so teures und — für ihn — hochklassiges Etablissement zu betreten. Aber er hatte angedeutet, daß er etwas arrangieren könne, und Silda zog daraus den Schluß, daß er irgend etwas tun würde, um die erforderlichen Silber-Stiver zusammenzubekommen.

Für Leute wie Lon und die Burschen, die ihr da vorhin dumm gekommen waren, bestand das Geld in der Regel aus Kupfer- oder Bronzemünzen. Silber löste bei ihnen schon große Freude aus. Und Gold — was war das?

So etwa die einzige Methode, ihre Diproo-Finger um Goldmünzen zu schließen, bestand in der Methode, die da vorhin in der Gasse ausprobiert worden war. Und besonders in den Zeiten der Unruhe hatte so mancher Gesetzlose mehr Gold zusammengerafft, als sie, ihre Väter und Großväter und Söhne und Enkel normalerweise in ihrem ganzen Leben zusammen zu Gesicht bekommen würden.

Lon die Knie zeigte ein gerötetes Gesicht mit purpurn leuchtender Nase und strahlenden Augen — er bot einen prächtigen Anblick. Er wartete unter der Veranda für die Reiter, um die Schänke gemeinsam mit der Dame zu betreten, und freute sich auf den Umstand, daß alle Augen auf seine Gefährtin gerichtet sein würden.

»Lahal, Lon.«

»Lahal, meine Dame.«

Silda nahm sich zusammen und brachte schließlich ein strahlendes Lächeln zustande. In Wirklichkeit konnte sie sich kaum halten vor Lachen.

Lon! Lon die Knie! Seine berühmten O-Beine waren in eine Reithose gehüllt, die beinahe paßte, und ihre Tönung ging mehr auf sorgsam aufgetragene braune Kreide denn auf natürliche Farben zurück. Er hatte sich das gute Stück geliehen, soviel stand fest. Dennoch hatten sie eine gewisse Ähnlichkeit mit den vallianisch-braunen Hosen, die die vornehmeren Leute zu tragen pflegten.

Seine Stiefel blitzten. Silda schaute sie sich nicht zu gründlich an. Ihren Glanz konnten sie aber nur einer gründlichen Behandlung direkt hier vor dem Haus verdanken, denn bei dem Staub ringsum machte man sich beim zweiten Schritt wieder schmutzig. Sildas Stiefel waren im Vergleich zu Lons Fußbekleidung nicht anzuschauen.

Und seine Jacke! Zum Teufel — woher hatte er die? Ursprünglich war das Stück ein Khiganer gewesen, eine schwere braune Tunika, die mit breitem Aufschlag an der linken Seite des Körpers und an der linken Schulter zugeknöpft wurde. Der Kragen ließ sich in verschiedenen Arten ausgestalten; diese Jacke schien den höchsten, steifsten und engsten Kragen zu haben, den sie je an einem Khiganer gesehen hatte. Lons Kinn ragte vor wie ein Hühnchen, das den Hals aus dem Ei streckt.

Die Ärmel des Khiganers waren abgeschnitten worden und legten auf diese Weise die weiten Ärmel von Lons Hemd frei. Es zeigte sich in schlichtem Elfenbeinweiß, ohne die üblichen Farbstreifen, die über Neigungen und Verbindungen des Trägers Auskunft gaben. Silda hätte mit sich wetten mögen, daß Lon nur die Ärmel trug und kein komplettes Hemd.

Sein Kopf war auch ohne Hut. Wahrscheinlich, so vermutete Silda, war es ihm nicht gelungen, sich einen der typischen weichen vallianischen Hüte mit kecken Federn zu erbetteln, zu leihen oder zu stehlen. Sein Kopfschmuck, eine Kappe und ein Stirnband, war in dieser Schänke sicher nicht angebracht.

Die Main-Gauche hatte er im Gürtel stecken, und von irgendwoher hatte er sich eine ganz annehmbare Scheide für den Dolch beschafft.

Lon bebte.

»Gehen wir hinein, meine Dame?«

»Bitte sehr, Lon. Ich freue mich auf einen schönen Abend.«

»Möchtest du das Feuerwerk sehen, meine Dame?«

So sprach er normalerweise nicht. Er versuchte seine Ausdrucksweise der Bedeutung des Augenblicks anzupassen.

Silda blieb stehen.

»Lon — ich muß dir zweierlei sagen. Erstens: Rede nett, aber normal. Zweitens: Sag nicht immer ›meine Dame‹ zu mir. Ich heiße Lyss. Nenn mich so, wenn du mich anreden mußt.«

Lon schluckte trocken herunter.

»Ja, meine Da- - Lyss.«

Damit war Silda nun wieder in ihre Rolle als Lyss die Einsame geschlüpft. Sie seufzte und erstieg mit Lon die Vortreppe und betrat den *Silbernen Lotus*. Sie konnte es kaum erwarten, die derzeitigen Unannehmlichkeiten hinter sich zu bringen und nach Hause zurückzureisen, wo sie Drak wiedersehen konnte. Dieser Gedanke brachte sie auf die schreckliche Königin Lust! Diese dikke ränkeschmiedende Hexe! Bestimmt saß sie in diesem Augenblick Drak gegenüber, blinzelte ihm keck zu, schmierte ihm Honig um den Mund, drückte das Rückgrat durch und hatte bestimmt zuviel Parum angelegt — die dicke Kuh ... und ... und ... nun ja, sie war eben bei Drak! Es war irgendwie zuviel.

Aber Silda war eine Schwester der Rose, und da blieb ihr nichts anderes übrig, als Lyss zu spielen und die Sache voranzutreiben.

Die Khiganerknöpfe an Lons linkem Schlüsselbein bestanden aus Zinn und wiesen erhobene Darstellungen Beng Debrants auf, die allerdings schon ziemlich abgegriffen aussahen. Die Knöpfe an seiner linken Flanke sahen oben ebenso aus, das Zinn schimmerte angenehm. Auf halber Strecke aber wechselte das Material; hier waren die Knöpfe aus Horn, einige mit Inschriften und abgegriffenen Bildern, die unteren ohne jeden Schmuck. Nach ganz unten zu bestanden die Knöpfe nur noch aus Holz. Lon hielt unauffällig abschirmend die rechte Hand davor.

Die Schwestern der Rose hatten bei ihrer Ausbildung in Lancival gelernt, daß keiner Person, die sich Mühe gab, die wirklich alles tat, was in ihrer Macht stand und dennoch versagte, ein Vorwurf zu machen war. Letztlich stand alles in den Unsichtbaren Zwillingen, die sich im Licht Opaz' manifestierten.

Lon gab sich überaus große Mühe.

Silda mußte das neidlos anerkennen.

Voller Unbehagen und aus einem Gefühl heraus, das sie nicht etwa einem Überlegenheisdünkel zuschrieb, machte sie sich klar, daß Lon jeder Gedanke an eine sexuelle Annäherung fern war. Er freute sich lediglich, mit einer jungen Dame ausgehen zu können und gesehen zu werden, die sich doch sehr von den Mädchen unterschied, mit denen er sonst zu tun hatte. Schon dieser Gedanke löste in Silda ein Unwertgefühl aus. Was würden die anderen SdR über sie kichern, wenn sie sie jetzt sehen könnten! Und — sie würde sie auffordern, sich zum Teufel zu scheren!

Das Gasthaus war von mittlerer Qualität, sauber, mit Weinen, die man vernünftig bis gut nennen konnte. Wenn einem Gast der Leichtsinn zu Kopf steigen und er eine Flasche Jholaix bestellen sollte, bestand immerhin die Chance, daß sich eine finden ließ. Es war eine sehr geringe Chance, denn von allen Weinen dieser Gegend war der Jholaix eindeutig der beste. Er kostete astronomische Summen. Als sie an dem Tisch Platz nahmen, der ihnen von einer Serviererin zugewiesen wurde, wandte sich Silda an Lon und sagte: »Für mich nur etwas Einfaches, Lon.«

Mit besorgtem Gesichtsausdruck starrte er sie an.

»Ach, meine Da ... Lyss ... Hier im Licht sehe ich es deutlich. Dein Kopf — es klebt Blut daran.«

»Oh!« rief sie gereizt. »Hab ich es nicht ganz abgewischt?«

Sie zerrte ihr Taschentuch hervor, spuckte hinein und begann zu reiben; dabei fragte sie sich, was ihre Ausbilder wohl sagen würden, wenn sie sie jetzt sehen könnten.

»Jedesmal wenn wir uns treffen, Lon, bin ich irgendwie blutig. Nimm dich in acht.«

»Wie? Ich meine, was …?«

»Trunkenbolde, die sich einen Spaß machen und mich ausrauben wollten.«

»Die Wache ist wohl ziemlich nachlässig.« Dann senkte Lon ein Lid. »Was zuweilen auch Vorteile hat.«

Silda lachte.

Die Bedienung war ein Fristlemädchen, das ein herrliches laypomfarbenes Fell besaß und einen kecken Schwanz und sorgfältig gepflegte Schnurrbarthaare. Sie trug eine gelbe Schürze und zeigte damit an, daß sie keine Sklavin war. Ihre schüchterne, ehrerbietige Art hatte allerdings etwas Sklavenhaftes.

»Ich bin wie ausgelaugt. Ich hätte gern zunächst ein Glas Parclear. Das perlige Zeug wird mir die Kehle öffnen.«

»Zwei«, sagte Lon wichtig. »Und später?«

Das Fristlemädchen sagte: »Wir haben Quidgling-Kuchen, Brathühnchen, jede Art Fisch, Ordelpudding …«

»Für mich einen Ordelpudding«, sagte Silda gedankenlos.

»Zwei«, sagte Lon wieder.

»Wein?«

Silda verschränkte die Finger auf der Tischplatte. »Wie ich schon sagte, etwas Einfaches.«

»Was möchtest du denn gern?« fragte Lon.

Entschlossen sagte Silda: »Kensha, mit Kräutern.«

»Zwei«, bestellte Lon.

War das eine nervöse Bewegung zum Geldbeutel an seinem Gürtel? Silda würde sich wohl sehr taktvoll verhalten müssen, sobald es zum Stoß der Pike kam, wie Nath na Kochwold es auszudrücken pflegte.

Kenshawein, einen zarten Rosée, trank man am besten mit einer Prise in das Glas gestreuter Kräuter. Sie verliehen dem Wein einen besonderen Geschmack, verwandelten einen guten billigen Wein in einen wirklich guten Tropfen.

So nahm der Abend seinen Lauf — sie aßen und tranken und unterhielten sich. Lon beschäftigte sich sehr ernst mit den üblichen Gesprächsthemen. Innerlich brodelte er vor Freude. Die Erinnerung an dieses Abendessen würde für den Rest seines Lebens reichen müssen, er würde seelische Nahrung daraus ziehen, wenn er später seine Kohlsuppe aß oder eine Käserinde oder Brotkrume kaute. Dieses Mädchen war prächtig!

Er erzählte ihr, daß Nath der Antreiber verschwunden sei. Er selbst sei von jeder Schuld freigesprochen worden. Trotzdem hatte er ein bißchen zu lange Blut schwitzen müssen ...

Als er sich für diesen unschönen Ausdruck entschuldigte, mußte Silda lachen, so sehr amüsierte sie der Gedanke. Sie genoß diesen Abend, wie sie es nicht für möglich gehalten hätte. Der Tag war weiß Opaz schlecht genug gelaufen.

Im *Silbernen Lotus* war nicht allzuviel los; Gäste kamen und gingen, schauten kurz herein, um noch schnell ein Glas zu trinken, ehe das Feuerwerk begann. Silda wurde auf ein perliges Lachen in der gegenüberliegenden Seite der Nische aufmerksam. Dort warf eine Frau den Kopf in den Nacken und lachte frei über eine Bemerkung ihres Begleiters. Ihre schwarze Haut schimmerte vor Gesundheit, ihr rabenschwarzes Haar funkelte wie ein Wasserfall bei Mondlicht, und in ihren Augen stand ein herausforderndes Leuchten. Das bodenlange, auffällig grüne Gewand paßte auf bewundernswerte Weise zu ihr, ihr silberner Schmuck war ungemein vornehm und geschmackvoll.

Auf ihrer linken Schulter hockte ein pelziger kleiner Likl-Likl und mampfte zufrieden die Nahrungsbrocken, die sie ihm reichte; das Tierchen war offenbar stolz auf seinen mit Silber besetzten grünen Kragen. Die Silberkette, die ihn an das linke Handgelenk der Frau fesselte, funkelte bei jeder Bewegung.

Die Zähne ihres Gesprächspartners schimmerten in dem schwarzen Gesicht, wenn er lachte; er trug vornehme braune vallianische Kleidung, und breite Farbstreifen zeigten an, wem seine Loyalität gehörte. Ein auffälliges Paar, das Sildas Herz zu erwärmen vermochte. Sie kannte die Namen der beiden nicht und würde sie wahrscheinlich auch nicht näher kennenlernen; doch spürte sie, daß die Unbekannte sich entspannte und dem Abend anheimgab, daß sie sich über ihr Glück freute, daß sie das Leben liebte und an sich vorüberströmen ließ.

Eine neue Gästegruppe trat ein, lärmend und Witze erzählend, und setzte sich um einen Tisch vor dem Paar, das Sildas Bewunderung erregt hatte. Das Wasser lief tröpfelnd durch die Clepsydra, die Bedienung drehte das Glas um, und Silda begann sich mit dem unangenehmen Gedanken vertraut zu machen, daß der schöne Abend zu Ende gehen könnte.

Sie hatte sich davon überzeugt, daß Lon die Knie wirklich keine Ahnung hatte, wer die Stäbe in den Käfigen der wilden Tiere gelockert hatte. Er wußte ehrlich nicht, wer diese scheußliche Tat begangen hatte. Dem makabren Schicksal, das Nath den Antreiber ereilt hatte, war er nur deswegen entgangen, weil die Ermittlungen ergeben hatten, daß seine Gitterstäbe nicht gelockert worden, sondern nur der Größe und Wildheit des Churmods zum Opfer gefallen waren.

Lon schluckte und hob den letzten Rest Kensha in seinem Glas.

»Soll ich ... ich meine, Lyss ... möchtest du mich wiedersehen?«

Ehrlicherweise hätte sie darauf antworten müssen, daß Lon sie enttäuscht hatte. Sie hatte eine Spur zu finden gehofft, die Spur jener rätselhaften Hand, die die Käfigstäbe manipuliert hatte. Nachdem dies nun eine Sackgasse war — gab es ja wohl keinen Grund mehr, Lon wiederzusehen, oder?

Er leerte sein Glas und schaute sie an. Sie fuhr sich mit der Zunge über die Lippen und erkannte, daß sie sein Glück nicht so brutal zerstören konnte.

»Natürlich, Lon!«

Das Lächeln, das auf seinem geröteten Gesicht erschien, hätte die Eisgletscher Sicces erwärmen können. Er griff nach seinem Geldbeutel am Gürtel — und erstarrte.

Das Lächeln schwand. Die Farbe wich aus seinen Wangen, die Nase verlor den purpurnen Schimmer und schien förmlich zu schrumpfen.

»Lyss! Mein Geld — es ist fort!«

Silda hielt es für ausgeschlossen, daß Lon sie anlügen könnte, daß er sie mit falschen Angaben dazu bewegen wollte, die Rechnung zu übernehmen. Sie hatte sich ein Urteil über den Tierpfleger gebildet und verließ sich darauf.

Lon hatte sich mit dem heutigen Abend sehr große Mühe gegeben. Er hatte sich irgendwoher sein prächtiges Kostüm besorgt. Er hatte in seinem Beutel genug Silber, um zu bezahlen, was sie verzehrt hatten — davon war Silda überzeugt.

Also war Lon von einem verflixten Dieb bestohlen worden!

Sofort sagte sie: »Mach dir wegen des Zahlens keine Sorgen, Lon. Das ist kein Problem.«

»Aber! Meine Dame! Ich kann doch nicht ...«

»Ich rede mal mit dem Wirt. Diebe sind im allgemeinen nicht gut für den Ruf eines Gasthauses.«

»Ich würde gern ...«

»Durchaus.«

Silda spürte an der Seite eine schwache Berührung, einen federweichen Hauch, auf den sie kaum achtete. Sie öffnete den Mund, um Lon zu tadeln und aufzufordern, sich zusammenzunehmen, als vom Sitz neben ihr ein schriller, qualvoller Schrei aufgellte.

Schockiert senkte sie den Blick.

Ein rundes, pelziges Bündel rollte auf den Sitz.

Sie wußte sofort, worum es sich bei dem kleinen Tier handelte. Der Spinlikl, der einen Körper aus buntem Fell besitzt und acht bewegliche Gliedmaßen, die je in einer kräftigen Hand enden, gehörte zu den Lieblingswerkzeugen kregischer Diebe, um auf leichtem Wege an ihre Beute zu kommen. Ein Spinlikl konnte sich mit erstaunlicher Geschwindigkeit und Geschicklichkeit bewegen und leise wie der Tod, er konnte Schlösser und

Verriegelungen öffnen, Beute stehlen und seinem Herrn oder seiner Herrin ein Vermögen bringen.

Energisch fuhr Silda herum, als sich der Spinlikl kreischend auf sieben seiner acht Gliedmaßen stützte.

Der achte Auswuchs schimmerte blutig.

Das Tier sprang an Silda vorbei. Sie wendete den Kopf und sah es auf die Schulter des Mannes klettern, der am nächsten Tisch saß. Er hatte ein haariges Brokelsh-Gesicht, ungebildet, aber kraftvoll, ein Gesicht, das im Augenblick finster war vor Zorn.

»Was hast du mit meinem lieben Herrn Hofchin angestellt?« brüllte der Brokelsh. Er ergriff den zuckenden Arm, aus dem Blut pulsierte. »Du hast ihm ja förmlich die Hand abgeschnitten!« Tatsächlich baumelte die Hand des Wesens schlaff herab.

Silda wußte, was das arme Geschöpf gemacht hatte. Nachdem es Lon das Geld gestohlen hatte, hatte es ihren braunen Leinenbeutel geöffnet und mit der Hand, die nun halb abgeschnitten war, darin herumgetastet. So etwas geschah ihm natürlich recht, doch hatte er im Grunde keine Schuld. Der wahre Schurke war sein Herr, der ihn in der Diebeskunst unterrichtete.

Neben dem Dieb saßen zwei weitere haarige Brokelsh, die nun aufstanden. Ihre Hände näherten sich den waffenschweren Gürteln. Sie trugen ordentliche Kleidung, die zu den Festlichkeiten paßte — helle Farben, Schärpen, Federn und schimmernder Straßschmuck.

Lon erhob sich torkelnd, er war außer sich vor Wut.

»Ihr Rasts! Ihr habt mir mein Geld gestohlenl Ich sorge dafür …«

Er begann um den Tisch herumzugehen. Silda sagte energisch und ungeduldig: »Lon, setz dich!«

»Aber …«

Der Dieb war nicht minder erzürnt als Lon. »Wofür willst du sorgen?« fauchte er. »Ich gerbe dir das Fell!«

Einer seiner Begleiter schaute quer durch den Gastraum. »Beim Flinkfingrigen Diproo, Branka! Sprich leise! Der Wirt kommt ...«

Branka aber war außer sich über den Schaden, den Herr Hofchin, sein Spinlikl, genommen hatte, und wollte sich nicht beruhigen. Mit bleichem Gesicht zog er seinen Clanxer und marschierte auf den Tisch los, an dem Silda und Lon noch saßen.

Silda erhob sich.

»Wirt!« rief sie, und ihrer Stimme merkte man es an, daß sie es gewöhnt war, Regimenter zu befehligen. »Dieser Rast hat uns Geld gestohlen. Ich gedenke es mir von ihm zurückzuholen. Wenn du willst, kannst du die Wache holen.«

Mit diesen Worten stürmte Silda Segutoria, Tochter Seg Segutorios, den Dieben entgegen. Dabei zog sie das Rapier.

»Lyss!« Besorgt richtete sich Lon auf und zog seine Main-Gauche.

Branka warf einen spöttischen Blick auf das Rapier.

»So ein kleiner Zahnstocher, Mädchen? Ich zeige dir, worum es bei einem richtigen Wirtshausstreit geht!«

»Darum etwa?« fragte Silda, riß mit der linken Hand einen Stuhl hoch und schleuderte ihn dem Burschen ins Gesicht. Ihr linker Arm war muskulös von den zahlreichen Übungsstunden mit dem Jikvar und ließ den Stuhl heftig in das Gesicht des Gegners knallen, brach ihm die Nase, verletzte ein Auge und ließ ihn rückwärts gegen seine Gefährten torkeln.

Damit hörte sie aber noch nicht auf.

Die Schreie der aus dem Gleichgewicht gebrachten Männer bedeuteten ihr nichts. Sie streifte den einen mit ihrer Klinge am Arm, schnitt dem anderen geschickt die vornehme Kleidung auf, und dann stürzte sie sich auf Branka.

Er schrie außer sich und spuckte Blut. Die Hälfte seiner Zähne war eingeschlagen, die Nase blutete.

Silda achtete nicht darauf, sondern bemühte sich nur, nicht selbst schmutzig zu werden. Der Spinlikl hockte wimmernd am Boden und saugte an seinem verwundeten Arm.

Silda steckte die Hand in Brankas Geldbeutel und zog eine Handvoll Münzen heraus.

»Lon!«

Er stand mit aufgerissenen Augen am Tisch.

»Ja, Lyss ...«

»Wieviel?«

Er schluckte. »Äh — sieben Sinver. Oh — und vier Obs!«

Wieder zweifelte Silda nicht an Lons Ehrlichkeit. Wenn er von sieben Silber-Sinvern und vier Kupfer-Obs sprach, war das genau die Summe, die gestohlen worden war. Sie sortierte das Geld und begann den Rest zurückzustecken — dann hielt sie inne.

»Der Rest ist wohl auch gestohlen. Wirt?«

Der Mann stand im Hintergrund und hatte Stielaugen, die Hände hatte er in seine gelbe Schürze verwikkelt.

»Ja, meine Dame, hier bin ich. Das Blut ...«

»Davon hast du bestimmt schon genug gesehen. Behalt das Geld. Die Wache soll die Sache regeln. Du hast hier einen hübschen Laden, aber ich würde an deiner Stelle vor den Gästen verheimlichen, daß solche Diebe hier verkehren.«

»Aber meine Dame ...«

»Wir gehen jetzt. Gib der Wache Bescheid. Ach, was macht überhaupt die Rechnung?«

»Nein, nein, meine Dame!« plapperte er. »Bitte schweig! Du bist im *Silbernen Lotus* belästigt worden. Das bekümmert mich sehr, bitte, meine Dame, auf Kosten des Hauses ...«

»Das ist unter den gegebenen Umständen rücksichtsvoll. Hier, dein Geld, Lon.«

Lon war nicht sicher, ob das Geld einen Ausgleich für

die Herrlichkeit dieses Augenblicks war. Was für ein Mädchen diese Lyss doch war!

Beim Verlassen der Schänke fiel Silda auf, daß das schwarzhäutige Paar intensiv hinter ihr herstarrte; offenbar hatten die beiden die freie Vorstellung in vollen Zügen genossen. Die Dame streichelte den pelzigen Likl-likl auf ihrer Schulter, und die strahlenden Augen des Geschöpfes betrachteten mit einem weisen Ausdruck die Zerstörung auf dem Boden und den verwundeten Spinlikl. Obwohl sie physiologisch einiges gemeinsam haben, waren sie als Spezies nicht sehr verwandt. Silda mußte plötzlich daran denken, daß es auch andere Gründe für den Wunsch gab, einen Likl-likl auf der Schulter zu tragen.

Ja, es waren niedliche kleine Fellbündel, die man streicheln und an sich drücken konnte, beste Gefährten. Vom Wesen her freundlich, ließen sie sich zu Gewalt nur hinreißen, wenn eine außergewöhnliche Grausamkeit sie dazu anstachelte. Der Spinlikl hatte nicht den Versuch gemacht, die schwarze Dame in dem smaragdgrünen Kleid zu bestehlen. Ihr Likl-likl hätte das sofort gemerkt und Alarm geschlagen.

Die andere Tatsache, die Silda nicht entgangen war, betraf Lons Besitz von Silber in der Form von Sinvern, Münzen aus Pandahem. Nun ja, wie es auf Kregen heißt, Gold und Onker sind wie Öl und Wasser.

Die häßliche Seite bestand darin, daß überseeische Nationen Männer und Geld schickten, um diesen Rast Alloran bei seinen Eroberungsträumen zu unterstützen.

Draußen, auf dem Weg zum Urnhart-Boulevard, begann soeben das Feuerwerk den Himmel zu erhellen. Die Frau der Schleier versteckte sich hinter dünnen Wolken und vergoldete sie mit ihrem Licht.

Lon achtete nicht auf das Feuerwerk. O nein, nicht, wenn er neben diesem prächtigen Mädchen gehen konnte und, wie er sich fest einbildete, mit ihr im Mittelpunkt des allgemeinen Interesses stand.

»Also, Lon«, sagte Silda auf ihre offene, freie Art und bewegte sich mit geschmeidigen, lockeren Schritten, »ein freies Abendessen ist doch bestimmt nichts Schlechtes, wie?«

»Bei Beng Debrant, nein!«

Sie wanderten weiter und genossen die angenehme Luft, während hier und dort buntes Licht am Himmel aufleuchtete. Menschen eilten vorüber.

»Fischhaken, nicht wahr?« fragte Lon.

»Fischhaken? Ach ... äh, ja genau.«

»Ich hatte mir Gurt und Geldsack vom einäugigen Garndaf geliehen und meinen eigenen daher nicht dabei, der natürlich hübsch mit Angelhaken gesichert ist. Allerdings heißt es, daß Spinlikl mit den Haken fertigwerden können, zumindest wenn sie gut ausgebildet sind.«

»Das habe ich auch schon gehört.«

»Und doch, und doch, Lyss — dem Geschöpf war die Hand beinahe ganz abgetrennt worden!«

»Es sah wohl viel schlimmer aus, als es war.«

»Ja, aber ...«

»Die Wache ist wohl aus der anderen Richtung zum *Silbernen Lotus* marschiert, denn wir sind ihr nicht begegnet. Ich hoffe, daß sie rechtzeitig zur Stelle war.«

»Ungehobelt, diese Brokelsh. Von Natur aus sind sie nicht sonderlich als Diebe geeignet. Kein Vergleich zum Geschickten Kando.«

»Der Geschickte Kando?« Ein Licht strahlender Freude wollte in Sildas Verstand aufflackern.

»O ja, Lyss. Kando ist der raffinierteste Jünger des Flinkfingrigen Diproo, den ich kenne. Dabei habe ich wahrlich viele davon kennengelernt, das kann ich dir sagen. Ja, als ich noch in der Armee war, da gab es sogar ...«

»Ja, ja, Lon. Aber was ist mit dem Geschickten Kando? Du kennst ihn gut? Ist er als Dieb vertrauenswürdig? Könnte ich ihn kennenlernen?«

»Warum das?« fragte Lon schockiert.

»Sei doch nicht so engstirnig, Lon! Kann ich deinen Freund, den Geschickten Kando, kennenlernen? Vielleicht habe ich etwas mit ihm zu schaffen.«

»Du wirst ihn nicht der Wache verraten? Das wäre nicht ...«

»Nein, nein, darum geht es nicht. Ich muß etwas erledigen und habe mir den Kopf zerbrochen, wie ich es bewerkstelligen soll. Nun aber, bei Vox, scheinst du die Lösung für mich gefunden zu haben!«

7

Diesmal zog die Schlacht sich in die Länge, wogte hin und her und führte schließlich zu einer Pattsituation. Drak spürte die Schmerzen in seinen Knochen, die Müdigkeit, die ihn beschwerte. Er erinnerte sich noch deutlich an die Worte seines Vaters aus seiner fernen Jugend: »Müdigkeit ist eine Sünde, mein Junge. Brassud! Nimm dich zusammen! Wenn du deine Willensstärke und deine seelische Kraft richtig einsetzt, findest du immer das zusätzliche Quentchen Energie zum Weitermachen.«

Es fiel ihm verdammt schwer. Aber sein Vater hatte recht gehabt. Als Krozair von Zy kannte sich Drak mit den mystischen Methoden aus. Er wußte sich selbst zu beherrschen. Er konnte sich vorstellen, was die anderen Menschen von ihm hielten.

Da kommt der Aufrechte, sagten sie, ein zielstrebiger, ernster Mann, nett und integer, nie bereit, eine Niederlage einzugestehen. Wahrscheinlich traf dieses Charakterbild sogar zu. Was ihn selbst betraf, so hatte er nie etwas anderes gewollt als ein zufriedenes Zusammensein mit seinen Eltern zu Hause in Valka. O ja, er liebte Delphond und die Blauen Berge, wie auch Desalia, die Güter seiner Mutter. Er hatte nicht über eine eigene reiche Provinz geherrscht — nur über Vellendur, dessen Amak er war; allerdings handelte es sich um eine winzige Insel. War er erst der Herrscher, würde er sämtliche herrschaftlichen Provinzen unter sich haben.

Er konnte sich vorstellen, wie er dort lebte und die Dinge tat, die ihm am Herzen lagen. Dafür war er nun hier und führte diese Armee in einem schwerwiegenden Krieg — und schien sich dabei nicht sonderlich gut zu halten.

Der Kampf, den die Geschichtsschreiber zweifellos die Schlacht von Cowdenholm nennen würden, endete unentschieden damit, daß die Armeen sich zurückzogen und Lager aufschlugen. Die Feuerstellen warfen einen grellen orangeroten und roten Widerschein gegen die Wolken. Es gab keine Zelte oder Kasernenbauten, und wer Glück hatte, etwas Material zu finden, baute sich einen Unterstand. Drak, Prinz Majister von Vallia, saß geduckt in seinem alten Mantel vor dem Feuer und fühlte Übelkeit in sich aufsteigen.

Die Erste und Zweite Kerchuri der Ersten Phalanx und die Fünfte Kerchuri der Dritten Phalanx hatten sich prächtig geschlagen — wie immer. Ihre massierten Speerspitzen hatten den wilden, leemhaften Ansturm des Gegners zerbrechen lassen und zurückgeworfen. Die schwere Infanterie, auch Churgurs genannt, hatte selbst wie Leems gekämpft. Die Kavallerie war wie Brandungswogen über das Schlachtfeld getobt. Ja, alles in allem hatten sich alle großartig gehalten; aber es hatte nicht genügt.

Verstärkungen waren aus Vondium eingetroffen, vor allem die Verrückten aus Vaters Leibwache. Alle hatten bis zum Umfallen gekämpft. Aber sie hatten die gegnerische Streitmacht nicht aufgerieben, die, wie er jetzt wußte, unter dem Kommando des üblen Cramphs Strom Rosil Yasi von Morcray stand. Er gehörte der Katakirasse an, einer Diff-Rasse mit niedriger Stirn und gewalttätigem Charakter, die nur einen Beruf kannte: den des Sklavenherren. Der Zwillingsbruder des Kataki-Stroms, Stomich Ranjal Yasi, war nicht zugegen. Zweifellos trieb er sich irgendwoanders herum, stiftete Unruhe und versklavte Unschuldige.

Er geriet in Bewegung, als Jiktar Endru Vintang erschaudernd ans Feuer trat und die Hände über die Flammen hielt.

»Die Gefangenen, Jis«, begann Endru.

»Ja, ja. Wir konnten den verräterischen Chuktar Unstabi fangen, wenn ich mich nicht sehr irre. Seine verdammten Bogenschützen haben uns gewisse Schwierigkeiten gemacht, ehe du sie angriffst.«

Endru war viel zu rücksichtsvoll, um den Prinzen Majister daran zu erinnern, daß seinerzeit Vodun Alloran in den Südwesten geschickt worden war, um seine Provinz zurückzuerobern und daß damals Drak persönlich die Undurker-Bogenschützen angeworben hatte — gegen den ausdrücklichen Wunsch des Herrschers.

»Es sind auch einige Katakis gefangen ...«

»Hängt sie auf, ohne Ausnahme.«

»O ja, sei unbesorgt, Jis.«

»Wenn es etwas gibt, das das Landvolk sehen möchte, dann ein verdammter Kataki, der in der Brise baumelt.«

»Und Chuktar Unstabi?«

Drak wollte das gewohnte summarische Urteil fällen, hielt dann aber doch inne.

»Schickt ihn unter Bewachung zu mir. Ich will ihn verhören.«

»Quidang!«

»Wir haben in diesem Krieg noch keinen so hochrangigen Gefangenen gemacht. Vielleicht singt er uns ein Lied.«

Jeder wußte, daß Drak seinem Vater darin ähnlich war, daß er keinerlei Folter duldete, um Informationen zu erlangen.

Als Chuktar Unstabi unter Begleitung von mehreren Männern Endrus grimmig vor Drak stand, spürte dieser den alten Kummer.

Er hob den Blick und sah die zerfetzte Uniform des Bogenschützen, die Schulterwunde, den niedergeschlagenen Gesichtsausdruck.

»Als wir uns das letztemal trafen, Unstabi, schworst du mir Treue, und ich nahm dich in die Einheit auf. Du bist mit Alloran in den Südwesten gezogen und hast dich zum Verräter gemausert. Sag mir, warum ich dich nicht hängen sollte.«

Unstabi war nicht gefesselt. Er betastete die goldene Pakzhan, die auf seiner Brust hing.

»Was soll ich sagen, Majister? Knüpf mich auf, dann ist es ausgestanden.«

In dem langnasigen Hundegesicht des Mannes fehlte der sonstige hochnäsige Undurker-Ausdruck. Der Mann kam von den Undurkor-Inseln, die als Gruppe vor dem südwestlichen Segesthes lagen, westlich von Balintol. Er war eine weite Strecke gesegelt, um seinen Tod zu finden. Aber war das nicht das Schicksal so manches vorzüglichen Paktuns?

»Bei Vox!« fauchte Drak. »Du meinst es ernst?«

»Ja. Ich bin kein Pachak, der sein Nikobi gibt, sein Ehrengeschenk, und töricht bis zum Tode kämpft, um sich seinen Sold zu verdienen. Ich bin Zhan-Paktun. Aber, Majister, ich kann nicht erklären, warum ich deine Dienste so bereitwillig verlassen und für Kov Vodun Alloran gekämpft habe.«

»Der Herrscher hat uns vor den Gefahren der Söldner gewarnt und wirbt grundsätzlich keine Paktuns an. Er hatte recht, zumindest in deinem Fall. Was soll das heißen — du kannst es mir nicht erklären?«

Das langgezogene Hundegesicht wandte sich ab, so wie es sich im Kampf viele Male abgedreht haben mußte, um den Undurker-Pfeilen den Weg freizumachen.

»Nun ja, als der Kov sagte, er würde die Kontrolle an sich reißen, sich zum König von Südwest-Vallia und schließlich zum Herrscher von ganz Vallia machen, war es irgendwie das Natürlichste von der Welt ...«

»Herrscher von Vallia? Hat der Rast den Verstand verloren?«

»Ich glaube schon, Majister. Außerdem bin ich überzeugt, daß Zauberkräfte ...«

»Ah!«

Endru spürte den kalten Hauch. Seine Männer umringten den Gefangenen, doch wußte Endru, daß auch sie die Richtung nicht liebten, die das Gespräch genommen hatte.

»Nun ja, Unstabi. Erzähl mir davon.«

Irgendwo in der Nacht waren hartgesichtige Männer damit beschäftigt, Katakis zu hängen, und freuten sich vermutlich über diese Gelegenheit. Chuktar Unstabi wußte das wahrscheinlich. Er sagte: »Dürfte ich einen Schluck Wasser erbitten, Majister?«

Mürrisch entgegnete Drak: »Los, gebt dem Chuktar einen Krug Wein. Hast du gegessen, Unstabi?«

»Nein, Majister. Wenn ich ohnehin sterben soll ...«

»Setz dich, Fambly, und iß. Ich möchte alles wissen, was du über Allorans Zaubereien weißt. Bei der Klinge von Kurin! Kalter Stahl ist eine Sache. Aber Zauberkräfte ...«

»Aye, Majister«, entgegnete Unstabi und nahm unsicher Platz. »Das ist wahrlich ein übler Gestank aus dem Schacht von Untlarken.«

Drak war damit nicht gänzlich einverstanden, auch wenn er nicht wußte, was der Schacht von Untlarken sein mochte; auf jeden Fall hörte es sich nach einer unangenehmen Sache an.

Seine guten Freunde und Gefährten Khe-Hi-Bjanching und der gute alte Deb-Lu-Quienyin waren Zauberer aus Loh; die berühmtesten und gefürchtetsten Zauberer in diesem Paz genannten Teil Kregens. Im Augenblick waren die beiden auf geheimnisvollen Wegen für sich unterwegs. Sie hatten allerdings ein thaumaturgisches Netz gewebt, das die Familie und den Herrscher schützen sollte. Das war Drak bekannt.

Ein Holzteller mit Speisen wurde gebracht, die Unstabi herunterschlang, obwohl sie kalt waren. Schließlich leerte er einen ganzen Weinkrug und wischte sich über die Hundelippen.

»Ich weiß nur eines, Majister — und ich danke dir übrigens für die Speisen und Getränke —, und zwar daß Kov Vodun all jenen Rache geschworen hat, die die Provinz Kaldi ruiniert hatten. Und schon verbanden ihn gute Beziehungen mit den beiden Katakis, und er plante seine Karriere als König und Herrscher.«

»Katakis gelten nicht gerade als hervorragende Zauberer.«

»Genau, Majister.«

»Nun, also?«

»Es heißt, Katakis, die auf der Welt nur Sklaven zum Gebrauch sehen, sind gute Werkzeuge für alle, die nach Macht streben.«

»Das stimmt, denn solches Leid hat Vallia erfahren müssen«

»Der Kov hat einmal über Arachna mit mir gesprochen.«

»Arachna?«

»Aye, Majister. Ich weiß allerdings nicht, was das sein könnte.«

»Was hat er gesagt?«

»Daß er einen ordentlichen jungen Mann aus dem Kreis der Gefangenen brauchte, die wir gemacht hätten. Arachna, so drückte er sich aus, stelle höchste Ansprüche. Und er bemerkte, die Helfer würden Mantissae genannt. Ich hatte das Gefühl, daß es sich dabei um Sklaven handelte.«

»Sklaven und Katakis gehören zusammen — es ist eine Schande für die Welt!«

»Aye.«

»Und mehr weißt du nicht?«

Müde nickte der Undurker.

»Wenn es mir geholfen hat, eine weitere Bur am Leben zu bleiben und etwas zu essen und zu trinken zu bekommen, dann war es immerhin zu etwas nütze — mir jedenfalls. Aber es ist die Wahrheit, Majister, so wahr ich Zhan-Paktun bin.«

Drak zog den Mantel enger um sich.

»Und vermutlich bildest du dir ein, Chuktar Unstabi, ich würde dir eine andere Position bei mir anbieten? Als Hyr-Paktun kannst du dich nach Belieben verdingen. Ist das nicht so?«

»Ich hatte die Hoffnung, Majister. Aber nachdem ...«

»Genau!«

»Ich könnte zumindest anführen, daß die Magie mich auf den falschen Weg geführt hat. Und ich kann dir Informationen über die Streitkräfte des Kataki-Stroms bieten.«

Ein aufrechter Mann mochte Prinz Majister Drak sein, ein Mann der Ehre. Er war aber kein Dummkopf. Solche Informationen konnten von unschätzbarem Wert sein. Er sah ein, daß er dafür etwas bieten mußte. Und er wußte, daß Unstabi davon ausgehen konnte, daß er sein Wort nicht brechen würde, hatte er es erst einmal gegeben.

»Na schön.« Er fällte seine Entscheidung sofort. »Du hast mein Wort. Ist deine Information von Wert, wirst du nicht mit den Füßen in der Luft herumstrampeln.«

»Dein Wort als Prinz von Vallia?«

»Ja.«

Endlich zeigte sich auf dem Hundegesicht ein Ausdruck der Zufriedenheit.

»Als Kov Vodun loszog, um seine Provinz zurückzuerobern, überließ ihm der Herrscher die Armee des Südwestens. Neben Schlingenwerfern und Bogenschützen und Churgurn enthielt diese Armee die Achte Kerchuri der Vierten Phalanx und die Neunte Kerchuri der Fünften Phalanx.«

Diese Angaben stimmten. Die Achte und Neunte Kerchuri hatten sich nach Vondium zurückgekämpft. Später war die Neunte aufgelöst worden, um anderswo Verluste auszugleichen.

»Sprich weiter!«

»Die Männer waren dagegen, sich Kov Vodun anzuschließen. Die anderen Regimenter der vallianischen Arme weigerten sich ebenso — bis auf ein einziges Regiment Schlingenwerfer. Das verbündete sich mit der Hauptmacht der Paktuns, die zu Alloran überliefen.«

»Verstehe. Und was war der Grund dafür?«

»Die Zauberkräfte, von denen ich gesprochen habe,

Majister. Eigentlich will ich sagen, daß der Kov sehr wütend war über den Verlust der Phalanx. Eine solche Streitmacht ist unbekannt. Für mich, einen erfahrenen Kämpfer, war sie wie eine Offenbarung. Der Kov versuchte also seine eigene Phalanx zu bilden.«

Drak lehnte sich zurück. Jemand brachte frisches Holz für das Feuer. Funken stiebten wie Glühwürmchen.

»Das erfordert ein großes Können.«

Die Phalanx ist ein kompliziert aufgebautes Gebilde. Viele Monate Ausbildung waren erforderlich, um dieses Gebilde dazu zu bringen, wie ein einziger riesiger Organismus zu funktionieren. Eine statische Phalanx hatte nur einen begrenzten Nutzen.

Jede Einheit Lanzenträger auf dem Schlachtfeld konnte sich Phalanx schimpfen; die echte Phalanx aber bestand aus einer bestimmten Anzahl Männer, die auf besondere Weise formiert waren.

Der Grundbaustein war die Relianch, die aus 144 Lanzenträgern bestand, Brumbyten genannt, dazu 24 Hakkodin, Männern, die Hellebarden, Äxte und zweihändige Schwerter trugen. Sechs Relianches bildeten eine Jodhri. Sechs Jodhris waren eine Kerchuri. Die Kerchuri stellte einen Flügel der Phalanx, eine Hälfte des Ganzen, so daß die Gesamtzahl der Brumbyten sich auf 10368 belief und die der Hakkodin auf 1738. In der Phalanx gab es außerdem Männer, die mit Hindernissen und spanischen Reitern herumliefen. Die Geschoß-Komponente setzte sich aus zwei Lanchans mit 432 Bogenschützen zusammen, die eine Chodku bildeten, der Kerchuri zugeordnet.

»Ja, Majister«, bekräftigte Unstabi. »Ein großes Können ist erforderlich, um die verschiedenen Zweige der Phalanx miteinander zu verbinden, die Lanzenträger und die Schilde und die Bogenschützen; um die Männer dazu zu bringen, daß sie dem Ruf der Hörner und Trommeln und Pfeifen gehorchen. Kov Vodun aber unterwarf — und hier darf ich das Wort offen benutzen — genug Männer der vallianischen Phalanx, um seine eigene Version einer Phalanx auszubilden.«

Ein leises zorniges Murmeln war im engen Kreis der Männer zu hören, die dem Verhör des Gefangenen beiwohnten. Kapt Enwood bohrte sein Schwert in den Schlamm. Zwei oder drei Chuktare ließen sich ihr Mißvergnügen anmerken. Jiktar Naghan fluchte verbittert. Sogar Chuktar Leone Starhammer brachte ihr Entsetzen zum Ausdruck. Alle wußten, welche schlimmen Konsequenzen diese Nachricht haben konnte.

Drak faßte es zusammen.

»So sei es, wenn Opaz es will. Man muß die Nadel hinnehmen. Kein aus Opaz geborener Mensch, Mann oder Frau, kennt alle Geheimnisse Imriens.« Er erhob sich.

Unstabi raffte sich so hastig auf, wie es angebracht war.

»Du hast mir versprochen, die Zusammensetzung der Streitkräfte des Kataki-Stroms zu verraten, Unstabi, wohl wissend, daß wir davon eine gewisse Vorstellung haben würden. Dennoch forderte ich dich zum Sprechen auf.«

Unstabi rührte sich nicht. »Du bist als strenger, nüchterner Prinz bekannt, Majister. Als ein Mann, der überdies einem Leem Salz auf den Schwanz zu streuen versteht. Ich wußte, du würdest ahnen, daß meine Informationen weiter gehen würden. Der Handel gilt, Majister?«

»Ja, Unstabi. Aber ich kann dich nicht erneut einstellen, das mußt du einsehen. Gib meinen Schreibern alle Tatsachen und Zahlen. Dann wird man dir ein Reittier und genug Gold zur Verfügung stellen, daß du in deine Heimat auf die Undurkor-Inseln zurückkehren kannst.«

Unstabi verbeugte sich.

»Ich danke dir, Majister. Aber ich bin Zhan-Paktun und kann noch nicht nach Hause zurückkehren. Ich nehme deine Geschenke an und werde irgendwohin reisen, wo man Kämpfer braucht.«

»So sei es.«

Nicht alle Männer und Frauen begriffen den Unterschied zwischen einer Phalanx und einer vallianischen Phalanx; ihnen allen war aber klar, daß die soeben erhaltenen Informationen von größter Bedeutung waren und daß Alloran mit seiner Formulierung angedeutet hatte, daß Allorans Phalanx den vallianischen Streitkräften gleichen Namens nicht gleichzusetzen war.

Dies konnte auf der untersten Ebene bedeuten, daß ein unbekanntes Element der richtigen Phalanx bei den Männern, die zu Alloran übergelaufen waren, nicht vertreten gewesen war.

Er mußte daran denken, wie seine Mutter ihm einmal erzählt hatte, daß das Wort Phalanx eigentlich nicht der kregischen Sprache entstammte, daß vielmehr sein Vater es aus der Luft gegriffen hatte, von irgendwoher.

Was der verräterische Kov Vodun Alloran anstellen wollte, um sich zum König krönen zu lassen und anschließend auf den Inseln im Westen auf Eroberung zu ziehen, blieb ein Geheimnis.

Unstabi spürte, daß er entlassen war, und wandte sich zum Gehen. Dann aber zögerte er.

»Chuktar, wir wollen natürlich alle Einzelheiten wissen«, sagte Kerchurivax Mantig ti Fillan. »Bis jetzt scheinst du mir ziemlich verschleiert zu sprechen.«

Drak merkte auf. Mantig war ein kluger Bursche. Hatte Unstabi den Prinzen täuschen wollen?

»Ich schwöre ...«, setzte Unstabi an.

»Es mag ja sein«, warf Drak ein, »daß der Chuktar gar nicht recht weiß, was er alles weiß. Immerhin hat er selbst zugegeben, daß er die Phalanx im Grunde nicht begreift. Du kannst ihn verhören, Kervax Mantig, und wirst ihm sicher ein Großteil dessen entringen können, was du wissen willst.«

Mantig nickte sofort. »Sehr gern, Jis.«

Von den Kerchurivaxes, die seine drei Kerchuris befehligten, hatte Drak durch Verwundung, Krankheit, Tod oder Beförderung acht verloren — eine hohe Verlustquote. Bei solchen Schlachten waren die Kommandanten ebenso gefährdet wie die Swods in den Reihen der Kämpfer. Die Chuktare Nath der Murais und Larghos der Ovion waren vorläufig von Brigadieren zu Divisionsgenerälen befördert worden. Drak lagen seine Soldaten, Männer und Frauen am Herzen, und er litt, wenn sie im Kampfe fielen. Nein. So pflichtbewußt er war, so sehr in ihm der Wunsch brannte, Vallia von den menschlichen Räubern zu befreien, die sein Lebensblut aussaugten, war dem doch seine Heimat Valka vorzuziehen, wo er Musik spielen, die alten Bücher lesen, an Zorcarennen teilnehmen, die Kunst des Schwertes praktizieren und in guter alter vallianischer Tradition die Nächte durchtanzen konnte. Ja, das war weitaus besser.

So lag nun Kervax Mantig ti Fillan als neuem Kerchuri-Befehlshaber sehr daran, einen guten Eindruck zu machen. Er würde über die neu geschaffene Phalanx des elenden Alloran die Wahrheit herausfinden!

Chuktar Unstabi hob die lange Hundenase ein wenig höher in die Nachtluft. Er mußte große Erleichterung empfinden, daß man ihn nicht so hoch hatte hängen müssen wie die verdammten Katakis — und Drak freute sich auch darüber.

»Ja, Majister«, sagte der Undurker, »ich werde jede Frage nach bestem Wissen und Gewissen beantworten.«

Wenn sich Drak ein vernünftiges Leben in Valka oder Delphond vorstellte, gehörte zu dieser Vision keine Frau an seiner Seite, keine Frau, die dieses Leben teilte. Königin Lushfymi war eine bemerkenswerte Person, daran konnte kein Zweifel bestehen. Bei einem Abenteuer, in dessen Verlauf er Melow und Kardo, Menschenjägergefährten, gerettet hatte, war ihr eine wichtige Rolle zugefallen. Mutter und Sohn waren sie, Jiklo und Jikla. Er hätte sie jetzt gern hier gesehen. Er erinnerte sich an seine damalige Rückkehr nach Vondium. Die ganze Stadt hatte getanzt und gesungen, und er hatte in den Armen seiner Mutter, der Herrscherin Delia, gelegen. Das war eine Heimkehr gewesen! Und — sein Vater, der Herrscher? Der Mann war nirgends zu finden gewesen, er hatte sich einfach irgendwohin verdrückt, wie er es so oft tat, ohne jede Erklärung.

Er hatte keinen Beweis, er ahnte nur mit neunzigprozentiger Gewißheit, daß seine Eltern Königin Lushfymis Grundeinstellung nicht teilten. Alle begegneten ihr mit Respekt und Ehrfurcht — geblendet von ihrer Schönheit und Macht, ihrem Charme, ihren Juwelen und Kleidern und auch ein wenig besorgt gegenüber ihren magischen Kräften. Ja, es war anzunehmen, daß sie eine prächtige Frau abgeben würde. Ihre Heimat Lome, südlich des Inselreiches Vallia auf der Insel Pandahem gelegen, mochte sich klein ausmachen. Aber selbst nach den Kriegen herrschte dort ein großer Reichtum. Ja, sie war eine gute Partie.

Im Gegensatz zu einer bestimmten anderen jungen Dame hatte sie sich nicht zwischen ihn und den sicheren Tod geworfen. Sie hatte nicht ihr Leben zu seinem Schutz eingesetzt. Aber schließlich war sie eine Königin und keine wilde Kämpferin, keine Jikai-Vuvushi, keine Angehörige des Ordens der Schwestern der Rose. Sie stellte andere ein, die für sie kämpften.

Noch immer wartete Unstabi darauf, entlassen zu werden, nachdem das Gespräch wieder einmal den Prinz Majister eingeschlossen hatte.

Kapt Enwood sagte barsch zu den drei Kerchurivaxes, daß er von dem undurkerschen Zhan-Paktun mehr Informationen hören wollte als die Details über die neue Phalanx des unsäglichen Alloran.

»Wir schnappen ihn uns, aye, ihn und seinen schurkischen Kataki-Strom. Wir erwarten weitere Verstärkungen. Wir wickeln den Kataki um den kleinen Finger und hängen ihn höher als jeden anderen Peitschenschwänzer, den wir heute schon aufgeknüpft haben, bei Vox!«

»Amen«, sagte Leone Sternenhammer.

Drak raffte sich auf.

»Nach dem heutigen Unentschieden«, sagte er und versuchte dynamisch und nachdrücklich zu sprechen. Wenn er hier schon der Anführer sein sollte, wollte er auch führen, bei Zair! »Der heutige Tag hat uns gezeigt, daß wir siegen werden. Strom Rosil Yasi weiß, daß seine Kräfte in dem Maß schwinden, wie die unseren zunehmen. Noch einige Tage, um die Truppen ausruhen und wieder munter werden zu lassen, während die aus Vondium entsandte Verstärkung zu uns stößt — dann fegen wir den Kataki-Strom von der Bildfläche!«

Aus der Gruppe der Gefolgsleute, die den Prinz-Majister von Vallia umstand, bekundeten Stimmen wild und kehlig ihre Zustimmung.

Und dann meldete sich Chuktar Unstabi, der Undurker-Söldner, zu Wort. »So funktioniert das nicht, Majister. Solltest du hier entscheidende Siege erringen und seine Heimatprovinz Kaldi bedrohen, wird der Kov all seine Streitkräfte von den Inseln zusammenziehen und auf dem Festland gegen dich in die Schlacht führen.« Er schaute sich in der Gruppe um. »Ich dachte, das wäre euch klar gewesen.«

8

Die beiden Damen waren splitternackt, waren aber dick eingeölt, so daß das aus hohen Fenstern herabströmende vermengte Licht flüssige Bahnen über die Haut zu ziehen schien. Sie taxierten einander und gingen dann mit zorniger Heftigkeit zu Werk.

»Hai Jikai!« kreischte Chuktar Gilda Failsham und warf sich auf Silda; ihre gekrümmten Hände suchten einen Halt an der glatten, schlüpfrigen Haut.

Beide Mädchen hatten das Haar hochgebunden. Sie umklammerten sich Brust an Brust, wanden sich hin und her und bemühten sich mit schnell wechselnden Griffen, die andere auf die Matte zu werfen. Die bestand aus rauh gewebtem Material und mochte weicher sein als die harten Dielen, die sich darunter erstreckten; gleichwohl konnte ein harter Sturz und ein Abrutschen die Haut auf das Unangenehmste aufreiben. Silda war entschlossen, es nicht dazu kommen zu lassen, und entglitt Gildas erster unbedachter Attacke. Sie drehte die schwerere Frau herum, legte sie aber nicht auf die Matte, sondern hielt sie, bis sie einen Arm herausschwingen ließ und Silda am Oberschenkel packte. Silda wippte zur Seite, und während Gilda einen heiseren Triumphschrei nicht mehr unterdrücken konnte, krachte sie bereits zu Boden.

Silda gestattete es dem weiblichen Chuktar, den nächsten offenkundigen Zug zu tun und sich herumzurollen. Die Matte klebte an ihrer Kehrseite fest, doch war das bei weitem nicht so unangenehm wie mit voller Wucht auf diesen Teil ihrer Anatomie zu stürzen. Es reizte ihren professionellen Stolz, den Chuktar auf diese Weise doch noch siegen zu lassen. Sie hielt es für richtig, die eine oder andere kleine Zwischenrunde zu gewinnen, nicht ohne Gilda Failsham mal richtig hinknallen zu lassen, damit sie wußte, wie sich das anfühlte —

aber ein Schlußsieg war für eine Spionin nicht angebracht.

Failsham richtete sich rosig und ölig auf und sagte schweratmend: »Du machst dich, Lyss, doch mußt du an deiner Technik noch viel arbeiten, um mich zu besiegen.«

»Wie wahr, wie wahr, bei Vox«, sagte Silda und erhob sich mit einer einzigen fließenden Bewegung, die jedem männlichen Zuschauer die Augen hätte übergehen lassen. In der Privatvilla, die man den Jikai-Vuvushis überlassen hatte, wäre aber jeder Mann, der sich törichterweise hereingeschlichen hätte, Gefahr gelaufen, wertvolle Körperteile zu verlieren.

Die um die Kampfbahn sitzenden Mädchen lachten und jubelten. Silda wußte nicht recht, ob nicht die eine oder andere die Fähigkeit hatte, ihre Täuschung zu durchschauen — etwa Mandi Volanta. Sie hatte den richtigen Augenblick abgewartet und Mandi zur Rede gestellt, als sie sich gerade ihr Haar trockenrieb. Sie schlug einen verbindlichen, aber zugleich zwingenden Ton an: »Es wäre wirklich besser, Mandi, wenn wir so täten, als kennten wir uns nicht — vor allem müssen wir geheimhalten, daß wir Schwestern der Rose sind. Meinst du nicht auch?«

»Ich bin außer mir, Silda! Du — hier? — Wieso? Ich meine ...«

»Ich heiße hier Lyss die Einsame. Du kennst mich nicht.«

»Was das betrifft — also, bei Dee Sheon, du hast mich wirklich erschreckt!« Das Handtuch glitt über Mandis Nacken. Dann nahm sie sich zusammen, denn schließlich war sie eine SdR, und fuhr fort: »Natürlich stimme ich dir zu, daß wir nichts von der Rose wissen dürfen. Warum sollen wir aber so tun, als wären wir uns noch nicht begegnet?«

»Es ist besser so. Bist du einverstanden?«

»Ja. Ja, wenn du es willst, Lyss«, sagte Mandi mürrisch. Silda atmete nicht erleichtert auf. Sie war sich wohl bewußt, daß das intolerante, doch im Grunde freundliche und vernünftige Lancival-Training Menschen hervorbrachte, die mit einer solchen, im Grunde simplen Situation durchaus fertigwurden.

»Ich muß allerdings sagen«, fuhr Mandi fort und wandte bewußt den Blick ab, »daß ich sehr überrascht bin, dich in den Diensten von Kov Vodun anzutreffen. Ich dachte eigentlich, du wärst dem Herrscher und seinem Eisklotz von Sohn ergeben.«

Silda nutzte die gebotene Gelegenheit.

»Ich hielt ihn nicht für einen Eisklotz.«

»Na, soviel man hört, ist er das bei Königin Lust. Alles in allem eine schreckliche Familie, findest du nicht auch?«

»Ach, ganz schrecklich!«

Silda konnte also davon ausgehen, daß ein Problem sauber aus der Welt geräumt war, weil Mandi sich mit ihrer schnellen Auffassungsgabe und natürlichen weiblichen Bissigkeit ausrechnete, Prinz Majister Drak habe Silda Segutoria die kalte Schulter gezeigt. Woraufhin, so besagte Mandis Theorie, sie voller Zorn und Frustration und Verbitterung die Seiten gewechselt und sich Kov Vodun angeschlossen hatte. Aus reinem Trotz.

Nach einigen weiteren vorsichtigen Worten fügte Silda hinzu: »Ach, noch etwas, Mandi. Bei Dee Sheon — es tut wirklich gut, mal ein vertrautes, nettes Gesicht zu sehen.«

»Nennt man dich deshalb Lyss die Einsame?«

»Manchmal liegt einem das Leben mit der Last sämtlicher Marmorvorräte aus den Pentellharmonischen Steinbrüchen auf den Schultern.«

Vieldeutig blickte Mandi auf Sildas braunen Leinen- und Lederbeutel. »Wie ich sehe, hast du deine ...«

»Der Beutel geht als gewöhnlicher Rucksack durch, wie ihn jeder Soldat bei sich tragen kann. Er enthält auch andere Dinge.«

»Ich werde das gleiche tun. Aber benutzt du ...«

»Nur wenn es nicht anders geht. Wir Vallianer kennen natürlich die Schwestern der Rose, ich habe manchmal sogar das Gefühl, daß die Leute mit der Zeit zuviel wissen.«

»Sie werden niemals umfassende Informationen gewinnen, nicht solange die Herrin noch lebt.«

»Da hast du recht.«

Nachdem dieses Problem sich vorübergehend erledigt hatte — eine Lösung war noch weit —, konnte sich Silda auf das bevorstehende Treffen mit dem Geschickten Kando konzentrieren. Bei ihrer nächsten Begegnung sprudelte Lon die Knie förmlich über vor Entschuldigungen.

»Er ist nicht zu finden, Lyss. Ich habe überall gesucht, wo man ihn sonst antrifft, und mußte dabei einen wieselflinken Typen mit dem Messer abwehren, der mich ausrauben wollte. Der Geschickte Kando scheint aber untergetaucht zu sein.«

»Ich will versuchen, Geduld zu zeigen, Lon.«

Sie konnte sich vorstellen, daß Lon im Grunde erfreut war. Die Verzögerung lieferte ihm einen Vorwand, sie wiederzusehen. Sie schätzte Lon als einen Mann ein, der nicht übermäßig lügen würde, um bei ihr zum Ziel zu kommen; gegenüber Menschen, denen er Verachtung entgegenbrachte, etwa gegenüber Sklavenhändlern, die von den armen Leuten Greeshes genannt wurden, würde er lügen, daß sich Balken bogen, und großen Spaß daran haben.

So war Silda gezwungen, geduldig abzuwarten; in dieser Zeit trainierte sie ihre Mädchen-Pastang und stand Wache und begleitete den Kov auf seinen Ausritten. Er war längst ›König Vodun‹ — zumindest nach Auffassung seiner engsten Anhänger und wohl auch nach eigener Einschätzung —, und Silda würde sich daran gewöhnen müssen, ihn entsprechend anzureden, auch wenn es schmerzte.

Während die auf den harten Bänken sitzenden Mädchen Chuktar Gilda Failshams einem weiteren Sieg entgegenjubelten, mied Silda bewußt Mandi Volantas Blick. Mit gerötetem Gesicht und rosiger, ölschimmernder Haut begaben sich die Frauen durch den erwärmten Korridor zum Neunfachen Bad. Dort genossen sie den angenehmen Dampf und das heiße, warme und eiskalte Wasser und beendeten den Vorgang schließlich mit prikkelnder Haut und angefüllt mit Lebenslust und Energie, bereit, sich allem zu stellen, was Kregen ihnen in den Weg legen mochte.

»Bedenke, Lyss«, sagte Gilda Failsham auf dem Weg zum Refektorium mit nachdenklicher Stimme, »da der Kov — der König — uns als seine persönliche Palast-Leibwache an sich bindet und wir lange keinen richtigen Kampf mehr erlebt haben, können wir nicht damit rechnen, allzu viele neue Mädchen in das Regiment zu bekommen.«

»Soweit ich weiß, sollen sie ein neues Regiment bilden.«

»Ja, bei Kurinas Stahl! Einige kämen dafür durchaus in Frage. Es sind aber viel zu viele darunter, denen ich im Kampf kein Vertrauen schenken würde, wenn sie neben mir stehen sollten — und schon gar nicht hinter mir.«

Silda machte sich erleichtert klar, daß es soweit mit ihr nicht kommen würde. Den Gedanken, gegen Drak und seine Soldaten tatsächlich ins Feld ziehen zu müssen, war ihr unerträglich. Ehe es dazu kam, würde sie sich wieder absetzen und zu ihrer wahren Loyalität zurückkehren. Aber wenn das geschah, hatte sie natürlich in ihrer Aufgabe versagt, aber die Vorstellung, gegen die eigenen Freunde zu kämpfen, war einfach zu widerlich!

»Wir sollen neue Mädchen erhalten, Lyss, und können dafür einige von uns im Austausch schicken.« Die beiden Frauen setzten sich an den geschrubbten Holztisch, und Failsham warf Silda einen schiefen Blick zu.

Sklaven eilten herbei, um den Gästen Speisen vorzusetzen. »Vermutlich wirst du Sosie die Nachlässige in das neue Regiment entsenden. Du sollst fünf neue Mädchen für deine Pastang erhalten.«

Der Vorschlag war ungemein vernünftig. Jeder Kommandant würde sich der schlechtesten Soldaten entledigen und sie einem anderen bedauerlichen Befehlshaber überlassen. Die besten Mädchen würden in Allorans privates Regiment Jikai-Vuvushis aufsteigen.

Es roch auf das angenehmste nach Vosk-Pastete. Auf den kleineren Tellern stapelten sich saftige gelbe Momolams in Butter. Gemüse wurde in großer Menge gereicht. Silda deutete den Bedienungsklavinnen an, was sie wünschte. Während ihr der Teller gefüllt wurde, sagte sie: »Also nein, Gilda. Ich möchte Sosie gern behalten. O ja, sie ist sehr nachlässig. Sie ist eine Katastrophe. Dafür kämpft sie gut.«

»Das überrascht mich im Grunde nicht. Du mußt nur dafür sorgen, daß der König sie niemals zu Gesicht bekommt, wenn sie mal wieder wie ein feuchter Besen aussieht.«

Silda lächelte und sprach weiter: »Ich würde gern eines der neuen Mädchen für meine Pastang haben — Mandi Volanta. Sie sieht aus, als könnte sie sich nützlich machen.«

Jiktar Nandi die Stürmische beugte sich über den Tisch und fuchtelte Silda mit dem Messer vor dem Gesicht herum.

»Du hast scharfe Augen, Lyss. Aber ich erhebe keine Ansprüche auf sie, denn ihr Name und meiner — also, im Kampf darf es keine Verwechslungsgefahr geben.«

»Wenn du dir keine Namen merken oder interpretieren kannst«, sagte Chuktar Gilda Failsham bescheiden-selbstgefällig, »wird es bald dazu kommen, daß du niedergestochen und zu den Eisgletschern Sicces verfrachtet wirst.«

»O ja, natürlich!«

»Zurück zu dieser Mandi Volanta, Lyss. Ja, du kannst sie haben für deine Pastang.«

»Danke, Gilda.«

Nandi spießte mit ihrem gefährlichen Messer einen Brocken Voskpastete auf. »Sie und du, Lyss, gehört den Schwestern der Entsagung an — einem strengen Orden, wie man hört. Ich begreife nicht, warum ihr nicht uns Schwestern des Schwertes beitretet.«

›Schwestern der Entsagung‹ — diesen Namen benutzten Schwestern der Rose oft als Tarnbezeichnung. Es war ein wohlgehütetes Geheimnis. Nun lächelte Silda wieder und kaute Voskfleisch und Gemüse und antwortete nicht.

Die Täuschung hatte durchaus ihren Sinn, denn der größte Teil der SdR war nicht zu Alloran übergelaufen. Die Frauen waren dem Reich und der Herrin treu geblieben. Das hieß, daß sie auch dem Herrscher loyal ergeben waren: Trat eine Schwester der Rose so in Aktion, wie es nur eine Angehörige dieses Ordens vermochte — nun, dann verlor jede noch so gute Tarnung ihren Sinn, denn die Wahrheit wurde allen offenbar, die die Anzeichen zu deuten verstanden. Lon die Knie zum Beispiel hätte vermutlich weiter im dunklen getappt, selbst wenn er Sildas Kampf mit dem Chavonth deutlicher hätte sehen können.

Es gab keinen Zweifel — in den speziellen Disziplinen der SdR konnte Silda Segutoria sehr schnell, äußerst schnell vorgehen; sie war die schnellste Kämpferin von allen ...

Der braune Beutel, den sie Rucksack nannte, mochte nicht so leicht zu öffnen und zu schließen sein wie ein gewöhnlicher Jikvarpam, der nicht nur speziell befestigte Seiten und Kanten und einen Schließmechanismus hatte, der schlanke Finger nicht im geringsten behinderte, sondern auch einige hellrot gestickte Verzierungen, die als Unterscheidungsmerkmal dienten; Sildas Beutel sah genau so aus, wie man es von einem solchen Stück erwartete. Jedes Mädchen durfte ein Behältnis für ihre Sachen mitführen, oder nicht? Niemand würde auf den Gedanken kommen, daß das bescheidene Leinengebilde ein Jikvarpam war — oder doch?

Silda hoffte es nicht.

Regimentsoffiziere begannen das Refektorium zu füllen. Sie genossen den Geruch der Speisen und leckten sich die Lippen bei dem Gedanken an einen guten Schluck Wein.

»... habe ihn getreten, daß ihm das Wasser in die Augen schoß«, sagte einer der Jiktare beiläufig und griff nach dem Wein; offenbar war die Geschichte damit zu Ende.

Einer der dazugehörigen Hikdare lachte und sagte: »Wie es sich gehört, Jik.«

Der auf der anderen Seite sitzende Hikdar sagte: Wenn du so weitermachst, Jik, könntest du natürlich einen unschönen Bevölkerungsrückgang auslösen ...«

»Was für einen Rückgang?«

Die drei lachten.

Muntere Gespräche, lautes Lachen, das Klirren von Bestecken und Gläsern, die vollen Düfte erstklassiger Speisen und Weine, der Geschmack von Luxus überall — all diese Empfindungen machten sich bemerkbar und ließen den Zorn in Silda wach werden. Einen Zorn, der immer mehr anschwoll. Die dummen Frauen, die sich hier vergnügten und dem Voskfleisch zusprachen, hatten die Absicht, auch noch den letzten Rest der verantwortlichen, integeren Strukturen der vallianischen Verwaltung zu zerstören. An ihrer Statt wollten sie eine Kreatur wie Vodun Alloran an die Macht bringen. Es war unerhört!

Nandi die Stürmische machte eine zu heftige Geste und warf ihr Weinglas um. Sie fluchte und lachte und bedachte Silda mit einer spöttischen Bemerkung.

»Du siehst ziemlich verkniffen aus, Lyss! Trink ein bißchen Wein ...«

»Ich mußte nur gerade daran denken, daß wir hier zu wenig zu tun haben.«

Damit hatte sie den Ball ins Rollen gebracht und mußte das Thema weiter verfolgen.

»Ja, Lyss?« fragte Chuktar Gilda Failsham in einem Ton, der die anderen am Tisch erwartungsvoll verstummen ließ.

»Doch, Gilda. Viel zu wenig. Bei Vox! Wir stehen hier doch nur sinnlos in allen möglichen Fluren herum und halten Wache!«

Ringsum wurde bestätigend genickt.

Der Chuktar sagte: »Der Kov — der König — bezahlt uns, und dafür gehorchen wir.«

»Das mag schon sein«, wandte Nandi ein und schluckte hastig ein saftiges Stück Obst herunter. »Aber was ist mit den Gemächern des Königs hinter der grünen Tür?«

»Ja, ja«, riefen einige andere Frauen. »Dort dürfen wir keinen Dienst tun.« »Der König hält uns von sich fern!« Und: »Er beschädigt unseren Status als Garderegiment.«

»Das mag schon sein«, sagte Gilda Failsham stirnrunzelnd, »aber der König setzt innerhalb seiner Privatgemächer eigene Katakis und Chuliks ein. Dazu hat er jedes Recht!«

»Bei Janette mit dem Geschickten Dolch!« entfuhr es Nandi der Stürmischen. »Ich wüßte zu gern, was sich in den geheimen Zimmern tut!«

Gilda Failsham schüttelte den Kopf. »Lieber nicht, Nandi. Bestimmt ist dort Magie am Werk. Eine andere Möglichkeit sehe ich nicht — Thaumaturgie, Nekromanzie, Hexerei! Wir sind viel besser dran, wenn wir mit Zauberern nichts zu schaffen haben — das kann dir jeder vernünftige Mensch bestätigen.«

9

Chuktar Gilda Failsham hatte durch und durch recht.

Die normalen Kreger machten einen weiten Bogen um Zauberkräfte, die über das Engagement des Nachbarschaftsmagiers hinausgingen, der ein verlaufenes Tier aufspürte, Warzen heilte oder ein Mittel zusammenbraute, das eine Liebste betören konnte.

Auf Kregen gab es mancherlei Kulte und Gesellschaften und Orden, in denen sich Zauberer tummelten, Zauberer unterschiedlichster Fähigkeiten. So mancher wandernde Zauberer war ein Betrüger und lebte vom Leichtglauben seiner Umwelt. Jeder wußte, daß es echte Zauberer und Hexen gab, Menschen, die einem das Mark in den Knochen gefrieren lassen konnten.

Die Chuliks führten ihren Wachdienst in der verwirrenden Folge von Gemächern und Appartements im privaten Teil der weitläufigen alten Villa durch. Leidenschaftslos beobachteten sie ihre Umwelt aus kleinen runden Augen; beim Kämpfen und Töten gingen sie mit großer Tüchtigkeit vor. Aber auch erfahrene Kämpfer wie die Chuliks warfen kritische Blicke, wenn ein Zauberer vorüberkam.

Die in einen dunkelgrünen Mantel gehüllte Gestalt war mit dem Zeichen von Kaldi geschmückt und trug als Gürtel eine goldene Kette, an der Schwert und Dolch baumelten. Die Erscheinung hatte die Arme auf der Brust gefaltet und die Hände tief in die weiten Ärmel gesteckt. Die alles verhüllende Kapuze ließ keinen Blick auf das Gesicht zu, und daß sich unter dem dicken Stoff ein sterblicher Kopf befand, verriet sich nur durch das kurze Aufblitzen eines Auges.

Die Chulikwächter, deren ölige gelbe Haut zu schwitzen begonnen hatte und die schwer belastet waren mit Rüstung und Waffen, atmeten auf, als die unheimliche Gestalt in der grünen Robe vorüber war. Verstohlen rieben sie mit dickem Finger über einen Hauer und polierten ihn — eine Geste, die dieser Rasse eine Art seelische Beruhigung verschaffte.

Die Augen in der Kapuze bemerkten die Gesten; das wendige, schlaue Gehirn hinter den Augen registrierte sie, seufzte und widmete sich dann wieder einmal den Methoden und Möglichkeiten, in König Voduns Palastvilla am Leben zu bleiben.

Die Situation San Fraipurs hatte sich nämlich entscheidend geändert.

Er war nie der Typ gewesen, der anderen die Augäpfel ausgebrannt oder ihnen das Mark in den Knochen geschmolzen hätte, geschweige denn, sie in kleine grüne Echsen zu verwandeln. Die Leute mochten glauben, daß er zu solchen Dingen fähig war, was an sich nicht schlecht sein konnte, und wenn sie daran glaubten und er einige Worte murmelte und mit den Fingern in der Luft herumfuchtelte, mochten sie Symptome verspüren, die sich vorteilhaft für ihn auswirken konnten. Was aber kleine grüne Frösche anging — nein, in diesem Punkt gab sich San Fraipur über seine Fähigkeiten keinen Illusionen hin …

Ihm gefiel die Anrede ›San‹ — ein Titel, wie er einem klugen Gelehrten, einem großen Meister, einem Weisen gegeben wurde. Hart gearbeitet hatte er tatsächlich, das wußte Opaz, auf der Insel Fruningen; es hatte ihn viel Mühe gekostet, die arkanen Kenntnisse zu erlangen, die es ihm ermöglichten, sich als Zauberer von Fruningen durchzuschlagen. Er hatte Vodun Alloran getreu gedient, seit sein Vater in den Zeiten der Unruhe ums Leben gekommen war, nachdem er unter dem Druck der Söldner und Flutsmänner beim Kov in den Bergen Zuflucht gefunden hatte. Später war er nach Vondium gezogen und hatte sich von der Stadt, auch wenn sie ziemlich beschädigt war, beeindruckt gezeigt. All seine Künste, seine ganze Kraft hatte er Vodun Alloran gewidmet.

Und dies — Fraipur wußte nicht recht, wie er das opazverfluchte Ding nennen sollte — dies hatte alles Gute ins Schlechte verkehrt, hatte den Kov umgedreht, hatte ihn zu einem sagenumwobenen Pseudo-Monstrum werden lassen, hatte ihn sogar veranlaßt, sich von der göttlichen Strahlung Opaz' abzuwenden!

Arachna — so hieß das Ding. Fraipur hatte die Aura gespürt, war innerlich vor dem Bösen zurückgeschaudert, daß er spürte — ein Übel, das er um so deutlicher als schlimm erkannte, als es sich schwarz vor der Strahlung Opaz' abhob. Arachna — und ihre Diener waren die Mantissae.

Arachna war der Name, unter dem sie bekannt war; doch nach wie vor hatte San Fraipur keine Ahnung, was sie war, welcher Rasse sie angehören mochte.

Wenn er an sie dachte, bereitete ihm sein waches Gehirn unangenehme Schmerzen.

Eins war ihm klar: Er hatte vor ihr und ihren Helfern eine Todesangst.

Neben diesem allesverzehrenden Schrecken verblaßte der jüngste Befehl des Kovs — den man ja nun König nennen mußte —, zu ihm zu kommen, zum Nichts, jedenfalls beinahe. Alloran wollte ihn sprechen. Das allein unterschied diesen Tag von vielen anderen, die ihren Lauf genommen hatten.

In den innenliegenden Korridoren herrschte zu keiner Zeit ein so lebhaftes Treiben wie in den Bereichen außerhalb der grünen Tür. Natürlich huschten überall Sklaven herum; sie aber waren ein normaler Teil des Lebens. Fraipur neigte nicht den Kopf, als der dumme, dicke alte Naghan die Ketten, Kammerherr des Königs, mit seiner vornehmen Frau vorbeikam. Fraipur wußte wenig von Frauen. Sie waren ihm während seiner Ausbildung in jungen Jahren vorenthalten worden, und als ihm später die ganze Welt der Thaumaturgie offenstand, hatte er nie das Bedürfnis verspürt, Beziehungen zu suchen.

Naghan die Ketten zitterte so heftig, daß sein massiges Doppelkinn wabbelte; die Frau an seinem rechten Arm wandte hastig den Blick ab und machte ein Geheimzeichen. Tosie die Hiffim und Naghan die Ketten glaubten ergeben an San Fraipur, auch wenn der Kov — der König — den Zauberer aus Fruningen in jüngster Zeit offenbar mit kritischeren Augen sah.

Daß Naghan und Tosie auf diese Weise miteinander unterwegs waren, hieß für Fraipur, daß der Kammerherr dienstfrei hatte und ausgehen wollte. Dumm und dick mochte er sein, doch kümmerte er sich bei Audienzen um das Protokoll. Angst wuchs in Fraipur wie ein Magengeschwür.

Auf seinem Weg durch die verschiedenen bewachten Räume und Gänge sah er die Veränderungen, die seit seinem letzten Besuch vorgenommen worden waren. Die Villa war groß, doch war sie in ihren äußeren Bereichen übervölkert, eben weil der geheime Innenbezirk so großzügig ausgelegt war. Der König hatte verboten, den Namen der Villa auszusprechen, und war im Begriff, einen neuen Namen auszusuchen. Aus offensichtlichen Gründen sollte er nicht zu pompös klingen, aber auch nicht zu bescheiden.

Vor einer grünen Samttür mit goldenen Strigicaw-Emblemen blieb Fraipur stehen. Die beiden Chuliks musterten ihn, und einer versetzte einem der an der Tür hockenden Sklaven mit dem Griffende seines Speers einen Hieb. Die beiden Sklaven sprangen auf und öffneten die Doppeltür. Fraipur schritt hindurch.

In der alten Zeit hatte Alloran Sklaven eingesetzt wie jeder andere. Er hatte ihnen eine gewisse Rücksicht entgegengebracht. Fraipur hatte sich keine großen Gedanken über das Edikt des neuen Herrschers gemacht, nach dem die Sklaverei abgeschafft werden sollte. Die Sklaven hier aber hießen dieses Gesetz bestimmt willkommen.

In dem hinter der Tür liegenden Vorzimmer trat ihm

Jiktar Rakkan, ein Kataki, entgegen. Fraipur ging es wie allen anderen ehrlichen Bürgern — er verabscheute Katakis. Hier und jetzt aber ließ er sich nichts anmerken und folgte dem Kataki-Jiktar, als ginge er auf Eiern.

Durch den nächsten Torbogen, der von goldenen Vorhängen verschlossen und von vier Katakis bewacht wurde, ging es in das Gemach mit dem Thron, auf dem Alloran auf den Zauberer wartete.

»Tritt ein, San Fraipur! Tritt vor!«

»Majister«, sagte Fraipur und vollführte die volle Ehrerbietung — Nase auf den Teppich, Kehrseite in die Höhe. Er ging niemals unnötige Risiken ein. Alloran zeigte seine Freude über den sklavenhaften Auftritt, befahl Fraipur, sich aufzurichten, und winkte einen Sklaven herbei, der einen Schemel brachte. Das dreibeinige Gebilde war mit einem grünroten Kissen bedeckt, und Fraipur sah darin durchaus eine Auszeichnung.

Dankbar, seine Knie entlasten zu können, die butterweich geworden waren, setzte er sich.

»Majister?«

»Du hast mir in jüngster Zeit keine guten Dienste geleistet, San. Ich verzeihe dir das — als ein Zeichen meiner Freude. Jetzt bin ich König. Das läßt die Vergangenheit verschwinden. Nun schauen wir in die Zukunft.«

»Jawohl, Majister.«

»Ich werde deine Fähigkeiten auf die Probe stellen, San. Sage mir, was ich wissen will, dann soll dir eine große Belohnung zuteil werden.«

»Majister?«

»Strom Rosil Yasi, dem Kataki-Strom, ergeht es auf dem Festland nicht so gut, wie man erwarten könnte. Wie du siehst, leisten mir die Katakis gute Dienste.« Mit beringter Hand vollführte er eine Bewegung in die Runde, und Fraipur betrachtete die an den Wänden stehenden Wächter, abweisende Erscheinungen in Schwarz und Grün, gekrönt von Federn, die in der dumpfen Treibhausatmosphäre reglos verharrten. Katakis haben eine niedrige Stirn und kreuz und quer verlaufende Zahnreihen, mit Menschen sind sie kaum verwandt. Jeder besitzt einen langen, biegsamen Peitschenschwanz, an dem eine sechs Zoll lange Stahlklinge festgeschnallt worden ist. Ein solcher Schwanz kann zwischen den beiden Beinen hindurch nach vorn zu bewegt werden und den Gegner in den Unterleib treffen.

Fraipur mußte schlucken. »Ich sehe es, Majister.«

»Strom Rosil meldet, er brauche neue Männer. Kürzlich wurde er von dem grünen Prinz-Majister geschlagen und hat einen strategischen Rückzug nach Ovvend vollzogen, quer durch Venavito.« Alloran hob eine Hand, und eine mit Seide und Perlen behängte Sylvie schob einen goldenen Weinkelch in die ausgestreckte Pfote. Sylvies sind so reizvoll, daß sie wie Wesen aus einem Traum erscheinen, fähig, sämtliche fiebrigen Sehnsüchte der Männer zu erfüllen. Fraipur schaute die Sklavin nicht an, und Alloran sprach weiter: »San, du weißt, welche Provinz sich im Westen an Ovvend anschließt.«

»Dein ureigenes Kaldi.«

»Richtig.«

»Da stellt sich zunächst die Frage, wie es um die Kampfstärke Strom Rosils im Vergleich zu der des Prinz Majister bestellt ist; danach richtet sich, wie viele Mann wir schicken müßten, ob wir überhaupt welche entsenden sollten, und wie hoch die Wahrscheinlichkeit eines Sieges oder einer Niederlage wäre ...«

»Es wird keine Niederlage geben.«

»Natürlich nicht, Majister.«

»San Fraipur, kannst du mir sagen, was geschehen wird? Und was ich nun tun muß?«

»Was das erste angeht, so werde ich es versuchen. Und zum zweiten wird der König entscheiden.«

Fraipur saß ein wenig aufrechter auf seinem Schemel. Schon beglückwünschte er sich innerlich, raffiniert geantwortet zu haben, aber da runzelte der König die

Stirn und beugte sich so heftig vor, daß er Wein auf dem Teppich verschüttete.

»O ja, *ich* werde entscheiden, Fraipur! Du aber wirst mir die Begleitumstände schildern, auf die sich meine Entscheidung gründet! Bei Vox! Habe ich es denn immer mit Blödmännern zu tun?«

Fraipur duckte sich auf seinem kleinen dreibeinigen Schemel. Plötzlich spürte er die Härte des Holzes durch das Kissen.

Aus dem Nichts huschten Sklavinnen wie Gespenster herbei, um den verschütteten Wein aufzuwischen und neuen auszuschenken. Das Klirren ihrer Fußglöckchen hatte eine seltsame Wirkung auf Fraipur, als hallten die Glocken Beng Kishis nicht in seinem Schädel, sondern aus weiter Ferne. Er öffnete den Mund, ohne recht zu wissen, was er sagen wollte, aber da kam ihm König Vodun in klarem Kommandoton zuvor:

»Verschwinde, Fraipur. Kehre in vier Burs zurück und sag mir dann alles. Dernun?«*

»Majister!« entfuhr es Fraipur, und er huschte zitternd von seinem Schemel und durch die golden verzierte Türöffnung.

Wie zum Spott verfolgte ihn das Klimpern der ewig verdammten Fußglöckchen!

Alloran trank den Wein und warf den Kelch lässig über die Schulter. Eine Sklavin, eine Fristle-Fifi fing ihn geschickt auf.

»Zauberer!« sagte er. »Wenn ich mir vorstelle, daß ich diesem Mann und seinen Sprüchen früher zugetan war!«

In einer schmalen Türwandöffnung erschien eine Gestalt, die in dunkelblauen, silbern abgesetzten Samt gehüllt war, und näherte sich Allorans Thron. Die Kapuze weitete sich und umhüllte die große Masse mattschwarzen Haars, das so fest wie Draht anmutete. Die blauge-

* Dernun: Eine unhöfliche Rückfrage, etwa: »Hast du begriffen?« / »Alles klar?« / »Kapiert?« — *A. B. A.*

kleidete Gestalt blieb vor Alloran stehen, der sich nun erhob.

»Ist alles vorbereitet?«

»Alles vorbereitet.«

Voller Zufriedenheit ließ sich Alloran einen neuen Kelch Wein reichen. Diesen hielt er in der Hand, während er der blaugekleideten Gestalt durch die Nebenpforte in einen Gang folgte. Der Raum am Ende dieses Ganges war zwar als Schlafzimmer ausgestattet und wies ein breites Himmelbett und Ankleidetische und Spiegel und Schemel aus — zugleich aber wirkte er wie das Heiligtum im innersten Kern eines Tempels. Die Wände waren mit blauem Samt verhängt. Von fünf zentralen Stellen führten Deckenbehänge in die Ecken und erzeugten den Eindruck eines blauen Sterns. Silbernes Funkeln verstärkte dieses Gefühl, und verborgene Ventilatoren verbreiteten anregende Gerüche.

Wenn man diesen Raum das Heiligtum eines Palasts nennen konnte, stellte das Bett den Hochaltar dar.

Rechts hinten stand ein hoher Stuhl mit Blick auf das Bett. Mit gleichmäßigen Schritten näherte sich Alloran dem Stuhl, setzte sich und stellte den Weinkelch auf sein Knie. Die fünf anderen blaugekleideten Gestalten nickten ihm beiläufig zu, woraufhin er ihnen mit dem Kelch zuprostete. Er war sich der Macht dieser Mantissae durchaus bewußt. Ihr drahtiges Haar war unter dunklen Kapuzen verborgen, ihre schmalen Stirnen und wirren Gebisse, die natürliche Wildheit ihres Gesichts — all dies ließ nicht sofort erkennen, daß sie weiblichen Geschlechts waren. Die Peitschenschwänze hatten sie unter den Mänteln zusammengerollt; Alloran wußte, daß sie sogar hier und als Teil der heiligen Riten auf die sechs Zoll lange Klinge an ihrem Schwanz nicht verzichteten ...

Als Arachna das Gemach betrat, bildete sie gewissermaßen den Mittelpunkt einer kleinen, aber eindrucksvollen Prozession.

Arachna war von Kopf bis Fuß in blaue Seide gehüllt und hielt vor die Kapuze eine Maske, so daß nur die beiden Augenschlitze ihrer Erscheinung der Macht etwas Menschliches verliehen. Alloran rutschte unruhig auf seinem Sitz hin und her. Etwas Menschliches? Nun ja, er hoffte es jedenfalls ...

Zu der kleinen Prozession gehörten halbnackte Jungen, die Wedel bewegten, zwei weitere blaugekleidete Mantissae, ein riesiger, dummer Womox mit einer schweren Doppelklingen-Axt über der Schulter und eine Fristle-Fifi, die an silbernen Leinen zwei Baby-Werstings führte. Die schwarzweißen Bündel bewegten sich mit einer Friedfertigkeit, die für ihre Rasse und ihr Alter erstaunlich waren.

Arachna wurde von ihrem Gefolge auf das Bett geleitet, dann drapierte sie sich so, daß Allorans Blick nicht behindert war.

Eine der Mantissae schlug auf einen silbernen Gong.

Sofort öffnete sich eine bisher von blauen Stoffen verhängte Tür und ließ eine zweite Prozession herein.

Von den bewußt zelebrierten Vorgängen fasziniert, nahm Alloran einen Schluck Wein zu sich. Ihm war die Kehle trocken geworden. Er betrachtete die zurückgelehnt auf dem Bett ruhende Gestalt Arachnas und registrierte nur die beiden Augenschlitze. Schaute sie ihn an? Was mochte sie denken? Dann riß er seinen Blick los und starrte auf den Mann, der für die Abläufe dieses Tages ausgewählt worden war.

Nackt stand er zwischen vier Mantissae; man hatte ihm die Hände auf dem Rücken gefesselt. Er war ein Khibil und hatte ein stolzes Fuchsgesicht mit rötlichen Schnurrbarthaaren, die nicht arrogant in die Höhe gekämmt waren, sondern etwas betrübt herabhingen. Er war ein Khibil, Angehöriger einer hochmütigen, überlegenen Diff-Rasse — und das freute Alloran, denn natürlich ließen sich nur mit bestem Material gute Ergebnisse erzielen.

Eine Bahn Rotwein lief dem Khibil über das Kinn.

Arachnas Stimme klang wie das Rascheln von Fledermausflügeln.

»Du hast für den richtigen Augenblick deine Frage bereit, Vodun?«

»Ja, Arachna.«

»Weigerst du dich weiterhin, zu Opaz zu beten?«

»Ja.«

»Stehst du wie bisher in unverbrüchlicher Treue zu Takar?«

»Ja.«

»Bist du zufrieden, daß Arachna und ihre Mantissae dir so gut dienen?«

»Ja.«

Mit einer einzigen Bewegung, die an das Ausbreiten von Vogelflügeln erinnerte, warf Arachna ihren Umhang auf.

Auf dem Bett lag ein Khibilmädchen. Kunstvoll angeordnete Edelsteinstränge verstärkten ihre Schönheit und die Formen ihres Körpers in der überhitzten Luft.

Der Khibil zuckte zusammen, torkelte, wurde aufgefangen und aufrecht gehalten. Auf ganz Kregen sah er nichts anderes mehr als das schönste und begehrenswerteste Mädchen, das er sich überhaupt vorstellen konnte.

»Deine Frage, Vodun?«

Schnell, aber doch vorsichtig stellte Alloran Arachna dieselbe Frage wie zuvor schon Fraipur.

Fauchend und ächzend versuchte der Khibil von seinen Fesseln loszukommen.

Eine der Mantissae schnitt die Schnüre durch.

Ohne zu zögern, stürzte er vor.

Wäre das Mädchen auf dem Bett eine Apim gewesen, das wußte Alloran, so hätte er selbst am ganzen Leib eine lodernde Leidenschaft gespürt, die ihn unaufhaltsam voranzog. Dem Khibil war schon einiges eingeflößt worden, und er hatte keine Kontrolle mehr über sich.

Alloran konnte sich der Faszination der Opferzeremonie nicht entziehen, um so weniger, je öfter er daran teilnahm. Der Höhepunkt würde schnell erreicht sein. Eine Mantissa trat an die Seite des Bettes. Sie war mit einem schweren Dolch bewaffnet. Die Klinge war nicht vallianischer Herkunft, denn sie krümmte sich schlangengleich; automatisch blinzelte Alloran und trank wieder einen Schluck Wein.

Unter den Gestalten auf dem Bett erschien eine Hand, eine linke Hand. Sie bewegte sich zwischen den Beinen langsam abwärts. Schließlich öffnete sich die am Ende eines langen, biegsamen Schwanzes befindliche Hand. In diese Hand legte die Mantissa den Krummdolch.

Alloran hielt den Atem an, und Wein spritzte aus seinem Kelch.

Die Schwanzhand stach zu. Der Khibil schrie vor Schmerz und Leidenschaft und brach zusammen. Mit einer zugleich wilden und um Sauberkeit bemühten Bewegung stieß Arachna ihn fort und ließ ihn auf den Teppich rollen. Die Mantissae rührten sich nicht. Niemand machte eine Bewegung.

Nun klang Arachnas Stimme völlig anders. Sie tönte leise und heiser, als bewege sie sich zwischen Spinnweben, die Rätsel und Distanz verhießen, entfernt, doch durchdringend, eine Stimme, die jeder Vernunft entrückt war.

»Strom Rosil wird sich weiter zurückziehen. Er hat nur eine begrenzte Kampfstärke und wird weiter schwächer werden. Du mußt den Leem an der Kehle packen, nicht am Schwanz. Wasser kann nicht immer Blut wegwaschen.«

Die Stimme schwoll an und nahm einen Unterton von Leidenschaft an.

»Du mußt dich entscheiden, ob du Wasser oder Blut trinken willst!«

Die Stimme verstummte.

Arachna lag mit geschlossenen Augen da. Die Mantissae traten vor, wickelten den blauen Seidenmantel um die Gestalt, zogen die schützende Maske über das leuchtende Gesicht.

Langsam stand Alloran auf. Er zitterte von der Erregung, die die Opferzeremonie in ihm ausgelöst hatte.

Er war König Vodun von Südwest-Vallia! Das ließ sich nicht leugnen. Hier gab es nichts mehr zu entdekken, und er begab sich zielstrebig zum Ausgang. Wenn Strom Rosil versagte ...

Wasser oder Blut? Würde er Wasser oder Blut trinken?

Was geziemte sich mehr für einen König?

Lon die Knie sagte: »Wenn du darauf bestehst, Lyss ...«

»Und ob ich darauf bestehe, und zwar geht es mir darum, daß die Sache ein Ende hat.«

»Die *Lederne Flasche* ist kein rechter Ort für ...«

»Hör mal, Lon. Ein armes, schwaches wehrloses Mädchen bringt es fertig, einem großgewachsenen, übermächtigen Kerl, der sie beleidigt hat, ein Messer in den Bauch zu stechen. Na, gibt es solche Geschichten nicht wirklich?«

»Aye, aye, aber ...«

»Genug. Lon! *Queyd arn tung!*«*

Die beiden standen im dunklen Toreingang einer vornehmen Straße, der Gasse der kleinen Leckereien, und der Abend dehnte seine langen smaragdgrünen und rubinroten Schatten. Schon schwebte die Jungfrau mit dem Vielfältigen Lächeln über den Dächern von Rashumsmot und ließ ihr verschwommenes rosa Licht auf seltsame Weise mit den letzten Strahlen Zims und Genoras' verschmelzen. Würzige Gerüche lagen in der Luft. Menschen bewegten sich zielstrebig durch die Straßen — sie wollten nach den Mühen des Tages nach Hause gehen oder den ersten Trunk des Abends genießen oder sehen, was für Beute sich auf dem Diebesmarkt machen ließ, den es in jeder Garnisonsstadt gibt.

Lon starrte das prächtige Mädchen an und schüttelte den Kopf.

Sie trug ein ins Beige gehendes gelbes Kleid, das irgendwie staubig aussah, und auf seltsame Weise war Lon von den grünen Blattmustern beunruhigt, die in den Stoff eingewirkt waren — ihm mißfiel dieser Schmuck auf unerklärliche Weise. Das Kleid war etwa halblang, die Beine darunter waren nackt. Die junge

* *Queyd arn tung!*: Dazu ist jedes weitere Wort überflüssig! — *A. B. A.*

Frau hatte ihre Sandalen links mit einem Lederriemen und rechts mit einer Packschnur zugebunden. Auf der linken Hüfte trug sie ihren braunen Sack aus Leder und Leinen.

An der rechten Hüfte sorgten Rüschen des Kleides dafür, daß der am Gürtel hängende lange vallianische Dolch wirkungsvoll verborgen blieb. Ihr leuchtendes, sauberes Haar war fest hochgebunden. Als Kampfmädchen hatte sie nicht die Angewohnheit, das Haar lang auswachsen zu lassen, doch war sie viel zu sehr Frau, um es sich gnadenlos kurzschneiden zu lassen, wie es viele große Jikai-Vuvushis taten. Im Gegensatz zu dem Haar war das Gesicht alles andere als sauber, sondern entschieden verschmutzt.

Schwarze Punkte zeigten sich hier und dort, die Augen wirkten verschmiert, und vom rechten Mundwinkel zog sich eine unschön aussehende Schwäre zum Kinn. In der ruhigen Toreinfahrt hatte sie sich das Gebilde selbst aufgemalt, den Rücken zur Straße, Lon reglos neben sich.

In einem ihrer Gürtelbeutel befand sich eine Phiole mit Sekreten eines stinktierartigen Wesens, das auf Kregen Powcy hieß — dieses Mittel verströmte einen ungemein abstoßenden Geruch. Bis jetzt hatte sie den Mut noch nicht aufgebracht, die widerliche Tinktur an sich selbst anzubringen.

Sollte die Sache aus dem Ruder laufen, wollte sie es aber tun — bei Vox! Sie würde den Laden mit dem Gestank ausräuchern!

Lon versuchte es ein letztesmal.

»Also wirklich, Lyss ... Nun schön, wir gehen in die *Lederne Flasche.* Aber wenn du dein schwarzes Ledergewand und Schwerter trügst ...«

»Meinst du, irgendeiner von den Gästen würde mir trauen und mit mir reden? Wahrscheinlich wäre die Gefahr, daß ich aufgespießt werde, noch größer als jetzt in diesem Aufzug.«

»Frauen!« sagte Lon vor sich hin. »Beim Schwarzen Chunguj! An denen führt kein Weg vorbei!«

Mit diesem weisen Spruch, dessen Logik wohl nur ihm begreiflich war, machte er sich mit Lyss der Einsamen auf den Weg zu ihrer Verabredung in der *Ledernen Flasche.*

Was Lon die Knie betraf, so hatte er seinen vornehmen Anzug zurückgeben müssen. — die Zeit der Verkleidung war vorbei. So trug er nun sein eigenes Grobleinenes — eine Tunika, die sich sehr rauh auf der Haut anfühlte und ihn vielleicht sogar überleben würde. Sie hatte eine unbestimmbare, zum Braunen neigende Farbe. Die Main-Gauche steckte in ihrer Scheide. Außerdem trug er einen Knüppel. Er war kein Koter, sondern ein vallianischer Bürger, der sich amüsieren wollte und entsprechend herausstaffiert hatte.

Was das betraf — mit den verflixten Hosen war er nie zurechtgekommen. Na schön, seine Beine neigten ein bißchen zur Krümmung. Aber trotzdem war nichts schöner als ein vernünftiger Lendenschurz und freie Beine. Er fühlte sich munter und geschmeidig, wie er da neben Lyss einherschritt — schon dieser Teil des Abends gefiel ihm sehr.

Selbst wenn es nicht ausreichend Mineralöl gegeben hätte, wären die Menschen in dieser Zeit mit ihrem Tages- und Nachtrhythmus nicht mehr so stark an den Zyklus der Zwillingssonnen gebunden. Die Sieben kregischen Monde standen zu unterschiedlichen Zeiten am Himmel und verbreiteten ein klares Licht. Die *Lederne Flasche* machte daher um diese frühe Stunde noch kein gutes Geschäft.

Der Gastraum wirkte gemütlich unter seiner niedrigen Decke; Holzbänke füllten die Nischen, und runde Fässer waren hinter der Bar auf Gestellen gestapelt. Der Wirt polierte einen Kelch mit den Vorderhänden, während das mittlere Paar den an der Bar lehnenden beiden Fristles etwas zu trinken einschenkte. Unauffällig blickten die beiden zu den sechs Rapas hinüber, die im Nischenfenster saßen. Ihr Lärmen ließ bereits erkennen, daß sie heute abend noch einiges vorhatten.

Selbst Lyss hatte den Eindruck, daß die Rapas hier fehl am Platze waren — denn sie waren als einzige uniformiert und wiesen sich damit als Churgurs aus, als Soldaten aus einem der neuen Infanterieregimenter des Königs. Ihre grellroten und staubschwarzen Federn sträubten sich, und die intensiven Schnabelgesichter wirkten belebt, als sie sich lebhaft zuprosteten. Sie trugen zwar keine Ausgehuniform, doch zeigten sie die braungrauen Farben des Königs und das Abzeichen des Meeres-Barynths.

»Ach, Lon«, sagte Lyss, als man ihnen das erste Getränk an den Tisch in der gegenüberliegenden Ecke brachte, »du wolltest tatsächlich, daß ich mich in meinen schwarzen Lederanzug werfe, um hier einzukehren?«

»Upvil, der Wirt, mag zwar ein Ochse sein, doch weiß er, wie man eine Dame respektvoll behandelt.« Lon warf seiner Begleiterin einen schiefen Blick zu. »Im Augenblick siehst du allerdings nicht wie eine Dame aus.«

»Da hast du wohl recht.« Für das Abenteuer dieses Abends hatte Silda Segutoria sich bewußt gezwungen, wie Lyss die Einsame zu denken und zu handeln. So warf sie nun nicht den Kopf in den Nacken und lachte brüllend über Lons Bemerkung, die den Nagel auf den Kopf getroffen hatte. Sie stürzte lediglich ihr Bier hinunter, schaute sich um und ließ die rechte Hand locker an der Hüfte ruhen, nicht weit von ihrem Dolch.

Die Rapas wurden immer lauter, und Lon schüttelte den Kopf und sagte: »Es dauert nicht mehr lange, dann muß Upvil die schwere Wache rufen und sie rauswerfen lassen.«

»Und wenn es keine Soldaten wären?«

»Nun, naja, dann wäre das etwas anderes.«

»Also, hoffentlich läßt sich dein Freund, dieser Geschickte Kando, blicken, ehe die Prügelei losgeht.«

Lon wollte etwas sagen, hielt sich dann aber zurück und bemerkte nur: »Das hoffe ich auch.«

Bei der typischen Schänkenrauferei konnte ihm der Knüppel, der an seinem Stuhl lehnte, gute Dienste leisten; gegen die geraden Hieb- und Stich-Pallixter der Rapas war er allerdings eine unzulängliche Waffe.

Die Taverne begann sich zu füllen, Bier strömte, Obst und Kekse wurden gereicht, und es dauerte nicht lange, da begannen die ersten Gäste nach Wein zu fragen. Lon schaute immer wieder zur Tür. Der Geschickte Kando war in diesem Fall vielleicht ein wenig zu vorsichtig; Lon wußte zwar nicht recht, was Lyss von dem Dieb wollte, doch spürte er instinktiv, daß die Sache profitabel sein konnte.

Mädchen wanderten durch den Gastraum; sie waren dünn gekleidet, trugen schweren, klimpernden Ohrschmuck, waren auffällig geschminkt und verbreiteten einen atemberaubenden Duft inmitten der Aromen von Bier und Wein und Speisen. Zustimmende Rufe begleiteten sie, gelegentlich von einer Münze gefolgt. Unter lauten Begeisterungsrufen kämpften die Mädchen gelegentlich mit Klauen und Zähnen um ein Geldstück. Noch immer ließ sich der Geschickte Kando nicht blikken.

Mädchen in solchem Zustand zu sehen bekümmerte Silda weitaus mehr, als sie auf dem Schlachtfeld beobachten zu müssen.

Die Gäste, die Upvils *Lederne Flasche* besuchten, kamen meist aus den rauheren Vierteln des Lebens, Menschen wie Lon, die die unangenehmen Arbeiten erledigen mußten. Die lautstark feiernden Rapas trugen Unruhe in die Stammgäste.

Es kam nicht im geringsten darauf an, wer den Kampf begann. Daß es zu einer Auseinandersetzung kommen würde, stand fest. Lon richtete sich plötzlich halb auf und ließ sich wieder auf seinen Stuhl sinken. Mit leiser Stimme sagte er: »Dank sei dem Gnädigen Opaz! Da ist er ja!«

Lyss blickte hastig zur Tür, vorbei an den massigen Schultern eines Brokelsh, der sich, Flasche in der Hand, soeben erhob. Auf der Schwelle stand ein Mann. Er war in ein unauffälliges schmutziges Braun gekleidet, und der tief herabgezogene Hut verdeckte bis auf das spitze Kinn weitgehend seine Gesichtszüge. Er hatte sich einen ziemlich großen Leinenbeutel auf die Hüfte gestemmt.

Im nächsten Augenblick warf der Brokelsh die Flasche, den Rapas sträubten sich die Federn, und die Stimmung in der Taverne explodierte.

Lon sprang auf, um zur Tür zu eilen, wo er den Geschickten Kando gesehen hatte, war aber sofort eingehüllt in ein tobendes Gewirr von Männern, die mit fröhlichem Schwung um sich hieben. Ein Rapa lag bereits mit verbogenem Schnabel am Boden.

Der haarige Brokelsh, der die Flasche geworfen hatte, duckte sich ein wenig zu spät und wurde von einem Schemel am Schädel getroffen. Männer, die sich ineinander verhakt hatten, torkelten herum, andere hieben zu, was das Zeug hielt, wieder andere griffen mit Flaschen und Stühlen an. Bis jetzt hatte noch niemand eine scharfe, spitze Stahlwaffe gezogen. Es handelte sich um eine Wirtshausschlägerei, die nach ungeschriebenen Gesetzen ablief.

Wie lange es noch dauern würde, ehe die Rapa-Churgurs, die immerhin in der Unterzahl waren, ihre Schwerter ziehen würden, lag in den jovialen Händen Beng Brorgals, des Schutzheiligen aller Wirtshausprügler.

Vor Lon wuchs ein massiger Bursche mit purpurner Nase empor und versetzte ihm mit einer Flasche einen Schlag über den Kopf. Lon schrie auf; er konnte sich gerade noch rechtzeitig ducken, um dem Schlag einen großen Teil seiner Kraft zu nehmen, dann stieß er dem Burschen das Ende seines Knüppels in die Rippen und erntete dafür einen Aufschrei auf der anderen Seite.

Ein Mann, der von dem Aroma des Fischmarkts umgeben war, versuchte mit der Stiefelspitze an Lons ungeschützten Rücken heranzukommen.

Der Stiefel erreichte sein Ziel nicht ganz, denn schon zuckte eine mit Schnur gesicherte Sandale seitlich vor und traf das Schienbein des Mannes. Es war keine angenehme Begegnung.

Lyss ließ es damit nicht genug sein. Ihr Fuß peitschte hernieder, fand sicheren Halt auf dem Tavernenboden und wurde zum Angelpunkt ihres herumwirbelnden Körpers; aus dieser Bewegung heraus hob sie die andere Sandale, die mit einem Ledersenkel verschnürt war. Auf das energischste erkundete ihr Zeh gewisse Teile der gegnerischen Anatomie, die solche Aufmerksamkeiten nicht gewöhnt waren.

Der Mann stieß einen gurgelnden Schrei aus und ging zu Boden.

Lyss steckte einem Burschen die Faust in den Mund und ließ ihn nicht zum Angriff kommen.

Eilig wich sie zur Seite aus und ließ einen Rapa an sich vorbeirasen. Sie ließ ihn vorbei und versetzte dem nachfolgenden Mann einen Hieb aufs Ohr. Die Rapas mochten Rapas sein, ungezügelte, raubvogelhafte Diffs, doch waren sie Soldaten und befanden sich in der Unterzahl.

Die Taverne erinnerte an einen Hühnerstall, in den der Fuchs eingedrungen ist. Überall waren Männer — und auch einige Frauen — im Nahkampf damit beschäftigt, energische Hiebe zu landen, zu treten, zu beißen und zu kratzen. Flaschen wirbelten durch die Luft. Upvil der Wirt, ein Och, duckte den Kopf hinter seine Bar und fragte sich, ob sich sein Beruf überhaupt noch lohnte. Vielleicht kam bald die Wache; bis es soweit war, würde er ziemlich hohe Verluste beklagen müssen.

Der ursprüngliche Auslöser des Kampfes, die Rapas, waren vergessen. Man hieb nieder, was einem in den Weg geriet. Es wäre in dem Durcheinander nicht verwunderlich gewesen, wenn ein Rapa auf den anderen losgegangen wäre.

Lon rappelte sich mühselig auf, atmete keuchend ein und entdeckte Lyss, die einem Gon gerade einen Hieb hinter das Ohr versetzte.

»Er ist abgehauen!« rief er.

»Na, dann lauf ihm nach!«

Lons Gesicht rötete sich, bis es fast so dunkel gefärbt war wie eine Nase. Mühsam tat er einen weiteren Atemzug und roch den Staub des Bodens und Wein und Blut und behielt die Gedanken, die ihn durchströmten, für sich; er konnte sie unmöglich Lyss mitteilen.

»Laufen — in diesem Durcheinander! Wie ein Fliegenschwarm in der Süßspeise!«

Er raffte sich auf und wurde sofort von einem massigen Burschen angerempelt, der sich mit zwei pelzigen Fristles rangelte. In hohem Bogen ging er nieder und rutschte auf zerdrückten saftigen Gregarians über den Boden — das Obst ließ ihn ohne Widerstand unter einen Tisch gleiten. Der brach über ihm zusammen, und die Bierkelche tauften ihn mit großzügigen Gaben an Beng Dikkane, den Schutzheiligen aller Biertrinker in Paz.

Lon bebte vor unterdrückter Wut.

Er hatte den Knüppel nicht losgelassen, als er sich jetzt aufraffte.

Das Haar fiel ihm in die Augen. Finster starrte er in die Runde. Lon die Knie sah rot.

Er entdeckte einen Rapa und einen Brokelsh — Vertreter der beiden Diffrassen, die das Getümmel angefangen hatten. Die beiden umklammerten sich und versuchten den anderen zu erwürgen.

Lon marschierte hinzu und kickte dabei einen Burschen aus dem Weg.

Er benutzte zweimal seinen Knüppel.

Nach dem ersten Hieb ging der Brokelsh bewußtlos zu Boden.

Der andere Hieb ereilte den Rapa, der mit raschelndem Gefieder zusammenbrach.

Jemand packte Lon am Arm.

Erzürnt fuhr er herum und schwenkte den Knüppel zu einem Schlag empor, der jedem störenden Rast den Rest gegeben hätte.

Bissig sagte Lyss: »Wir sind nicht hier, um unseren Spaß zu haben! Dein Freund ist abgehauen und wird unauffindbar sein, wenn wir nicht ...«

»Ach!« fauchte Lon und schwang den Knüppel von Lyss' Kopf fort. »Der steckt längst in irgendeinem Abflußrohr. Für heute können wir ihn vergessen.«

Lyss atmete schniefend durch die Nase.

»Wahrscheinlich hast du recht. Bei der übelriechen Achselhöhle und dem verlausten Haar von Schwester Melga der Harpyie! Wieder ein Tag verschwendet!«

Lon war erstaunt, wie unbeherrscht Lyss gesprochen hatte.

Der Kampf ging schwungvoll und unter ungeheurem Lärm weiter. Die Mädchen waren geflohen, die Luft war angefüllt mit fliegenden Schemeln und Flaschen.

»Nun ja, Lyss — wir sollten es mal in der *Tanzenden Fliege* versuchen.«

Sie musterte den Tierpfleger mit eisenhartem Blick. »Tun wir das.«

Die beiden traten zur Seite und schauten zu, wie ein Mann einen Salto zwischen ihnen schlug und kopfunter auf dem Boden landete.

»Gibt's denn keinen Hinterausgang?« Lyss deutete mit einer Kopfbewegung auf die Tür. »Da ist es ja voller als in der ersten Kurve bei einem Zorcarennen!«

»Ja. Durch die Küchenräume.«

»Geh voraus.«

Ein oder zweimal hatte Silda den Herrscher bei diesem Ausdruck ein Wort gebrauchen hören, das sich wie ›Makduff‹ anhörte.

Duff war eines der vielen kregischen Worte für Löffel — der in jeder Größe und für jede Verwendung eigene Namen hatte, und was ein schwarzer Löffel mit ›Vorausgehen‹ zu tun haben sollte, konnte sich Silda nicht vorstellen. Es würde der strahlende Tag kommen, da sie den Herrscher fragen konnte. Aber nur, wenn Opaz auf sie herablächelte und sie nicht losgeschickt wurde, um sich den grauen Wesenheiten auf den Eisgletschern Sicces zu stellen ...

Ohne anzuhalten sausten sie durch die Küche. Upvils Frau, eine charmante Och, wrang die Hände in der Schürze und beobachtete die beiden aus aufgerissenen Augen. Die Bedienungen drängten sich zusammen, auch wenn einige durch die halb geöffnete Tür schauten und sich lebhaft für die Ereignisse interessierten. Lyss trat in die frische Nachtluft hinaus und ließ die Küchengerüche hinter sich.

»Hier entlang«, sagte Lon und setzte sich mit energischen Schritten in Bewegung.

Im verschwommenen rosa Mondlicht eilten sie durch die Nacht und hielten dabei aufmerksam nach Gefahren Ausschau, wie es jede vernünftige Person in einer kregischen Stadt tut, in der Soldaten einquartiert und irgend welche Teufeleien im Gange sind. Nicht jeder akzeptierte Vodun Alloran als neuen Kov anstelle Katrin Rashumins, geschweige denn als neuen überheblichen König.

Lyss die Einsame dachte sich an Silda Segutorias Vernunft zu halten und sich zu diesen Aspekten des neuen Regimes in Rahartdrin weitere Informationen zu beschaffen.

Es war kein weiter Weg, bis Lon sie in eine Seitenstraße, die Gasse der Waschfrauen, führte und schließlich vor einem heruntergekommen wirkenden Haus stehenblieb. Das Nebenhaus war in der Schlacht schwer beschädigt worden und existierte nicht mehr, auf der anderen Seite ragte ein noch abstoßender wirkender Bau empor, eine finstere Ruine, die keinen offenkundigen Zweck mehr hatte.

»Hier wär's?«

»Aye. Dies ist die *Tanzende Fliege.*«

Lyss rümpfte die Nase.

»Ja, Lyss, ich weiß, ich weiß. Willst du dabei bleiben?«

»Wir wollen das nicht noch einmal alles durchmachen, mein wilder Churmod-Trainer!«

Diese Worte ließen ihn lächeln, und er schob die Tür auf.

Im Vergleich zu dieser Kaschemme war die *Lederne Flasche* ein erstklassiges Etablissement. Die Gäste machten den Eindruck, als würden sie lieber zum Messer greifen, als je eine Runde auszugeben. Unruhige, verschlagene Gesichter, flackernde Blicke, unrasierte Wangen, Hände in der Nähe von Waffengriffen — o ja, eine Schwester der Rose kannte sich mit solchen Höllenlöchern aus.

Silda war der Ansicht, daß ein Mann, der vor sich selbst Respekt hatte, entweder einen richtigen Bart stehenließ oder sich sauber rasierte. Ein Zwei- oder Dreitagesbart erzeugte einen Eindruck von Schmutz. Ein solcher Mann gab sich einfach nicht mehr die Mühe, er war irgendwie auf dem absteigenden Ast, sein Weg war zweifellos von leeren Flaschen gesäumt. Es gab Männer, so hatten ihr Mädchen mit spöttischem Lachen eröffnet, die tatsächlich glaubten, sie sähen unrasiert romantisch aus. Wenn sie einem Mädchen bei der Umarmung mit ihrer Borste über die Haut fuhren — glaubten sie wirklich, daß ihr so etwas Spaß machte?

Schnurrbärte waren natürlich eine ganz andere Sache und konnten durchaus aufregend sein ...

Mit schnellem, vogelgleichem Blick nahm Lon die vertraute Szene auf, entdeckte allerlei Freunde, Leute, auf die er sich im Notfall verlassen konnte, Verbündete, aber auch andere, denen er nicht den Rücken zuwenden würde, die seinem Schicksal gleichgültig gegenüberstanden oder sogar seine Todfeinde waren. Aus dieser letzten Gruppe schien nur einer anwesend zu sein, Ortyg der Kaku mit den schwarzen Augenbrauen. Finster saß er mit Freunden zusammen und spielte an einem Seitentisch das Spiel der Monde.

Vom Schlauen Kando keine Spur.

Lon sagte: »Am besten wartest du draußen, Lyss. Ich frage Ob-Auge Mantig, ob er Kando gesehen hat.«

Ehe Lyss antworten konnte, kam ein Mädchen auf sie zu; sie trug leichte Stoffe mit Straßschmuck, das Gesicht mit Haar beschmiert, das Haar ein blondes Büschel, über dem die tiarahafte Vimshu künstlich funkelte. Das Mädchen hob den Arm und schleuderte Lyss den Inhalt eines Krugs ins Gesicht.

Lyss leckte sich die Reste von den Lippen und fuhr sich mit einem Finger über die Augen. Das Bier war sehr dünn.

»Climi!« brüllte Lon. »Du verrückte Shishi!«

»Wir wollen sie hier nicht haben!« Climi holte mit dem Topf aus. »Verschwinde!« Sie warf das Gefäß.

Lyss hob die rechte Hand, fing den Krug ab und schleuderte ihn zurück. Die Zinnkante traf Climi an der Stirn. Einen Augenblick lang blieb sie stehen. Dann begann sie zu schielen und sackte zusammen, wobei ihr gazehaftes Gewand wie die Segel eines wendenden Argenters wallten.

Ortyg der Kaku stieß einen Stentorschrei aus und sprang auf. Das Spiel der Monde flog zur Seite. Er zog ein Messer und stürzte sich auf Lon.

»Lauf, Lyss!« rief Lon schrill.

Silda Segutoria kämpfte mit Lyss der Einsamen. Eine Stimme forderte: »Flieh, du Fambly!« Die andere fragte: »Vor diesem Abscheu kneifen?«

Aber schon war es zu spät.

Ortyg fiel über Lon her. Der Tierpfleger, der den Umgang mit nervösen Wesen gewöhnt war, drehte sich zur

Seite und schwang seinen Knüppel. Ortyg reagierte schnell, und der Hieb ging ins Leere. Fauchend und brüllend erneuerte er seinen Angriff.

Lon duckte sich, und Lyss hieb Ortyg eine Faust in den Unterleib, trat ihn ins Gesicht, als er sich zusammenkrümmte, und setzte ihm energisch eine Handkante in den ungeschützten Nacken. Erst jetzt riß Silda die Zügel an sich, packte Lon und zerrte ihn mit sich durch die Tür.

Die beiden eilten durch die Gasse der Waschfrauen.

An der Ecke blieben sie stehen und schauten zurück.

Verfolger waren nicht zu sehen.

»Er war sowieso nicht da, Lyss.«

»Nein, wie ich schon sagte, wieder ein Tag verschwendet. Wenn du den Geschickten Kando das nächstemal erwischst, treffen wir uns an einem Ort, an dem wir nicht sofort in einen Kampf verwickelt werden!«

11

Der schwarzgeschnäbelte und gelbgeflügelte Flugvogel raste durch den Nebel des frühen Morgens, der durch Zim und Genodras bereits einen ersten Hauch apfelgrün und rosarot gefärbt war. Wind umspielte den Reiter, der auf dem Rücken des Flutduins saß, erzeugte aber keinerlei Geflatter von Schmuck und Zierrat, keine wehenden Tücher und Schnüre, kein wirbelndes Gewirr von Federn — nichts unterschied diesen Flutduin oder seinen Reiter von der halben Schwadron, die links, rechts, oberhalb, unterhalb und dahinter Eskorte flog.

Drak, Prinz Majister von Vallia, leitete persönlich diesen frühen Aufklärungsflug. Seine braunen vallianischen Augen schauten am gekrümmten Hals seines Flugtiers vorbei nach unten. Sein Gehirn registrierte, numerierte und katalogisierte alles, was er sah.

Der kräftige Flügelschlag trug ihn in einer langen, auf- und niedergehenden Bewegung größter Vollkommenheit vorwärts. Drak hatte leider nicht so oft Gelegenheit zum Flutduinreiten, wie er es sich gern gewünscht hätte. Im Grunde gab es nicht viel, was sich mit diesem Erlebnis messen ließ. Eine Zorca zu reiten — nun ja, das war auch toll, aber zugleich völlig anders als dieser angenehme Flug durch die dünne Luft.

Zwei Ulms* querab, ausgebreitet wie Soldaten auf Parade, war die Streitmacht Rosil Yasis zu sehen, des Stroms von Morcray, eines Katakis.

Obwohl man hier und dort Fortschritte gegen ihn machte und ihn bereichsweise besiegte, brachte der Kataki-Strom noch immer eine beängstigende Armee auf die Beine. Eiskalt überschlug Drak die Zahlen, die For-

* Ulm: Fünf Sechstel einer Meile, etwa 1500 Meter. Eine Dwabur entspricht fünf Meilen. — *A. B. A.*

mationen, die Qualität und die Art der Truppen, die sich vor ihm ausbreiteten.

Der Jiktar, der die halbe Wachschwadron führte, stieß einen Warnruf aus. Mit einer langen, biegsamen Lanze deutete er nach oben und nach vorn.

Also bei Vox! Man konnte nicht damit rechnen, einen Kundschaftsflug ohne Feindberührung durchzuführen.

Strom Rosils Flugtruppen bestanden vorwiegend aus Fluttrells und Mirvols, Vögel und Flugtiere, wie sie in der Flugkavallerie vieler Nationen eingesetzt wurden. Soweit Drak wußte, war der Flutduin, der allgemein als bester aller Sattelvögel galt, nur im Land Djanduin zu finden. Sein Vater, der in jenem fernen Land im südlichen Havilfar König war, hatte dafür gesorgt, daß diese Horde erstklassiger Flutduins in sein Inselstromnat Valka gebracht wurden, das östlich der vallianischen Hauptinsel lag.

Im Laufe der Jahresperioden war eine ziemlich große Flutduin-Kavallerie aufgebaut worden, eine frische Brut hatte man in der Provinz der Blauen Berge ausgesetzt, in der seine Mutter zu Hause war. Die störrischeren Elemente Vallias hatten sich der unheimlichen Idee widersetzt, vom Rücken großer Vögel zu kämpfen, während sie durch die Luft schwirrten; daß daran aber etwas war, hatte sich gezeigt, als die Luftkavallerie Hamals — und die anderer Nationen — Vallia unbarmherzig heimsuchte.

Drak hätte sich eine Streitmacht Djangs aus Djanduin gewünscht. Diese vierarmigen Dwadjangs verstanden sich darauf, ihre Reittiere beim Fliegen zu lenken, außerdem hatten sie ausgezeichnete Kenntnisse im Luftkampf.

So hatte er eigentlich keine Probleme mit der Patrouille, die sich nun seinem kleinen Trupp näherte. Der Aufklärungsflug war sowieso beinahe beendet, und er hatte sich die Formationen und Dispositionen des Kataki-Stroms eingeprägt — die Patrouille konnte also kehrtmachen und nach Hause fliegen.

Einige Flutswods, die auf ihren Vögeln saßen, gaben lautstark ihrer Enttäuschung Ausdruck, fanden sie doch, daß der Trupp die Flucht ergriff. Dabei bestand ihre Aufgabe darin, den Prinz Majister zu begleiten, nicht sich mit irgendwelchen Fluttrell-Reitern herumzuschlagen.

Brav flog die Aufklärungspatrouille zurück ins Lager.

Drak tätschelte seinen anmutigen Reitvogel, sprang aus dem Sattel und überließ die Zügel dem jungen Emin dem Frechen, der es kaum erwarten konnte, alt genug zu sein, um Soldat zu werden und sich als Flutswod den Reihen der Luftkavallerie anzuschließen.

»Gut gemacht!« sagte Drak zu seinem Tier.

»Aye, Jis«, sagte Emin der Freche, »du könntest gar kein besseres Tier wählen als Strahlende Feder.«

Drak bedachte den Jungen mit einem Lächeln und sagte: »Du pflegst ihn gut. Deine Strahlende Feder könnte noch vor dem zweiten Frühstück eine ganze Schwadron Fluttrells erledigen.«

»Was!« rief Emin. »Nein, Jis, vor dem ersten Frühstück!«

Drak lachte und begab sich in das Zelt, in dem die führenden Offiziere der Armee warteten. Er reichte seinem Adjutanten Nath dem Strengen sein Splonglas; Teleskope waren zwar auf Kregen ziemlich weit verbreitet und wurden oft eingesetzt, doch stellten sie einen wertvollen Besitz dar, der gut behütet werden mußte. Drak zog den Kopf ein und betrat das Zelt.

Er begrüßte die versammelten Stabschefs und umriß mit knappen Worten, was er von Yasis Armee hielt, wie sie strukturiert war und was Yasi damit erreichen wollte.

Kapt Enwood nal Venticar war der dienstälteste Offizier der Runde. Er nickte und ergriff als erster das Wort.

»Der Plan ist gut, Jis. Seit wir ihn nach Norden gelockt haben, hat sich unser Glück gewendet. Heute — nun ja, heute erleben wir vielleicht einen Sieg, auf dem wir aufbauen können.«

Der kompakt gebaute Mann in der einfachen Lanzenträger-Uniform, an der lediglich einige zusätzliche goldene Verzierungen angebracht waren, räusperte sich. Sein Gesicht sah aus, als setze es sich aus verwittertem Eichenholz, altem Stiefelleder und hartem Eisen zusammen. Seine Augen, die ein gutes vallianisches Braun aufwiesen, saßen tief in den Höhlen, und die Augenbrauen waren buschig wie zwei Dornefeu-Hecken.

»Majister«, sagte er mit knarrender Stimme. »Hast du auch einen Eindruck von der gegnerischen Phalanx gewonnen?«

»Ich konnte keine Lanzenträger ausmachen, Brytevax Thandor. Außerdem wäre es mir lieber, wenn du mich ›Jis‹ nennst.«

»Wie du befiehlst, Jis!«

Thandor Veltan ti Therfuing, ein kompakter, sturer, unbeweglicher Phalanx-Kommandeur, hatte seine Karriere bei der ursprünglichen Phalanx von Therminsax als einfacher Brumbyte begonnen. Sein Ruf war gewachsen, man hatte ihn befördert. Nun war er zum Brumbytevax ernannt worden, ein Titel, der allgemein auf Bytevax verkürzt wurde, und sollte Draks Phalanx-Streitkräfte führen. Er wurde auch Thandor der Fels genannt.

Nun begannen die Divisionskommandeure ihre Ansichten zu äußern. Drak lauschte und nickte ab und zu. Alle Anwesenden erkannten, wie wichtig die gewonnenen Erkenntnisse waren. Wenn der Kataki-Cramph keine Phalanx zur Verfügung hatte, war die heutige Aufgabe um so einfacher. Leicht würde es auf keinen Fall sein. Bei Vox, nein, einfach konnte man es sich nicht machen!

Die Armee, die bereits seit der ersten Morgendämmerung unterwegs war, würde sich jetzt in Positionen begeben, die man im Hinblick auf den größtmöglichen

Vorteil bestimmt hatte. Die Ausgangsformation war von großer Bedeutung. Mit der Phalanx als Angelpunkt gedachte Drak einen Flügel etwas zurückzunehmen und den anderen in einer massiven Attacke aller Kräfte herumzuziehen, die er aufbringen konnte. Sattelkämpfer und die wenigen Flugboote, die unter seinem Kommando standen, würden den Luftraum freihalten. Wenn Opaz der Militante heute freundlich gesonnen war, konnten sie vielleicht Strom Yasi wie einen Teppich aufrollen.

Jiktar Endru und Jiktar Naghan der Bogen, Befehlshaber der Leibwache-Regimenter des Prinzen, standen an der Tür; zu einem Teil gehörten sie zu den Vorgängen am Tisch, zu einem Teil zur beständigen Wachstreitmacht.

Da die verrückte Garde seines Vaters, seine Juruk-Jikai, auf ihr eigene verquere Art organisiert war, hatte Drak sich dazu bereiterklären müssen, die beiden Regimenter von verschiedenen Leuten repräsentieren zu lassen. Dabei gab es eine Art rollierendes System für den Kommandeurswechsel. Bei ihm waren Vertreter der Schwertwache des Herrschers und der Gelbjacken des Herrschers. Eines wußte Drak — er hatte diese Männer nicht nur lieber auf seiner Seite, als gegen sie zu kämpfen — es konnte vielmehr gar kein Gedanke daran sein, jemals *gegen* sie kämpfen zu wollen.

Er hob die Augenbrauen und schaute sich um, dann fragte er in die Runde: »Wo ist Leone Sternenhammer?«

Stille senkte sich auf den Tisch wie ein Vorhang. Dann begannen drei oder vier gleichzeitig zu reden und hielten wieder inne. Drak zog ein verwirrtes Gesicht. Was, zum Teufel, ging hier vor?

Er wandte sich an Endru, der am Eingang stand. Wenn überhaupt jemand Bescheid wußte, dann der Kommandeur seiner anderen beiden Leibwachen.

»Endru?«

»Ja, Jis. Leone ist fort, um Königin Lushfymi zu begrüßen.«

Drak hatte das Gefühl, als wäre in seinem Kopf ein Vulkan losgegangen.

Er öffnete den Mund, konnte nicht sprechen, schloß den Mund wieder. Er schluckte trocken herunter und warf zornige Blicke. Dann ordnete er die Worte, die ihm auf die Zunge drängten.

»Königin Lust! Bei Vox! Warum muß sich diese Frau ausgerechnet den Tag einer Schlacht für ihren Besuch aussuchen!«

Endru versuchte diplomatisch zu sein. »Es liegt auf der Hand, daß sie nicht wußte, daß heute eine Schlacht stattfinden würde.«

»Ich weiß nicht«, knurrte Drak zornig. »Ich würde ihr alles zutrauen. Natürlich ist sie uns überaus willkommen. Stets und immerdar. Nur ... nur eben heute nicht ...«

Keiner der Anwesenden hielt es für angebracht, darauf hinzuweisen, daß der König die Königin mit ihrem Spitznamen bezeichnet hatte. Der alte Herrscher, den König Lushfymi hatte heiraten wollen, hatte jedem, der sie Königin Lust nannte, mit Kopfabschlagen gedroht. Und er hatte im Ernst gesprochen.

Dennoch wurde Königin Lushfymi aus Lome von den meisten Leuten insgeheim nur Königin Lust genannt.

Drak runzelte die Stirn. Er legte die Faust um den Rapiergriff und fummelte daran herum — eine für ihn untypische Verhaltensweise.

»Kapt Enwood. Du mußt den rechten Flügel übernehmen, ich führe den linken. Bytevax Thandor kommandiert die Mitte. Damit erreichen wir, daß die Königin zumindest nicht mitten im Geschehen stecken wird, wenn sie sich nicht dazu überreden läßt, die Schlacht aus sicherer Entfernung zu beobachten.«

»Mit Vergnügen, Jis!« rief Enwood und rieb sich die Hände. Er hatte schon einen langweiligen Tag vor sich gesehen. Nach dem Plan oblag dem rechten Flügel der Angriff, während der linke Flügel sich auf nichts einlassen sollte.

»Und kein Wort zur Königin über den Schlachtplan! Ist das klar?«

»Klar, Prinz!« Die Männer sprachen wie aus einem Munde.

Drak schaute sich in der Runde um, auf Männer, die für ihn nicht nur getreue Untertanen, sondern auch Freunde und Gefährten waren, die wie er das Wohl Vallias im Sinne hatten. Leicht hätte dieser Augenblick gefühlsselig werden können. Statt dessen verzichtete er darauf, seine Gefährten mit blankgezogenem Schwert zu segnen, und sagte nur: »Kämpft heute mit Vox, der euch die Waffen schärfen soll. Möge das Licht Opaz' euch und eure Soldaten begleiten, jeden einzelnen von euch. Remberee!«

»Remberee, Prinz!« sagten sie, dann empfahlen sie sich und machten sich an ihre Arbeit.

Nath der Strenge brachte auf einem Tablett eine Tasse heißen kregischen Tee und einen Silberteller Miscils und Palines — dies alles stürzte Drak herunter, ohne die Leckereien richtig zu genießen. Ihn plagten zahlreiche Zweifel, von denen er allerdings wußte, daß sie beim ersten Trompetenstoß der Schlacht verfliegen würden.

Sorgen um Königin Lust plagten ihn.

Sein kleines Juruk-Jikai, das aus Endrus Schwertwache des Prinz Majisters und Naghens Ergebenen Bogenschützen des Prinz Majisters bestand, würde dafür sorgen, daß er selbst keinen Schaden nahm. Er wußte überdies, daß die verrückten Gardisten seines Vaters, die SWH und die GJH, zwar am liebsten dem Herrscher dienten, sich aber auch ebenso intensiv um den Sohn kümmern würden.

Übrig blieben Leone Sternenhammers Jikai-Vuvushis, die frei waren, sich um die Königin zu kümmern.

Oft hatte er seinen Großvater darüber jammern hören, wie sein Hofstaat ihn bevormundete oder ihm in den Weg geriet, wenn er mit dem Gegner auf Tuchfühlung gehen wollte. Sein Vater, der ein noch wilderer Teufel war, äußerte sich ebenso, und zwar noch nachdrücklicher. Inzwischen verstand Drak, was es mit diesen Kümmernissen auf sich hatte.

Gab er Angehörigen der Leibwachen den Befehl, sich zu verziehen und den rechten Flügel zu verstärken, wie er ursprünglich vorgehabt hatte, würden sie allerlei Gegenargumente vorbringen. Letztlich weigern würden sie sich nicht, doch würden sie in Hiebweite jeder Stelle bleiben, die er während der Schlacht einzunehmen beliebte.

Verdammte Königin Lust!

Im nächsten Augenblick reute ihn seine Gereiztheit.

Sie war eine großartige Frau, die ihr Leben aus vollem Herzen Vallia widmete. Nachdem ihre Heimat von Flutsmännern und Sklavenherren und Aragorn geräumt war — unseligen Einflüssen, die im ganzen bisher unbefreiten Vallia am Wirken waren —, würde sie entscheiden müssen, wo sie wohnen wollte. In Vallia würde sie stets willkommen sein, dessen war sich Drak sicher.

Er leerte seine Tasse aus — das beste Getränk, das ein Mann sich wünschen konnte: guter, ehrlicher kregischer Tee —, nahm eine Handvoll Palines und verließ das Zelt. Den Swods in den Kampfreihen würde man kräftigen Wein reichen — die Soldaten hatten das immerhin verdient.

Vor ihm bewegte sich die Armee wie eine bunte Quiltdecke, die man auf dem Boden ausgebreitet hatte. Er zählte die Formationen ab, sah das Flattern der Flaggen, die Wimpel strahlend im zunehmenden Sonnenschein. Rüstungen und Waffen funkelten. Kapellen spielten auf. Zur Mitte hin stimmten die drei Kerchuris der Phalanx ihr Kampflied an — eine starke, feierliche Hymne. Ab und zu wechselten sie zu einem forschen und gewöhnlich nicht ganz anständigen Lied — fröhliche Verse, von denen sie auf ihrem Weg in die Hölle begleitet wurden.

Rechts von der Mitte marschierten die Ersten Vallianer. Die Mitte wurde von den Zweiten Therminsaxern gebildet. Nach links zu marschierte die Fünfte Drak-Kompanie wie eine kompakte Mauer.

Die Zweite hatte ihren Namen der Stadt entlehnt, in der der Herrscher die Phalanx gegründet hatte. Die Fünfte nannte sich nach einer halbmenschlichen, halb göttlichen Legendengestalt aus der fernen Vergangenheit Vallias.

Die andere Kerchuri der Dritten Phalanx, die Sechste, wurden die Sechste Delia genannt. Am liebsten hätte er Delia heute bei sich gehabt.

Was die Zweite Phalanx anging, die im Nordosten hinter dem Hawkwa-Land stand, so bestand sie aus der Dritten Opaz und der Vierten Velia.

Er versuchte seine Laune in den Griff zu bekommen, während er seine Zorca bestieg, die den Namen Glückliche Kalamität trug. Die Tage nach der Schlacht von Corvamsmot waren vorüber. Alloran hatte dort einen großen Sieg errungen, in Begleitung eines widerlichen Burschen, der seltsamerweise Zankov hieß. Seine Eltern hatten Drak in Briefen vor diesem Zankov gewarnt. In diesem Zusammenhang war die Andeutung besonders beunruhigend, daß seine jüngere Schwester Dayra vielleicht mit den Übeltaten des Mannes zu tun hatte. Es regte sich der Verdacht, er sei der Zahlmeister Allorans. Wie immer die Wahrheit auch aussehen mochte — eines stand fest.

Zankov hatte den alten Herrscher getötet und die Schuld Draks Vater zugeschoben, dem neuen Herrscher. Dieser Anwurf wurde durch Königin Lust widerlegt, die die Wahrheit kannte. Bei diesem Gedanken spürte Dray plötzlich den übermächtigen Wunsch, der heutige Tag würde sich nicht ereignen.

Wenn er nur — wenn er jetzt nur in Valka und Delphond sein und im Schatten der Blauen Berge Zorcas reiten könnte! Wenn er nur die Zeit hätte, die alten Bücher zu studieren ... Wenn ... Nun ja, er mußte eine Schlacht bestehen und eine Königin bei Laune halten. Vor seinem inneren Auge erschien ein Abbild Silda Segutorias und verschwand wieder — und er seufzte bei dem Gedanken, daß er, wenn sie hier wäre, keine Chance hätte, sie aus dem dichtesten Kampfgetümmel herauszuhalten.

Sein Gefolge umschloß ihn. Trompeter, Standartenträger, Kuriere — sie alle waren angespannt und fieberten den Ereignissen des Tages entgegen. Gefaßt waren sie bestimmt auf große Schrecken. Er ritt ein Stück voran, mit versteinertem Gesicht, starr und aufrecht im Sattel sitzend.

Die Masse der Soldaten, die vor ihm zielstrebig aufmarschierte, mußte heute wie ein gewaltiger Organismus funktionieren. Sie mußte Strom Rosil Yasi ein für allemal erledigen, bis nach Ovvend vorrücken und in Kaldi einfallen — um das vallianische Kernland wieder vollständig in Besitz zu nehmen.

Ein Adjutant rief außer sich vor Aufregung: »Jis! Die Königin!«

Drak wandte den Kopf und schaute hinüber.

Die Pracht der Farben, der Glanz des Goldes und Goldschmucks war geeignet, ungeschützte Augen zu blenden. Königin Lushfymi ritt an der Spitze ihres Regiments, eng flankiert von Leone und den hohen Offizieren ihrer Einheit. Die Königin saß auf einer Schimmelzorca, deren Fell gespenstisch hell aussah. Das Spiralhorn, das der Stirn des anmutigen Wesens entsprang, war zur Gänze mit Blattgold verkleidet. Die Rüstung der hohen Dame war mit Edelsteinen übersät. Riesige Federbüschel bewegten sich über ihrem Helm. Bewaffnet hatte sie sich mit dem üblichen kregischen Arsenal — und ausreichend Ersatzwaffen. Drak wußte nicht zu entscheiden, ob sie prächtig oder lächerlich aussah.

Er neigte eher dazu anzunehmen, daß sie einen positiven Eindruck machte und es wohl seiner schlechten Laune zu verdanken war, wenn er anders dachte.

Ihre Kavalkade kam zum Stillstand und zwang seine Leute, ein wenig Platz zu machen. Zorcahufe stampften auf den Boden. Grell spiegelten sich die Sonnen auf Rüstungen und Juwelen und Waffen. Das kräftige süße Parfum der Frauen machte sich bemerkbar.

»Lahal, Majestrix.«

»Lahal, mein lieber Drak. Ich bin gekommen, mein armer Dummkopf, um dafür zu sorgen, daß du dich nicht umbringen läßt.«

12

Grausam schnitten die rostigen alten Handschellen in die Haut seiner Unterarme; die ebenso alten Fußschellen ließen seine Fußgelenke schmerzen. Er war nackt. Ohne Bodenberührung hing er vor einer schmutzigen Backsteinmauer, an der grüner Schleim herabsickerte, und fand, daß ihm das Schicksal übel mitgespielt habe.

Sehr übel.

Die Zelle war alles in allem ziemlich klein; ihr Licht bezog sie durch eine vergitterte Öffnung am Ende einer tunnelähnlichen Vertiefung, die erkennen ließ, daß das Erdgeschoß um einiges über ihm lag.

Das Wachpersonal hatte immerhin das Skelett von der anderen Wand genommen, das San Fraipur begrüßt hatte, als man ihn hier herunterschleppte. Bei der heiligen Strahlung Opaz'! Ein übelriechender Ort!

Die Wächter gaben ihm zu essen. Einer war ein Gon, ein bleicher und ziemlich gebückt gehender Bursche, der seine Glatze mit Fett eingerieben hatte. Der andere war Apim und hatte nur noch ein halbes linkes Ohr, eine verbogene, gebrochene Nase und Hände wie Klauen; Zähne schien er nicht mehr zu besitzen. San Fraipur bekam irgendeinen Brei ohne Honig, und Brotstücke, die grasgrün angelaufen waren. Mit dieser schrecklichen Diät hielt er notgedrungen Leib und Seele zusammen.

Und warum das alles?

Beim großen, allprächtigen Namen Opaz' — warum?

Weil er Vodun Alloran die Wahrheit gesagt hatte?

Oder weil womöglich Arachna es so gewollt hatte?

»Kehre in vier Burs zurück«, hatte König Vodun Alloran befohlen, »und gib mir dann Antwort auf meine Fragen.«

Dies hatte Fraipur getan, so gut er konnte.

Beim Eintritt in den ungelüfteten Thronsaal, vor dessen drapierten Wänden schwarz- und grüngekleidete Katakis Wache standen, war ihm sofort aufgefallen, daß Allorans Gesicht sich gerötet zeigte, daß Schweiß und Erregung seine Züge bestimmte. Seit er Fraipur fortgeschickt hatte, war ihm offenbar ein aufwühlendes Erlebnis zuteil geworden. Diesen Schluß zog der Zauberer.

»Also, Fraipur! Sprich, alter Mann!«

Mit der höflichen Anrede ›San‹ war es also vorbei ...

»Ich habe mich eingehend mit der Frage beschäftigt. Die Streitkräfte Strom Rosils sind bekannt, es sei denn, er hätte einen neuerlichen Rückschlag erlitten ...«

Diese Formulierung gefiel Alloran nicht. Mit einem Gefühl der Trauer und des Unbehagens — immerhin war er diesem Mann ergeben gewesen — erkannte Fraipur, daß ihm sein Verrat Spaß machen würde.

»Sprich zu, Fraipur. Tsleetha-tsleeth!«

»Jawohl, Majister. Die Kampfkraft des Prinz Majister ist uns aus jüngsten Berichten bekannt. Ich habe daher Grund zu dem Urteil, daß er Verstärkungen erhalten wird, die ihn in die Lage versetzen, mehr zu tun, als die künftigen Angriffe Strom Rosils nur abzuwehren.« Hastig sprach Fraipur weiter: »Wenn verhindert werden soll, daß Kaldi in Prinz Draks Hände fällt, müssen wir mehr Truppen entsenden.«

Alloran lehnte sich zurück. Er schien erfreut zu sein. »Ja?«

»So sehe ich, einfach gesagt, die Situation — diese Schlußfolgerung könnte jedes Schulkind ziehen.«

»Und?«

»Nicht ›und‹, Majister — ›aber‹! Du müßtest Streitkräfte aus ihren Garnisonen hier in Rahartdrin nehmen. Du müßtest die Invasion Tezpors und der anderen Inseln verschieben.« Er warf dem König einen scharfen Blick zu. »Majister, du erinnerst dich an deine Zusagen zu Fruningen?«

Alloran richtete sich auf seinem Thron auf, sein Gesicht verfinsterte sich.

»Du bist unverschämt, Fraipur! Was ich mit Fruningen anstelle, mit irgendeinem eroberten Land, entscheide allein ich! Ist das klar?«

»Aber, Majister! Fruningen ist klein, die Heimat meiner Freunde, dort liegen die Akademien der Zauberer ...«

»Wenn die alle so sind wie du — also, lassen wir das. Ich denke darüber nach. Weiter mit deinen Antworten.«

Fraipur spürte, wie ihm ein Schweißtropfen von der Nasenspitze fiel. Er schloß die Augen, öffnete sie wieder und sagte: »Geschehen wird folgendes, Majister — wenn du dich entscheidest, Strom Rosil Yasi gegen die Vallianer zu stärken ...«

»Ich bin das wahre Vallia!«

»Selbstverständlich. Gegen die Usurpatoren. Sie haben im Augenblick die größeren Ressourcen, mehr Regimenter. Du würdest überrannt und besiegt werden ...«

»Das gefällt mir alles nicht, Fraipur!«

Fraipur plagte sich weiter durch seinen Vortrag.

»Ich finde, die Situation ruft nach Verhandlungen. Wenn du Rahartdrin und die anderen Inseln hältst, bist du ungemein schwer anzugreifen und aus deiner Position zu verjagen. Die Anfahrt über das Meer wäre sehr gefährlich, du wärst an den Küsten von deiner Flotte geschützt. Anstatt viele Männer bei dem Versuch zu verlieren, dich zu stürzen, willigt der Herrscher vielleicht in Verhandlungen ein, erkennt dich vielleicht an ...«

Alloran stand auf. Sein Gesicht war eine Maske des Zorns.

»Ich habe dich für einen großen Zauberer gehalten! Du bist verachtenswert! Du siehst gar nichts. Begreifst du nicht, daß in diesem Augenblick viele Söldner unterwegs sind, um zu mir zu stoßen? Sie kommen zu Tausenden aus Nord-Pandahem. Bald werde ich so stark sein, daß ich diesen unsäglichen Prinzen Drak überwältigen kann.«

»Die Leute — die Usurpatoren — in Vondium wissen das. Sie haben eine Flotte, in der Luft sind sie viel kampfstärker als du. Sie werden zu verhindern wissen, daß die Paktuns dich erreichen ...«

»Genug! Du hast in meinen Diensten wieder versagt, Fraipur.«

Alloran lehnte sich zurück, stemmte das Kinn auf die rechte Faust und schaute den Zauberer offen an. Seine linke Hand begann das Rapier in der Scheide auf und nieder zu ziehen.

»Sag mir, was weißt du über Wasser und Blut?«

»Wasser und Blut? Nun ja, das eine kann man getrost trinken, das andere nicht. Das eine wird aufgenommen, um zu nähren, das andere vergossen, um alles zu beenden. Wenn dazwischen eine Wahl besteht ...«

»Du plapperst wie ein Kleinkind, das in den Zähnen eine Rassel hält. Ich kenne die Antwort. Man hat sie mir gezeigt. Wasser ist dünn und nichts für einen Krieger. Blut ist dick und vermag den Durst des Kriegers zu stillen. Ich wähle das Blut!«

Wie von einer höheren Gewalt ergriffen, vermochte Fraipur offen seine Meinung zu sagen.

»Wenn du die Wahl hast zwischen Wasser und Blut, Majister, dann möchte ich dir raten, das Wasser zu nehmen. Denn das Wasser steht für die Meere rings um Rahartdrin und die Inseln, die dich sicher abschirmen werden, während du dich mit dem Herrscher einigst, ich meine — mit dem anmaßenden Usurpator auf dem Thron. Solltest du auf der Hauptinsel kämpfen wollen, so würde sich das vergossene Blut zum Ruin aller auswirken.«

Und nun saß er hier.

Ein berühmter Zauberer aus Fruningen in rostigen Ketten, die dazu geeignet waren, ihm die Hände abzuschneiden. Unerträglich! Seine Zauberkräfte waren real vorhanden, und er glaubte Allorans Rätsel richtig gedeutet zu haben. Die verdammte Arachna hatte ihm das Gerede von Wasser und Blut eingetrichtert. Das verflixte Leem-Wesen war aber angesichts der sich abzeichnenden Ereignisse schlau genug gewesen, ihre Antwort zu verschlüsseln, so daß der dumme Alloran sich nun selbst ins Unglück stürzte.

O ja, Fraipurs Fähigkeiten waren vorhanden; sie reichten aber nicht aus, ihn von den Ketten zu befreien und durch den Tunnel und durch das Eisengitter zu führen — hinaus in die gesegnete frische Luft Kregens.

Er schloß die Augen und begann sich gedanklich von den Schmerzen an Händen und Füßen zu lösen — überhaupt von dem ganzen Schmerz, der ihn plagte. Er zwang sich, an den langen, sauber geschrubbten Tisch in der Akademie seiner Heimatinsel Fruningen zu denken, an die anderen Jungs, die da herumtollten und lachten und lernten. Er dachte an die Bücher, die Lifs und Hyr-Lifs und die Schriftrollen. Seine Gedanken galten dem vermengten Sonnenlicht Zims und Genodras'. Und der Nahrung, die die Sklaven zu den Mahlzeiten auftrugen — Speisen, die von den Lehrlingen der Zaubererkunst Fruningens mit wahrem Heißhunger verschlungen wurden.

Irgendwie gelang es Fraipur, einen Schutzwall zwischen sich und die den Wahnsinn fordernden Situation zu errichten, in der er sich befand.

Ein gutes Stück von Fraipurs elendem Verlies entfernt und ein gutes Stück höhergelegen, saß Silda Segutoria, polierte ihr Schwert, das schon gefährlich hell schimmerte, und widmete sich finsteren Gedanken.

Bei Vox! Diesmal würde sie bis an die Zähne bewaffnet losziehen!

Trotzdem war der arme Lon die Knie zu bedauern. Eigentlich war es nicht seine Schuld. Er lebte in einer instabilen Gesellschaft, einer bewegten Masse Mensch, die der Sklaverei nahestand. Bestimmt hatte er nicht nur Freunde gefunden, sondern sich auch Feinde gemacht. Irgendwie lag ihr der krummbeinige Bursche sogar am Herzen. Er war ein echter Typ. Trotzdem würde er bald den Geschickten Kando auftreiben müssen, sonst würde Silda Segutoria, wenn nicht gar Lyss die Einsame die Geduld verlieren und wie ein Vulkan explodieren.

Sie schnallte den Drexer an seinen Einzelgurt neben das Rapier und schob die verschiedenen Gurte und Anhängsel zurecht, bis sie bequem saßen. Der Sack ruhte auf ihrer linken Hüfte. Im Nu konnte sie mit der linken Hand hineinfahren, ohne sich dabei die Finger zu zerschneiden, wie es dem armen kleinen Spinlikl widerfahren war.

Das schwarze Leder ihres Anzugs war gut gepflegt und überaus weich. Um die Schultern hatte sie sich einen pflaumenblauen Halb-Mantel geworfen. Auf dem Kopf ruhte kein Einheitshelm, auch nicht die Damenversion des allgemein gebräuchlichen weichkrempigen vallianischen Hutes, sondern ein kohlschwarzer Boltsch, ein flacher, runder Hut aus filzähnlichem Material, der sich hübsch schräg aufsetzen ließ. Unter dem Hut befand sich eine harte lederne Kappe.

Sie hatte das Ding erst gestern für zweieinhalb Silber-Stiver erstanden und hatte sofort die leuchtenden gelben und grünen Federn herausgerissen. Sicher war der Hut ein Beutestück, denn die Federn stammten nicht aus der Gegend. Zweifellos hatte sie deswegen den Preis auch so herunterhandeln können — das Ding war einiges mehr wert als zweieinhalb.

Der heraldische Schturval* von Rahartdrin, von König Vodun offiziell abgeschafft, war gelb und grün und besaß zwei diagonale rote Kennzeichnungen unter einer Lotusblüte.

---

* Schturval: Das gesamte Emblem, bestehend aus Farben und Symbolen. — *A. B. A.*

Sie überzeugte sich noch einmal, daß alles vallianisch-korrekt saß, und stampfte dann in hohen schwarzen Stiefeln los.

Vielleicht schaffte sie es diesmal, eine Begegnung zwischen zwei Welten zustandezubringen.

Nachdem ihr das Leben in hohen und niedrigen Schichten der Bevölkerung nicht weitergeholfen hatte, beschritt sie nun den vernünftigen Weg und richtete ihr Augenmerk auf die Religion.

Menschen schauten gern zu einem zentralen Gott auf, dem sie vertrauten und Zuversicht entgegenbrachten — auch wenn einige sogenannte Religionen in Havilfar den Gläubigen nur Schrecknisse brachten. Die Vallianer richteten ihren Glauben nicht nur auf Opaz, die größte aller Wesenheiten, in deren Licht die Unsichtbaren Zwillinge sich manifestierten, sondern widmeten sich auch einer verwirrenden Vielzahl anderer Götter, Kleingötter, Göttinnen und Geister.

Vox nahm dabei einen besonderen Platz ein; er war nicht nur der Liebling der Krieger, sondern war ins allgemeine Augenmerk gerückt.

Denk daran, ermahnte sich Silda, während sie energisch durch das Sonnenlicht des Nachmittags marschierte, all diese Tempel geben Horden von Priestern und Priesterinnen die Möglichkeit, sich an den Gläubigen zu bereichern. Oft nahmen Städte aus wirtschaftlichen, militärischen oder politischen Gründen Vorrechte in Anspruch. Dabei war immer die Zahl der Tempel innerhalb einer Stadtmauer von Bedeutung. Die Stadt, die mehr Tempel besaß als die andere, vermittelte ihren Bürgern stets das Gefühl, besser dazustehen — noch ehe erste Argumente in der Sache gewechselt waren.

Rashumsmot war, wie der Name andeutete, eher ein Flecken als eine Metropole. Wenn König Vodun sich entschloß hierzubleiben, konnte es durchaus geschehen, daß er größere Baumaßnahmen einleitete und den Ort Rashumsden nannte. Da Rashumsmot bereits mit einer eindrucksvollen Auswahl von Gebetsstätten gesegnet war, wie es jeder Ort, der etwas auf sich hielt, halten mußte, würde der König nicht viele neue Priester, Tempel oder Götter in seine neue Stadt laden müssen.

»Der Tempel Applicas der Freigiebigen«, hatte sie Lon entschlossen gesagt. »Mir ist egal, ob der Geschickte Kando Applica für einen dicken alten Besen hält. Schaff ihn nur dorthin. Es ist der Tag der Empfängnis Applicas — also werden sich dort viele Leute herumtreiben.«

»Aber, Lyss ...

»Es ist schon ziemlich schwer, meine dienstfreien Zeiten auf die Launen deines Freundes abzustellen. Bei Vox, Lon! Wir verschwenden nur Zeit!«

»Ja, Lyss ...«

Hier war sie nun, und der pflaumenblaue Mantel verbarg das braune Ledergewand und die Waffen, der Hut war keck schräggesetzt, und sie näherte sich dem halb zerstörten Tempel einer dicken alten Göttin, die sich um die Schaffung von Zwillingen kümmerte — wenn man an solche Dinge glauben wollte.

Der eigentliche Tempel hatte nicht allzu sehr gelitten und zeigte keine Brandschäden. Das Dach über den Gemächern der Priesterinnen war eingefallen; offenbar hatte ein Flugboot darauf notlanden müssen. So waren denn die Novizen aus ihren Quartieren vertrieben worden, um Platz zu machen. Die Hauptzone lag im Freien und wurde durch fünf große Säulen und eine breite Treppe abgeschlossen, auf der die Priesterinnen ihre Auftritte hatten. Die Gemeinde war recht buntscheckig — zu drei Vierteln bestand sie aus Frauen. Der auffälligste gemeinsame Nenner war die Tatsache, daß sie schwanger waren.

Lon entdeckte Silda und eilte zu ihr in den Schatten der ersten schulterhohen Innenwand, von wo sie alles beobachten konnte. Lon zitterte.

»Da ist er. Und bei ihm ist der Schiefohrige Tobi.«

Silda folgte Lons unauffälliger Geste und entdeckte die beiden Männer. Der Geschickte Kando hatte sich nicht verändert, seit er kurz in der *Ledernen Flasche* aufgetreten war. Sein Gefährte hatte versucht, sich für den Tempelbesuch etwas herauszuputzen; trotzdem sah er mit seinen schlechten Zähnen, der pockennarbigen Haut und den strähnigen Haaren wie ein Verbrecher aus.

Zwei Welten, die sich hier auf neutralem Boden begegneten, überlegte Silda seufzend und trennte sich von unrühmlichen Gedanken an glücklichere Zeiten und Orte, die sie liebend gern gegen die jetzige Situation eingetauscht hätte.

Weihrauchschwaden wehten herüber und schufen mit dem Duft der Menschenmenge eine beklemmende Atmosphäre. Viele knieten am Boden. Priesterinnen führten die Gemeinde durch den Gottesdienst und ließen sie singen und Sprüche aufsagen. Der Geschickte Kando und der Schiefohrige Tobi schoben sich näher, und Lon ging ein Stück an der niedrigen Mauer entlang, um mit ihnen zu sprechen. Silda wartete. Schließlich drehte sich Lon lächelnd um, und Silda schloß sich der Gruppe an.

Das Pappattu wurde schnell und ohne Formalitäten erledigt, doch ehe Silda auf das Thema kommen konnte, das ihr auf der Seele lag, nachdem sie nun den Kontakt mit dem Dieb endlich hergestellt hatte, fiel ihr Blick auf eine Frau hinter Kando; sie trug ein braunes Kleid und winkte jemandem zu, der hinter einer Säule verborgen sein mußte. Ehe Silda ein Wort herausbekam, trat ein angeberisch wirkender, stiernackiger Bursche hinter der Säule hervor. Die schwarzen Brauen hätten schon zur Identifikation genügt: Der Mann war Ortyg der Kaktu. Bei ihrer letzten Begegnung im *Tanzenden Floh* hatte sie ihn niedergeschlagen. Nun ja, hier und jetzt …

Ohne jede Vorrede schleuderte Ortyg sein Messer,

zog sein Schwert blank und griff an. Silda stieß den Geschickten Kando zur Seite, woraufhin sich das Messer dröhnend in die Holzverkleidung der Ecke bohrte. Vier weitere Männer folgten Ortyg in seinen Angriff. Er stieß eine Schwangere um, die vor ihm kniete. Sein Gesicht war dunkel vor Erregung.

»Habe ich dich jetzt, du Rast, du Cramph, du Ungeziefer!«

Die drei Männer, die sich in Sildas Begleitung befanden, wirbelten herum und äußerten Worte, die für einen Tempel wahrlich nicht geeignet waren. Silda hielt sich mit solchen Dingen nicht auf. Im Nu hatte sie Rapier und Main-Gauche, den Jikdar und den Hikdar, gezogen und sprang vor, Ortyg erkannte sie. Auf seinem finsteren Gesicht erschien ein strahlendes Lächeln, das wegen der schwarzen Zähne gespenstisch wirkte, und er heulte förmlich auf.

Silda hatte keine Zeit zu verschwenden. Hier und jetzt durfte sie sich nicht damit aufhalten, ihre Schwertkünste vorzuführen. Ortyg hatte offenkundig die Absicht, sie alle umzubringen, und sie konnte es sich um ihretwillen und wegen Lon keine Risiken leisten.

So fing sie den ungeschickten Hieb mit dem linkshändigen Dolch ab, versetzte Ortyg einen Stich in den Unterleib, zog die Waffe zurück, landete beim zweiten Mann einen Gesichtsschlag und kehrte gerade rechtzeitig in den Kampf zurück, um den dritten ins Auge zu treffen. Der vierte litt an einem Messer, das ihm in den Hals gestochen worden war. Lon wollte sich auf ihn stürzen.

»Ich kaufe dir ein neues Messer, Lon. Jetzt flieh!«

So schnell sie konnten, stürzten die vier aus dem Aufruhr, der sich mitten im Tempel Applicas der Freigiebigen bildete.

Sie kamen erst zum Stillstand, als die Straße Krokans des Prächtigen überquert war, wo sie Atem schöpfen konnten. Der Schiefohrige Tobi war am meisten außer

Puste, während Sildas Atem kaum beschleunigt zu sein schien.

»Beim Flinkfingrigen Diproo!« rief Kando. »Was für eine gefährliche Katze hast du dir denn diesmal gesucht, Lon?«

13

König Vodun Alloran mußte feststellen, daß ihn Sorgen über San Fraipur, den Zauberer aus Fruningen plagten, die er sich nicht erklären konnte. Fraipur hatte Allorans Vater und später ihm mit Hingabe und Können gedient und hatte stets wohlabgewogene Ratschläge gegeben. König Vodun war nun durch die Tatsache beunruhigt, daß er sich nicht entscheiden konnte, ob er Fraipur sofort töten, ihn in seinem Verlies verrotten oder foltern lassen oder sonstwie zum Schweigen bringen sollte. Wenn die Folter in Frage kam, würde Alloran aus dem Angebot der Foltermeister wählen müssen. Ja, es war eine aufreibende Situation.

»Beim Dreifachschwanz des Unberührbaren Targ!« entfuhr es ihm. »Ich bringe das Problem vor den Fünfhändigen Eos Bakchi!«

Bei diesen heftig gesprochenen Worten richteten sich die dämonischen Augen der Kataki-Wächter, die überall im Saal standen, auf ihn. Obwohl er ein Apim war und kein Kataki, benutzte er die Flüche dieser Rasse. In der Öffentlichkeit rief er nach wie vor Opaz an, denn Arachna hatte ihm eingeschärft, daß es unklug gewesen wäre, zu schnell vorzugehen. Er konnte sich wahrhaft glücklich schätzen, sie entdeckt und in seinen Dienst geholt zu haben. Die Katakis unterstützten ihn hervorragend.

Er erinnerte sich an frühere Zeiten, da er die Katakis verabscheut hatte, ihre Peitschenschwänze und ihre Neigung zur Sklavenhaltung — aber damals hatte Arachna ihm noch nicht die Augen geöffnet.

Er gab Naghan die Kette, seinem Kammerherrn, Befehle, und nach kurzer Zeit wurden vier stämmige Apim-Kämpfer hereingeführt. Sie waren nackt. Sie schauten sich um und waren offensichtlich geblendet von der Pracht ringsum, nervös und doch erleichtert, daß man sie keinen wilden Tieren zum Fraß vorgeworfen oder in die Sklaverei verkauft hatte.

Alloran stützte das Kinn auf die Faust und musterte sie. Ja, sie schienen von etwa gleicher Kampfstärke zu sein. Er würde keinen mit seinen Wetten bevorzugen. Eos-Bakchi, der Geist des Zufalls, würde die Entscheidung treffen.

Die Männer standen mit hängenden Köpfen da und schienen von Angst erfüllt. Allorans Dienerinnen banden jedem ein buntes Band um den linken Arm. Weiß für das Ersticken, rot für den Tod, grün für die Folter, schwarz für das Verlies. Jeder Mann erhielt einen vallianischen Dolch, eine lange Waffe mit schmaler, tödlicher Klinge.

»Kämpft!« befahl Alloran. »Jeder gegen jeden! Der Sieger bekommt sein Leben geschenkt.« Lautlos und mit einem Humor, der nur ihn selbst amüsierte, fügte er hinzu: »Und die Ehre von Arachnas Gegenwart, wenn er in angemessenem Zustand ist!«

Die Männer kämpften.

Hinterher machten die Sklaven sauber. Der Mann mit dem schwarzen Armband, der noch lebte, wurde in einer Decke fortgetragen. Ihn würde die Ehre eines Arachna-Besuches treffen.

Nachdem das unangenehme Problem aus der Welt war, konnte er sich nun der wunderschönen neuen Phalanx zuwenden, deren Errichtung ihm versprochen worden war. Er kannte die vallianische Phalanx und ahnte, daß Strom Rosil diese Kenntnisse vielleicht nicht besaß. Mit Hilfe der vielen tausend Söldner, die, angelockt durch Zankovs Gold, aus Nord-Pandahem herbeiströmten, würde er die Usurpatoren vernichten und dann den großen Marsch auf Vondium einleiten.

Die Phalanx, die er schuf, sollte ein wesentlicher Bestandteil seiner Armee sein. Er lehnte sich zurück und hob die Hand, und ein zartes, in silberne Gaze gehülltes Wesen schob einen goldenen Kelch hinein. Alloran trank. Das Leben würde prächtig sein — und immer besser, bei Takroti!

Eine Mantissa informierte ihn, daß alles bereit sei, und er begab sich in das geheime Gemach. Hier lief alles ab, wie er es gewohnt war, nur war der Mann diesmal ein Fristle. Als Arachna den Mantel zurückwarf, zeigte sich der goldpelzige Körper einer Fristle-Fifi, der Alloran den Atem im Hals stocken ließ. Aber wieder kroch die Schwanzhand über das Bett, ergriff den Krummdolch und verrichtete ihr blutiges Werk an dem Fristle-Mann. Dabei sprach Arachna mit ihrer heiseren, verschleierten Stimme, die wie aus weiter Ferne zu kommen schien:

»Wenn du nicht von dem Drachen verschlungen werden willst, mußt du das Ei im Nest zerschlagen!«

Mit langsamen Schritten verließ Alloran das Geheimgemach und dachte über Arachnas Worte nach. Ohne innezuhalten, durchquerte er den Thronsaal und begab sich in das oberste Stockwerk des Westflügels.

Naghan die Kette erschien eilfertig neben ihm, und Alloran sagte: »Bring Speisen und Wein für Dame Chemsi und mich.«

»Sofort, Majister, sofort.«

Hinter der davoneilenden Gestalt rief Alloran her. »Und laß Scauron den Hageren zu mir kommen!«

»Wie du befiehlst, Majister.«

Scauron der Hagere, überlegte König Vodun auf dem Weg zu seiner Liebsten, war das geeignete Werkzeug, um Dracheneier zu zerschlagen.

Nachdem der Prinz Majister mit drei Siegen die Provinz Ovvend durchquert und die Grenzen des Kovnats Kaldi erreicht hatte, legte er eine Pause ein, um sich die nächsten Schritte zu überlegen. Der erste Sieg, bei Vongleru, war erwartungsgemäß hart umkämpft gewesen. Der zweite, bei Ondorno, war nicht ganz so schwer gefallen. Die jüngste Schlacht bei der Furt des Törichten Naghan hatte den vallianischen Streitkräften einen überzeugenden Erfolg beschert.

Dennoch gab sich Drak keinen Illusionen hin, daß der Krieg etwa schon gewonnen wäre. Er konnte mit seiner Armee nicht einfach durch Kaldi marschieren. Der Kataki-Strom hatte sich eine blutige Nase geholt, doch war er alles andere als besiegt.

Außerdem mußte sich Drak gründlich mit den anderen Fronten befassen, die es in Vallia gab. Hoch im Nordosten kam es immer wieder zu Unruhen, und eine Armee mit der gesamten Zweiten Phalanx mußte von Zeit zu Zeit klare Akzente setzen. Von dort konnte er — zumindest im Augenblick — keine Verstärkung erwarten. Im nördlichen Zentralgebiet der Insel kämpfte Kov Turko gegen Layco Jhansi und die Racter um seine Provinz. Turko hatte die Vierte Phalanx mit der Siebenten Lela und der Achten Seg, zwei Kerchuris, die viele Kämpfe erlebten. Eher würde Turko selbst weitere Männer erbitten, als sie für andere Kämpfe freizugeben.

In der Hauptstadt lenkten Lord Farris und das Presidio in Abwesenheit des Herrschers und des Prinz Majisters das Land — eine loyale, fähige Regentschaft, dank Opaz! Sie waren damit beschäftigt, frische Truppen auszuheben. Allerdings wuchsen Soldaten, Satteltiere und Flugboote ebensowenig an Bäumen oder auf Äckern wie Artillerie und sonstige Waffen.

Drak schritt unruhig in seinem Zelt auf und ab, das von Jurukkern bewacht wurde; er zupfte sich an der Unterlippe und versuchte mit den Entscheidungen fertigzuwerden, die ihm abverlangt wurden. Um diese frühe Stunde nahm er noch keinen Wein zu sich. Was Königin Lushfymi betraf — die Frau war ein Schatz, daran bestand kein Zweifel. Sie hatte sich während der Kämpfe hervorragend benommen und war ohne Schaden davongekommen. Ihre Konversation, die ohnehin gefällig, gebildet und witzig war, wandte sich in jüngerer Zeit immer wieder dem Umstand zu, wie wünschenswert es doch für Drak wäre, der immerhin der nächste neue Herrscher sein konnte, eine Frau zu finden und die Nachfolge sicherzustellen. Niemand gab sich einem Zweifel hin, am wenigsten Drak, daß man vom ihm erwartete, er würde Königin Lushfymi aus Lome wählen. Schließlich verblaßten doch alle anderen Frauen neben ihr, nicht wahr?

Nun ja, überlegte Drak und ließ seinen Schuldgefühlen und Erinnerungen freien Lauf. Nun ja ...

Die Wachen bellten die rituellen Losungen: »Llanitch!« Jemand, dem auf diese Weise ›Halt‹ befohlen wurde, gehorchte sofort, sonst bekam er einen Speer in den Leib. Im nächsten Augenblick wurde die Zeltklappe zurückgeschlagen. Drak drehte sich halb um und rechnete schon damit, ein Wächter würde den unbekannten Besucher ankündigen. Statt dessen erblickte eine schlanke, geschmeidige junge Dame in rötlicher Lederkleidung, bewaffnet mit Rapier und Main-Gauche. Auf der Schulter trug sie eine gefährlich aussehende zusammengerollte Peitsche, an der Hüfte baumelte ein schlichter, rot bestickter Beutel, den sie mühelos mit ihrer linken Hand erreichen konnte. In ihrem Gesicht leuchtete die altvertraute herzzerbrechende Schönheit, die er so gut kannte, zugleich zeigte es Stärke und Dominanz und einen inneren Konflikt, der noch nicht gelöst zu sein schien.

»Drak, du pelziger alter Meeres-Leem, du!«

»Dayra! Du Äffchen! Bei der Herrelldrinischen Hölle — was machst du hier?«

Bruder und Schwester umfingen sich — alte Reibereien waren vergessen, so stark war die Freude über das Wiedersehen. Das Leben auf dem turbulenten Kregen treibt Keile zwischen die Menschen und macht Wiederbegegnungen um so freudvoller.

Schließlich sagte Drak: »Wo du nun hier bist, scheint mir die Zeit reif für einen Wein.«

»Und ob, Bruder. Aber nur einen Schluck für mich. Ich muß bald weiterfliegen.«

»Ach?«

Seite an Seite saßen sie auf den Kissen, die den Boden bedeckten, und Dayra nahm den Kelch mit Wein.

»Ja, ich fliege nach Hamal. Es wird Zeit, daß ich Lela wiedersehe, außerdem möchte ich mir ihren strahlenden neuen Prinzen anschauen.«

»Wie man hört, ist Prinz Tyfar von Hamal ein großartiger Kerl.«

»Das habe ich auch sagen hören. Ich möchte mich aber selbst davon überzeugen. Du weißt auch, daß er sie Zia nennt — weil Vater und er sie unter dem Namen Jaezila kannten. Für Vater ist dieser Name ohnehin gebräuchlicher als Lela. Mutter könnte manchmal an ihm verzweifeln — das sage ich dir!«

So unterhielten sie sich und tauschten Neuigkeiten aus, zufrieden, daß sie das Gespräch ohne die finsteren Erinnerungen an die Vergangenheit führen konnten. Nur einmal sagte Dayra beinahe nebenbei: »Zankov ist tot, ich nehme es zumindest fest an, so wie Käpt'n Murkizon ihm das Rückgrat gebrochen hat.«

Drak griff nach seinem Wein und trank, um Zeit zum Nachdenken zu gewinnen. Was immer man mit dem gemeinen Zankov für Probleme gehabt hatte, Dayras wacher Geist reagierte eher emotionell und mochte noch immer nicht rational eingestellt sein. Er wollte schon eine unverfängliche Bemerkung machen, als Dayra weitersprach, als wäre das Thema gar nicht angeschnitten worden.

»Ach übrigens, Drak, du Fambly, wann heiratest du endlich Silda? Ich begreife nicht, wieso du die Sache so in die Länge ziehst.«

Weil er sich ehrlich freute, seine wilde Schwester wiederzusehen, die der Familie große Sorgen und ihrer Schwester Kummer bereitet hatte, reagierte er nicht entrüstet oder gar aufgeblasen. Vielmehr nahm er einen weiteren Schluck Wein zu sich.

»Die Dinge stehen einfach nicht so, daß ich Silda heiraten werde.«

»Da siehst du es!« fuhr Dayra auf, die auch als Ros die Klaue bekannt war. »Wieso solltest *du sie* heiraten? Warum sagst du nicht, daß Silda entschieden hat, dich nicht zu heiraten? Weil du ein Mann bist?«

»Nein, du Fambly — ich entschuldige mich. Ich muß mich dazu zwingen, wie der Prinz Majister zu denken, der eines Tages Herrscher sein kann. Das verstehst du doch? Was Silda betrifft — ich glaube, sie würde mich heiraten, falls ...«

»Würde! Falls! Also, du unerträglicher Onker! Sie liebt dich!«

»Ja.«

»Na, dann ...?«

Als Drak nicht antwortete, verlor Dayra die Beherrschung: »Geht es um die dicke Königin Lust? Das ist der springende Punkt, nicht wahr?«

»Also, Dayra, nun hör mal ...«

»Seit ich wieder bei der Familie bin — oder zumindest bei den Mitgliedern der Familie, die irgendwie erreichbar waren —, sind mir einige erstaunliche Dinge klar geworden. Wie auch immer, was ist mit Onkel Seg? Was mit den Eltern? Ja, ja, ich weiß, du kannst natürlich niemanden heiraten, den deine Familie für geeignet hält, aber, Drak, lieber Drak — Königin Lust!«

»Sie ist eine bemerkenswerte Frau.«

»Natürlich.«

Die beiden schauten sich schweigend an; irgendwie hatten sie das Thema erschöpft. Dann besann sich Dayra auf ihre Energie als Ros die Klaue und fauchte: »Na, wo steckt Silda jetzt überhaupt?«

»Keine Ahnnung.«

»Du hast keine Ahnung! Bei Vox! Was habe ich doch für einen Bruder!«

Dayra musterte ihren strengen, nüchternen, aufrechten Bruder und erkannte, daß er vielleicht, vielleicht irgendwo ein wenig Ehrfurcht empfand vor Königin Lust und ihrer Pracht und Schönheit und Welterfahrenheit. Natürlich war sie nicht wirklich dick, nur ein wenig rundlich gewachsen. Für Drak, der ja schließlich die Herrscherrolle auf sich zukommen sah, mochte sie in bezug auf jene Eigenschaften, die einer Herrscherin abverlangt werden, Silda Segutoria weit in den Schatten stellen. Außerdem — und in diesem Gedanken steckte bestimmt eine große Wahrheit — mochte Drak sich ohne weiteres abgestoßen fühlen von den Dingen, die er über die Schwestern der Rose wußte. Ihr Vater mochte rätselhafte Reisen durch die Welt unternehmen, das gleiche aber tat ihre Mutter, Herrscherin Delia. Eine Frau, die Schwester der Rose war, mußte damit rechnen, für den Orden eingesetzt zu werden und Herd und Heim zeitweise entsagen zu müssen.

In Vallia wirkte sich Gleichheit in beiden Richtungen aus — ganz im Gegensatz zu manchen anderen Ländern Paz'.

Bedrückt über das, was er sagen mußte, fuhr sich Drak mit der Zunge über die Lippen. »Hör mal, Dayra, ich muß betonen, daß das eigentlich meine Sache ist ...«

»Mit anderen Worten — es geht mich nichts an!« fuhr sie verächtlich auf, und ihr Gesicht hatte sich gerötet, und ihre Augen wirkten im sanften Licht der Samphronöllampen wie Edelsteine. »Ich sage dir eins, Bruder, mich geht das durchaus etwas an. Nicht nur weil Silda mir eine liebe Freundin ist. Nicht nur, weil du eines Tages Herrscher sein wirst und die beste Herrscherin an deiner Seite haben mußt. Nicht nur, weil Königin Lust trotz ihrer Pracht im Grunde eine lächerliche Gestalt ist. Nein, bei Vox, Drak! Weil ich sehr wählerisch bin, wenn es um die Frage geht, wer meine Schwägerin werden soll — das ist der Grund!«

»Ich glaube ...«

»Ja! Du hast recht, bei Chozputz!« Sie ragte auf wie eine Flamme im Lampenschein, stampfte mit den langen schwarzen Stiefeln auf den Teppich, warf sich die gefährlich aussehende Peitsche über die Schulter. »Ich gehe!«

»Dayra — bitte — wir sollten eigentlich nicht ...«

»Bei Chusto, Drak! Hältst du mich für einen Waschlappen! Ich kann mich hier nicht ausruhen. Ich bin bald zurück. Unter anderen möchte ich Jilian besuchen. Gib mein Remberee an alle, die mich kennen. Remberee!«

Ehe Drak zu sich kam, war sie hinausgestürmt wie ein Tornado. »Remberee!« rief er noch hinter ihr her und kam sich wie ein Dummkopf vor.

Jiktar Endru Vintang, der vor dem Zelt gerade die Wachen überprüfte, nahm hastig Haltung an. Rote Lederkleidung, ein wirbelndes Cape, ein schnelles: »Danke, Jik. Remberee«, und schon saß die Prinzessin auf dem Rücken ihres Flutduins. Er seufzte. Mit dieser Frau verheiratet zu sein, war sicher kein Zuckerschlecken — und doch, und doch ...!

Er sah Hikdar Carlotta vom Regiment der Königingarde näher kommen und nahm sich vor, noch ein Weilchen zu bleiben. Carlotta war ein fröhliches Wesen mit hübschen roten Wangen und gutgelauntem Wesen — außer wenn sie sich einem nachlässig gekleideten Soldaten gegenübersah. Im Fackelschein kam sie näher, und er lächelte.

Der Prinz, den Endru bewachte, griff energisch nach einem Kelch mit Wein, leerte ihn und schleuderte das Gebilde zu Boden. Frauen! Schwestern! Königinnen! Die konnten einen Mann schon in die Klauen Mak Chohguelms des Ib-Knackers treiben!

Wer Prinz Drak in diesem Augenblick beobachtet hätte, wäre sehr erstaunt gewesen.

Er mußte Ordnung in sein Privatleben bringen, doch blieb ihm einfach nicht die Zeit, all die Dinge in Angriff zu nehmen, die ihn plagten. Dumpf war ihm bewußt, daß jeder Fehler, den er machte, den Tod von Männern und Frauen zur Folge hatte. Ein Zimmermann mochte ein Tischbein kürzer machen als die anderen — und der Tisch wackelte. Wie bedauerlich! Der Prinz Majister traf eine falsche Entscheidung, und ganze Regimenter wurden niedergemacht. Das kam Drak so monströs vor, daß Mitleid völlig fehl am Platze erschien.

In seiner inneren Aufgewühltheit sah er ein Mädchen, das sich einen weißen Schal um die schmalen Schultern gebunden und die Haare geöffnet hatte, dem Zelt nähern. Sie legte einen Finger an die Lippen. Endru mußte sie vorbeigelassen haben. Er kannte sie nicht.

»Majister. Die Königin ersucht um ein sofortiges Treffen unter vier Augen. Du mußt sofort kommen ...«

»Ist die Königin krank? Ist ihr etwas Schlimmes zugestoßen?«

»Nein, Majister. Beeil dich!«

Besorgt nahm Drak seine Gürtel, an denen Rapier und Dolch hingen, und folgte dem Mädchen aus dem Zelt.

Der Gedanke, der ihm auf dämonische Weise durch den Kopf schoß, war ungeheuerlich und absolut unvorstellbar. Oder doch nicht?

Es war ein ziemlich wilder Haufen. Sie kamen im feuchten, halb verfallenen Haus Yolandes der Gregarian zusammen, weil Silda es satt hatte, Treffpunkte aufzusuchen, an denen es immer wieder zu Auseinandersetzungen kam. Sie hatte Silbermünzen zum Kauf von Wein und Speisen zur Verfügung gestellt und wollte ihre Befehle loswerden, ehe sich alle bis zur Besinnungslosigkeit betranken. Wenn es soweit war, dieses Versprechen gab sie sich, würde es verdammt wenig, vielleicht sogar überhaupt keinen Wein geben — bei den zerbrochenen Zähnen und tränenden Augen der Glücklichen Schwester Melga!

»Also, ich weiß nicht«, sagte der Geschickte Kando ziemlich kühl.

»Das wäre gegen jede Vernunft«, äußerte Rundle der Flatch, ein zottiger Bursche mit niedriger Stirn, dem ein halbes Ohr fehlte.

»Rundle, Rundle«, sagte Lon die Knie tadelnd und nahm sich eine Handvoll Palines von einem irdenen Teller, »seit wann weißt du etwas von Vernunft?«

Rundle wollte sich aufregen, aber da sagte der Lange Nath bereits: »Aber gegen den König? Das käme ja dem Versuch gleich, die Rahart-Berge mit einer Tasse Wasser wegzuspülen.«

»Beim Flinkfingrigen Dipsha!« rief Yolande die Gregarian. »Was weißt du schon von Spülen, Langer Nath? Wann hast du dich das letzte Mal gewaschen?«

»Ich gebe dir Bescheid ...«

»Es gäbe Gold zu verdienen«, warf Lon ein, der sich immer wieder fragte, auf was er sich nur mit diesem prächtigen Mädchen eingelassen hatte; aber er steckte nun mal mit drin und wollte sich nicht mehr drücken. »Jede Menge Gold.«

»Also nun, wenn es um Gold geht ...« Und: »Es gibt

immer Möglichkeiten ...« Und: »Der ist sowieso auf dem Wege zum Schaffott, beim Schwarzen Chunguj!« Der Streit diente gewissermaßen dazu, die Gedanken zu ordnen und beim Gesprächpartner Bestätigung für die eigene Einstellung zu finden.

Silda schaute sich in der Runde der Halsabschneider um, die sich um sie versammelt hatten, und machte sich klar, daß eine Schwester der Rose jedes Werkzeug nutzen mußte, das ihr zur Erreichung ihrer Ziele dienen konnte.

Der Schiefohrige Tobi hörte noch immer das dumpfe Dröhnen des Messers, das sich in das Holz bohrte und nicht in seinen Rücken. Oder den Rücken des Geschickten Kando. Er verdankte diesem Mädchen sein Leben — wenn nicht mehr.

»Du nennst ihn König«, meldete sich der Schiefohrige Tobi. »Dabei ist er nichts anderes als ein Dieb wie wir.«

»Ich habe Kovneva Rashumin niemals bestohlen«, meldete sich Ob-Auge Mantig kopfschüttelnd und setzte dabei ein dermaßen drollig-ernstes Gesicht auf, daß die anderen über ihn lachen mußten.

»Wir würden doch nur zurückholen«, sagte Lon bedächtig, »was rechtmäßig Rahartdrin gehört.«

Niemand formulierte den Gedanken, daß man bei Erfolg der Aktion das Gold der Kovneva zurückgeben würde. Da gab es doch gewisse Grenzen, beim Flinkfingrigen Diproo!

Es hatte keinen Sinn, diese Leute anzutreiben. Sie wußten, was sie wußten, und verstanden sich auf ihr Handwerk. Silda nahm eine Paline vom Teller und hielt die kleine gelbe Beere einen Augenblick lang zwischen den Fingern, ehe sie das Wort ergriff.

»Ich wußte, daß ihr Meister eures Handwerks seid. Aber natürlich fehlt euch das erforderliche Können ...«

Daraufhin gab es lautes Geschrei; sie hatten es nicht gern, wenn man ihre Fähigkeiten als professionelle Diebe in Frage stellte. Der Geschickte Kando brachte die Runde schließlich zur Ruhe und schaute Silda bedeutungsvoll an.

»Meine Dame, du hast uns noch nicht verraten, warum du das Gold des Königs stehlen willst.«

»Warum nicht? Es gehört ihm nicht, wie wir schon festgestellt haben. Außerdem ist er ein schlechter Einfluß für das Land. Das wissen wir alle.«

»Darüber braucht man nicht zu diskutieren. Die Kovneva war anders. Damals herrschten gute Zeiten.«

Silda wußte einiges über Katrin Rashumin; die meisten Informationen stammten von ihrem Vater. Die Kovneva hatte ihren Mann verloren und danach die Insel mit schwacher Hand und durch eine unfähige, anfällige Verwaltung verkommen lassen. Der Herrscher hatte ihr geholfen, diese Probleme zu lösen, und so hatte Rahartdrin bis zur Zeit der Unruhe eine neue Blüte erlebt.

Die Bewohner Rahartdrins, die Raharter, hätten nichts lieber getan, als König Vodun Alloran von ihrer Insel zu vertreiben und in seine eigene Provinz Kaldi zurückzujagen. Vielleicht hätten sie bei entsprechender Gelegenheit sogar mehr gemacht. Aber es führte nun mal kein Weg an den dunkel gekleideten Männern und Frauen mit den Armbrüsten vorbei, die überall zu schein schienen. Außerdem mußte man nach Spionen Ausschau halten, und Silda war dankbar, daß die Teilnehmer dieser Runde außerhalb jedes Verdachts standen.

Silda hatte den Eindruck, daß die Anwesenden noch nicht richtig überzeugt waren. Nun kam der Geschickte Kando auf einen wichtigen Einwand zu sprechen.

»Meine Dame, müssen wir bei den Wachen mit Pachaks rechnen?«

»Nein.«

Damit war ein Hindernis aus dem Weg geräumt, denn Pachaks sind bekannt für die Ehre und Präzision, mit der sie ihre Pflichten als Söldner erfüllen. Pachaks, die strohgelbes Haar und zwei linke Arme, einen rechten Arm und eine kräftige Schwanzhand besitzen, geben ihr Nikobi und bleiben auf dem Weg der Ehre, bis sie von ihrem Arbeitgeber entlassen werden oder auf dem Schlachtfeld sterben.

Silda verschwieg, daß mit großer Wahrscheinlichkeit Katakis zu den Gegnern gehören würden. Aber um dieses Problem mußte sie sich irgendwie herumarbeiten.

Yolande die Gregarian stand auf. Eine kräftige Frau, rund von Muskeln, hatte sie schon vier Ehemänner unter die Erde gebracht und war auf der Suche nach dem fünften. Ihr Gesicht zeigte, daß sie ein kämpferisches Leben geführt hatte. Yolande konnte vor allem mit einer Seilschlinge umgehen. Zuerst hatte sie sich sehr gegen das neue, schlanke Mädchen ausgesprochen, die sie insgeheim auch verabscheute; als ihr aber aufging, daß Lyss die Einsame nicht die Absicht hatte, Yolande die Männer ihres Lebens abspenstig zu machen, hieß sie Lyss als Gefährtin unter den Männern willkommen.

»Meine Loyalität gehört weiter Kovneva Katrin. Ich kämpfe gegen den neuen, verabscheuungswürdigen König. Außerdem brauche ich das Gold, denn ich werde bald wieder heiraten.«

Diese Bemerkung beunruhigte die Anwesenden mehr als jede andere Entscheidung Yolandes. Silda nutzte die Gelegenheit, äußerte sich kurz und beredt, warf einen Blick auf Lon und schwieg wieder.

Nun lag die Entscheidung beim Fünfhändigen Eos-Bakchi.

Drak folgte dem Mädchen im weißen Schal aus seinem Zelt. Die Wachen grüßten. Er sah Endru im Gespräch mit einer der Wächterinnen der Königin und rief hinüber: »Endru — ich gehe zur Königin. Du brauchst die Männer nicht zu alarmieren.«

»Quidang!«

Endru und Carlotta schauten hinter dem Prinzen und dem Mädchen her, die auf das Zelt der Königin zugingen.

Fackelschein bildete helle Höfe rings um die Zelte. Das allgegenwärtige Murmeln und Brausen einer rastenden Armee schwebte über dem Lager. Carlotta und Endru setzten ihr Gespräch fort.

Das Mädchen mit dem weißen Schal und Drak verschwanden in der Dunkelheit zwischen zwei Lichtfeldern.

»Ich könnte mir denken, du berühmter Kampeon«, sagte Carlotta scherzend zu Endru, für den sie großen Respekt empfand, »dir wäre so ein dürres Mädchen lieber als ein Jurukker wie ich.«

»Also, Carlotta!« rief Endru und spielte den Kavalier. »Du bist grausam in deiner Fehleinschätzung. Wer ist das überhaupt? Ich habe sie noch nie gesehen.«

»Ich auch nicht. Die Königin ist sehr wählerisch bei den Mädchen, die ihr dienen sollen. Ich habe eben im Fackelschein nicht viel von ihr gesehen; aber sie schien sehr schön zu sein, was dir bestimmt auch aufgefallen ist. Nur selten läßt die Königin wirklich schöne Mädchen in ihr persönliches Gefolge.«

Carlotta sah keine Veranlassung, auf den Grund zu sprechen zu kommen.

Endru schaute zum hell angestrahlten Zelt der Königin und den wachestehenden Jikai-Vuvushies hinüber und wartete darauf, daß Mädchen und Prinz wieder ins Licht traten. Er wollte sich die Unbekannte einmal gründlich ansehen. Vielleicht waren seine Chancen gar nicht so schlecht … Erwartungsvoll hielt er den Atem an.

Schließlich fragte er: »Wo sind sie?«

Ehe Carlotta antworten konnte, brüllte Endru seinen Männern bereits einen Befehl zu. Der Schock durchlief seinen Körper.

»Wachen raus! Alarm! Folgt mir!«

Wie ein Besessener lief er auf die Dunkelheit zwischen den Zelten zu.

Carlotta, die nun auch merkte, was los war, rief schrill: »Bringt Fackeln!« und lief hinter Endru her.

Außerhalb der Lichtzonen herrschte tiefe kregische Nacht; nur ein kleinerer kregischer Mond stand am Himmel. Der Sternenschein reichte für Endrus Augen nicht aus, die noch durch die Fackeln geblendet waren. Blinzelnd lief er durch die Nacht und versuchte etwas zu erkennen. Er zog sein Schwert.

Das Entsetzen, das ihn erfüllte, trieb ihn voran. Der Prinz, der ihn für seinen Freund hielt, verließ sich auf ihn. Und er hatte versagt! Wie von Sinnen lief er weiter.

Ein vager Umriß weiter vorn ...? Das kurze Aufblitzen einer Klinge im Sternenlicht ...? Endru schaute aus zusammengekniffenen Augen voraus. Dort der Blütenblattumriß eines Flugboots. Dunkle, unheimliche Gestalten, die sich darunter scharten, dann sah er einen weißen Schimmer, der sich an der Flanke des Fliegers emporbewegte.

Der weiße Schal des opazverfluchten Mädchens!

Man hatte sie getäuscht. Der Prinz war in Lebensgefahr. Endru brüllte sich die Seele aus dem Leib und lief, so schnell er konnte. Carlotta, die ihn mit schnellen, leichten Schritten eingeholt hatte, sah nun auch, was sich da vorn abspielte. Ihr Schwert zuckte hervor. Zu zweit stürmten sie vor, als letzte Gestalten sich an Bord des Flugboots wälzten, das bereits aufzusteigen begann.

Über der Reling zeigte sich eine Rundung, dann eine zweite.

Endru spürte nichts. Eben noch lief er in größter Eile, im nächsten Augenblick stürzte er, von einem Armbrustbolzen durchbohrt, haltlos nach vorn auf das Gesicht. Er versuchte zu brüllen, und Schaum und Blut erschienen auf seinen Lippen. Carlotta stürzte auf ihn. Er versuchte sie fortzuschieben, doch sie war schwer wie alle Berge des Nordens. Er starrte empor, als andere Männer ihn erreichten und Schwerter und Speere schwangen, er sah das Flugboot aufsteigen und wenden und in den Schatten verschwinden, ehe sein Blick glasig wurde.

König Vodun Alloran strahlte. Die Freude durchströmte ihn bis zu den Zehenspitzen. Die Blonde Chemsi hatte ihn in letzter Zeit nicht so behandelt, wie er es eines Königs für angemessen hielt, und sie hatte ihre Sachen gepackt und war fortgebracht worden. Wohin man sie geschickt hatte, wollte Alloran gar nicht wissen. Er war viel zu sehr mit seiner neuen Liebe beschäftigt, der Üppigen Thelda.

Und neben seiner neuen Eroberung nun — dies!

Von allesdurchdringendem Entzücken erfüllt, starrte König Vodun Alloran auf den gefesselten, bewußtlosen Drak, Prinz Majister von Vallia.

»Gute Arbeit, Scauron der Hagere. Sehr gute Arbeit.«

»Wenn ich dir dienen konnte, Majister ...«

Alloran hakte schnell ein.

»Was, Fambly, das soll dir Lohn genug sein? Du willst kein Gold?«

Scauron saß in der Falle und verbeugte sich. »Ich stehe zur Verfügung des Königs, Majister.«

»Gut. Dann überantworte diesen stolzen Prinzen der Aufsicht der Mantissae. Sag ihnen, man hätte ihnen nie zuvor einen kostbareren Schützling anvertraut. Nein, bei Takroti, niemals!«

Wieder verneigte sich Scauron und ging seinen Pflichten nach. Er nahm Befehle entgegen und führte sie aus. Er hatte nicht viel übrig für die vielen Katakis, die Alloran umschwärmten. Doch verstand er sich darauf, im Regen den Hut aufzubehalten, wie es auf Kregen heißt.

Verängstigte Sklaven schleppten den bewußtlosen Prinzen durch Nebenkorridore aus dem Empfangsraum, in dem der Hagere seine Beute dem König präsentiert hatte. Drak wurde durch eine dreifach bewachte Tür gebracht und den Klauen der Mantissae überlassen.

15

Obwohl die Dunkelheit nicht an die Schwärze einer Nacht des Notor Zan heranreichte — wenn keine Monde am kregischen Himmel stehen —, würde die Jungfrau mit dem Vielfältigen Lächeln doch spät aufgehen, so daß im Augenblick nur ein kleinerer Mond in den Sternenfeldern stand. Der Nachtwind bewegte sich sanft durch die kopfsteingepflasterten Gassen Rashumsmots. Hier und dort flackerten Lichter. Es war eine Nacht für Gespenster und Ghulwesen, die durch die dunklen Straßen pilgerten und weiche Kehlen und warmes Blut suchten. Silda Segutoria in ihrer Rolle als Lyss die Einsame wies solche kindischen Vorstellungen weit von sich.

Sie hatte in die unselige Bande des Geschickten Kando viel Arbeit gesteckt. Die Männer waren keine Drikinger oder Banditen, doch konnte man sie auch nicht zu rosig sehen. Nachdem nun Gold in Aussicht stand, hatte Kando eine Anzahl Neulinge in die Bande aufgenommen, Männer und Frauen, für die er angeblich die Hand ins Feuer legen konnte.

Unter Sildas Führung hatte man die Bereiche hinter der Villa erkundet, und Kando hatte sich dafür verbürgt, daß es keine Probleme mache, auf das Grundstück zu gelangen. Leute dieses Schlages hatten ihre Methoden, den Wachen aus dem Weg zu gehen. Auf einem anderen Blatt stand dagegen das Problem, in das eigentliche Gebäude einzudringen. Silda hatte sofort jeden Gedanken abgewürgt, den forschen Haufen durch die normalen Eingänge zu schicken — man würde sie nicht einfach rauswerfen. O nein. Man würde sie mit Lanzen bedrohen, zusammentreiben und als Sklaven verkaufen.

So blieb ihr nichts anderes übrig, als einen Einbruch durch ein Fenster zu organisieren. Viele Bandenangehörige waren erfahrene Gitterbrecher oder -bieger, andere verstanden sich darauf, Türen zu öffnen. Wenn Sildas Plan funktionieren sollte, waren diese Leute unumgänglich. Ein großes Problem war dagegen die andere wichtige Seite des Unternehmens.

»Schwerter?« fragte der Schiefohrige Tobi. Seine Stimme klang ziemlich schrill.

»Schwerter?« quiekte der Lange Nath. »O nein!«

»Aber«, wandte Silda bestürzt ein, »wenn wir Wachen begegnen ...«

»Dann fliehen wir oder fangen sie mit der Schlinge oder benutzen das Messer«, sagte Yolande die Gregarian. Die Zusammenkunft, die letzte, bevor Silda sich unwiderruflich festgelegt hatte, fand wieder in Yolandes verfallendem Haus statt und war bisher erstaunlich ruhig verlaufen. »Vielleicht nehmen wir auch einen kurzen Speer«, fügte Yolande hinzu.

»Na schön!« fauchte Silda. »Ich sorge für kurze Speere. Bei Vox! Ich hatte wirklich angenommen, ihr hättet Erfahrung mit Schwertern.«

»O nein, meine Dame. Schwerter sind nichts für Leute wie uns.«

So war denn nun der Trupp wie eine Diebeshorde mit kurzen Speeren ausgestattet, die Lyss die Einsame aus der Waffenkammer entlehnt hatte. Und die Nacht war dunkel.

Silda, eine Schwester der Rose, brauchte keine Hilfe beim Ersteigen der Außenmauer. Sie konnte es in ihrer Geschicklichkeit mit jedem Einbrecher aufnehmen. Unvermutet kam ihr der Gedanke, daß es gut wäre, wenn jetzt Dayra oder Jilian bei ihr wäre. Die Eindringlinge schlichen auf die Villa zu, die in der Dunkelheit aufragte. Wenn es in diesem Bereich Wächter gab, so machten sie sich nicht bemerkbar.

Der Geschickte Kando fauchte durch die zusammengebissenen Zähne: »Wartet hier!«

Er huschte mit einigen seiner Leute fort, um die Rasenfläche in unmittelbarer Umgebung des Hauses zu erkunden. Silda wartete mit den anderen in einem Gebüsch. Die Nacht hatte etwas Drückendes.

Nach einiger Zeit kehrte Kandi zurück, und sein Flüstern klang wie das Schurren eines Pantoffels auf gebohnertem Holz.

»Die verdammten Fenster sind ausnahmslos versperrt. Zugemauert. Du hast uns einen Zugang versprochen, meine Dame.«

»Ich schaue mal nach.« Silda hatte bereits genug von den Verzögerungen. »Hier an den Mauer gibt es doch jede Menge Fenster.«

Sie schlich mit Kando durch die Dunkelheit. Kando mußte zugeben, daß die vornehme Dame wußte, wie man sich lautlos bewegte. Sie erreichten die Mauern, und Silda sah zwei zugemauerte Fenster im Zwielicht.

»Hinten sind sie alle so«, sagte Kando.

»Und was ist mit denen da?« Silda deutete auf Fenster im Winkel zwischen Mauer und Boden. Sie sind vergittert, in Ordnung. Aber läßt du dich davon aufhalten?«

»Nein. Aber sie müssen in den Keller führen.«

»Das wäre doch ein guter Ort zum Anfangen. Ich hole die anderen. Du legst sofort los.«

Ohne weitere Umstände machte sich Silda auf den Rückweg zum Gebüsch.

Da sagte eine Stimme aus der Dunkelheit: »Silda.«

Wie von einem Armbrustbolzen getroffen, hielt sie inne.

»Silda!«

Im ersten Augenblick dachte sie, es müsse Mandi Volanta sein, die Wache schob. Aber die Stimme ... sie wußte, was das für eine Stimme war ...

Ein Stück entfernt, verborgen von Kando und den anderen im Gebüsch, entstand ein gelbliches Licht. Es erinnerte an den Schimmer einer Samphonöllampe. Lautlos lief sie darauf zu, hielt inne, kniff die Augen zusammen und rief leise: »Deb-Lu!«

»Ja, meine liebe Silda. Ich bin es. Wir haben sehr wenig Zeit. Drak ...

Silda spürte, wie sich ihr Herz verkrampfte. »Was ist mit Drak?«

»Er braucht deine Hilfe. Du hast ihn gegen die Klansleute verteidigt und hättest dabei dein Leben geopfert. Der Herrscher gebrauchte sein Können mit dem Krozair-Langschwert durch meine Kunst der Gladiomanzie. Du erinnerst dich, Silda, wie es damals war in Ithieursmot in Nord-Jevuldrin?«

»O ja.«

Deb-Lu-Quienyin, ein legendärer mächtiger Zauberer aus Loh, stand nicht wirklich im Garten von König Voduns Villa in Rashumsmot. Vielmehr konnte er sich überall in Vallia aufhalten. Obwohl hier die Schwärze einer Ein-Mond-Nacht herrschte, zeigte er sich im Licht seiner Lampe, in seiner schlichten Robe mit dem komischen alten Turban, der ihm immer wieder über ein Ohr rutschte.

Silda hatte nebenbei mitbekommen, daß die beiden Zauberer aus Loh ihre thaumaturgischen Kräfte zum Schutz ihrer Kameraden einsetzten. Sie hatte sich bisher keine großen Gedanken darüber gemacht. Eindringlich redete Deb-Lu-Quienyin auf sie ein.

»Ich will versuchen, dich zu lenken, Silda. Der wahnsinnige Alloran hat Drak entführt. Er soll geopfert werden, dabei sind Zauberkräfte im Spiel. Meine Künste, was immer sie bewirken können, stehen dir zur Verfügung. Aber ich muß durch einen ... ach, lassen wir das jetzt. Wähle das fünfte Fenster vom rechten Ende der Villa und mach es auf. Und zwar schnell, Silda!«

»Ja, ja. Es soll geschehen. Drak ...«

»Bei Hlo-Hli, Silda! Lauf!«

Die gespenstische Begegnung, die Durchsichtigkeit des Zauberers, der sich selbst mit Hilfe seines Kharrna über unzählige Meilen hinweg durch die dünne Luft projizierte — dies alles durfte sie nicht irremachen. Sie hastete durch die Nacht, rief ihre Helfer mit leiser, durchdringender Stimme. Die Gestalten kamen vorsichtig zum Vorschein und schauten in alle Richtungen. Sie sahen den Zauberer aus Loh nicht.

An der Hausmauer angekommen, sagte Silda ungeduldig: »Brecht das fünfte Fenster von rechts auf. Schnell!«

»Moment mal!« widersprach Kando und stand auf. Er hatte sich am ersten Fenster zu schaffen gemacht. »Wieso ...?«

»Wir haben keine Zeit zum Streiten. Das fünfte Fenster.«

Der Geschickte Kando sah ein, daß das Mädchen es ernst meinte. Ein Fenster oder das nächste — was machte das für einen Unterschied? Er befahl seinen Helfern, einen Weg ins Haus zu bahnen. Es dauerte nicht lange, bis sie die Gitterstäbe herausgelöst und ein Seil in die Öffnung gehängt hatten — und plötzlich waren alle Blicke auf Silda gerichtet. Sie zögerte nicht. Sie umfaßte das Seil, schob die Füße in die rutschenhafte Öffnung und ließ sich hinabgleiten. Dunkelheit und Gestank überfielen sie, als wäre sie in Cottmers Höhlen gelandet.

»Sie sollen warten«, flüsterte Deb-Lus Stimme.

Sie rief in die Öffnung hinauf: »Wartet!«

Eine neue Stimme — leise, heiser — fragte: »Was? Wer ist da?«

»Wir sind gekommen, um dich zu retten. Dafür erbitten wir einen Gefallen«, sagte Deb-Lus gespenstische Erscheinung, die schwach sichtbar geworden war. Offenbar hatte er die Lampe herumgedreht, damit sein kluges, freundliches Gesicht von unten angestrahlt wurde und einen Ausdruck der Allmächtigkeit annahm. Plötzlich sah er gar nicht mehr aus wie der fröhliche, etwas zerstreute alte Knabe, den Silda kannte und liebte.

Plötzlich war sein Äußeres viel näher an der Wirklichkeit — er sah aus wie einer der mächtigsten Zauberer auf ganz Kregen.

»Ich bin angekettet und kann mich kaum rühren ...«

»Man wird dich bald freilassen. Dafür mußt du, unterstützt durch mich, deine Kräfte einsetzen und meine Freunde lenken. Wir suchen eine bestimmt Person, die von ungeheurem Wert für uns ist. Du verstehst, was wir dir vorschlagen?«

»Du bist ein Zauberer aus Loh?«

»Ja.«

»Dann, San, muß ich mich einverstanden erklären und mein Ib im Schutze Opaz' in deine Obhut geben. Ich tue, was du befiehlst.«

»Danke, San Fraipur.«

Aus dem Stroh, das den Boden bedeckte, schien sich wie aus eigener Kraft ein Halm zu lösen. Er flog auf Silda zu, und sie nahm ihn in die Hand.

»Wenn San Fraipur frei ist, gibst du ihm den Talisman. Er besitzt eine gewisse Macht. Er wird wissen, wie er sie einsetzt. Ich habe im Augenblick getan, was ich konnte. Es gibt böse Kräfte in Vallia, gegen die zu kämpfen ist, zum Beispiel gegen Werwölfe. Die Zeit wird knapp. Beeil dich!«

Der Glanz verging, und Deb-Lu war verschwunden.

»Kommt herunter!« rief Silda durch den schrägen Tunnel.

Lon die Knie war der erste. Er verzog das Gesicht, als er den Geruch wahrnahm, und machte Anstalten, ein Licht zu entzünden. Kando und die anderen folgten, und obwohl es nun ein wenig eng in der Zelle wurde, machten sie nicht mehr Lärm als die Schrafter in ihren Verstecken, die an den Knochen von Toten nagten.

Als die Männer sich daran machten, Fraipur zu befreien, erschienen zwei Männer an der Zellentür, warfen einen Blick herein und versuchten zu fliehen. Einer war ein fettköpfiger Gon, der andere ein Apim, dem das linke Ohr zur Hälfte fehlte. Beide wurden mit behutsamen Schlägen schlafen geschickt und gefesselt.

Silda gab Fraipur den Strohhalm. Wenn sie ehrlich war, spürte sie keinen Unterschied zu anderen Halmen; Fraipur aber nahm das Gebilde und machte in dem schwachen Lampenschein den Eindruck, als schwelle er zu neuer Größe an. Er zog sich die schlichten Sachen des bewußtlosen Apims an und marschierte wortlos aus der Zelle. Silda spürte Zuversicht in sich aufsteigen.

Der Grundriß der Villa war der Bruderschaft der Diebe aus früheren Zeiten bekannt, dazu vermochte Silda auf einige Stellen hinzuweisen, an denen Alloran vermutlich Wände geändert und Türen durchgebrochen hatte, um im hinteren Teil seine Geheimgemächer zu schaffen. Natürlich gab es in diesem Punkt keine Gewißheit, doch sagte ihr der gesunde Menschenverstand, daß, wenn sie nach oben strebte und sich im hinteren Teil des Hauses hielt, der Weg sie irgendwie schon hinter die rätselhafte, goldgerahmte grüne Samttür führen würde. Sie trieb die Horde zur Eile an. San Fraipur bildete mit dem Talisman in der Hand die Vorhut.

Die abgeschirmten Lampen haltend, gingen sie die Treppe hinauf, brachen lautlos eine verschlossene Tür auf und erreichten einen teppichbespannten Korridor. Ohne zu zögern wandte sich Fraipur nach rechts.

Er stand im Banne einer Kraft, die ungleich stärker war als die seine, so daß er sich in der Gewalt einer Gezeitenwoge wähnte. Er war es zufrieden, seine Seite der Abmachung einzuhalten; über seine Zukunft konnte er später noch nachdenken. Was Alloran betraf, so wußte Fraipur inzwischen, daß ihm das Schicksal dieses bösen Mannes herzlich gleichgültig war.

Niemand schien diesen Korridor zu bewohnen; links und rechts gingen offenbar Schlafzimmer ab, die keine besondere Bedeutung hatten. Die Horde stürmte vorwärts. Fraipur ergriff ein langes gekrümmtes Messer.

Der Ganze endete vor einer grünen Samttür.

»Öffnet sie, aber leise!« befahl Silda. »Auf der anderen Seite stehen bestimmt Wächter. Ihr braucht sie nicht sanft zu behandeln.«

Als die Tür schnell und fachgerecht geöffnet worden war, stürmten Silda und Lon Seite an Seite als erste über die Schwelle.

Sie befanden sich in einem kleinen Vorraum gegenüber einer offenen Tür. Kein Geräusch war zu hören. Vorsichtig tasteten sie sich weiter. Hier nun erstreckten sich Gemächer von beträchtlichem Luxus, übersät mit Seidenstoffen und Fellen, gefüllt mit eleganten Möbeln, erfüllt von süßen Aromen, geschmückt von Pflanzen in exquisiten pandahemischen Keramiktöpfen. Eisenbeschlagene Eichentruhen, sechs an der Zahl, standen nebeneinander an einer Wand. Der Geschickte Kando lächelte.

»Der Flinkfingrige Diproo ist uns wohlgesonnen.«

In der ersten Truhe fanden sich Haufen von Edelsteinen; ihr Glanz strahlte mit der Heftigkeit der Sonnen in der Ockerwüste zur Decke.

Augenblicklich brach die Horde in Entzückensschreie aus und begann sich die Beutel und Säcke vollzustopfen. Kostbare Beute!

Silda sagte: »Eure Aufgabe hat gerade erst begonnen. Wir müssen auch die letzte Tür noch überwinden. Dort ist ...«

»Was denn?« fragte Kando. »Dies ist der Schatz. Wir füllen unsere Beutel und verschwinden. Für den Rest unseres Lebens werden wir reich sein!«

»Aber ...«

»O nein, meine Dame! Du hast uns den Schatz gezeigt, wie versprochen. Nun gehen wir keinen Schritt mehr weiter.«

16

Vodun Alloran, König von Südwest-Vallia, saß auf dem Stuhl in der Ecke und blickte auf Arachnas Bett der Gaben und Prophezeiungen und hing seinen finsteren Gedanken nach.

Bei den vier Katra-Flüchen seiner neuen Kataki-Freunde! Die Mantissae im Raum spürte seine Stimmung und rührten sich nicht. Vielleicht begriffen sie nicht, warum der König so mürrisch und erzürnt war, obwohl er doch diesen großen Preis errungen hatte.

In seinen heftigen Gedanken schalt Alloran sie dumme Kataki-Frauen, häßlich wie die Sünde, die doch nur Befehle ausführten. Was wußten sie denn von der umfassenden Diplomatie, die in der Außenwelt erforderlich war? Zwei Nachrichten, die kurz nacheinander eintrafen, hatten ihn mehr erschüttert, als er für möglich gehalten hatte. Bei Takroti! Die Dinge standen schlecht. Die große Söldnerstreitmacht, die er aus Nord-Pandahem erwartet hatte, würde nicht eintreffen. Ihre Flotte war verbrannt worden, woraufhin sich die Kämpfer gegen ihre unmittelbaren Nachbarn gewandt hatten und ihnen die Hölle heißmachten. Zu allem Übel brachte dann noch ein Kurier die Spionagemeldung, eine riesige Verstärkungsflotte wäre im Kampfgebiet an der Grenze zwischen Ovvend und Kaldi erschienen. Diese Flotte stand unter dem Kommando zahlreicher berühmter Kampeons und zählte zu ihren Größen auch König Jaidur und Königin Lildra aus Hyrklana. Auf einen Streich war Alloran um eine Armee gebracht worden und sah sich gleichzeitig einer neuen feindlichen Streitmacht gegenüber.

Kein Wunder, daß er mit den Zähnen knirschte. Und doch — und doch! Er hatte den forschen, energischen König Drak in seiner Gewalt! Fest in seiner Gewalt! Er würde Arachna die Frage stellen und Drak ihr überlassen, so daß sie sich nicht darüber beklagen konnte, daß ihr Opfer nicht mächtig genug sei. Nein, bei den Dreifachen Schwänzen der Unberührbaren Targ!

Seine bitteren Gedanken wanderten weite Wege. Also, dieser König von Hyrklana. Er war Draks jüngster Bruder. Und doch war er zum König ernannt worden, mit allem Drum und Dran. Alloran dagegen hatte für sein Königreich kämpfen müssen.

Er war aus Vondium losgezogen, um seine Provinz Kaldi wieder in die Gewalt zu bekommen. Zu diesem Zwecke hatte ihm der Herrscher die Fünfte Armee mitgegeben — aber was für ein elender Haufen war das gewesen! Er hatte selbst Soldaten anwerben müssen, um die Desertionen auszugleichen. Und er hatte gutes Gold bezahlt für die Paktuns, so daß auf eine grauenvolle Weise die schlimmste Nachricht die von Zankovs Tod gewesen war — ein Streich, der wahrlich den Lebensnerv traf.

Wie Zankov an das viele Gold gekommen war, kümmerte Alloran nicht. Bedrückt starrte er in die Zukunft und schreckte mit bleichem Gesicht vor den Bildern zurück, die er dort zu sehen bekam.

Aber — aber er würde Antworten bekommen, wenn Arachna ihr Opfer nahm und Prophezeiungen äußerte! Dann würde er wissen, was er tun sollte ...

»Worauf warten wir?« fragte er barsch. »Macht der miese Drak etwa Schwierigkeiten?«

»Nein, Majister«, antwortete eine Mantissa. »Man hat ihn betäubt gehalten. Hör! Ich höre Arachna kommen.«

Kurze Zeit später betrat die Prozession den Raum. Alloran, erfüllt von wildem Drang und großer Bitterkeit, verfolgte das Schauspiel eifrig. Ihm konnte es nicht schnell genug gehen mit der Zeremonie, die ihm Aufschluß darüber geben sollte, was er tun konnte. Im Augenblick der Enthüllung würde er fortschauen müssen; aber das machte nichts. Arachna — ah! All seine Hoffnungen ruhten nun in ihr und in ihren mystischen Fähigkeiten.

Einer der jungen Werstings beschloß seiner Natur zu folgen und einen Ausbruch zu versuchen. Mit babyhaftem Fauchen stemmte er sich in die Leine, ganz Zähne und tropfender Speichel, und wurde energisch zurückgezogen. Der riesige Womox, der seine Axt auf der Schulter trug, trat einen Schritt zur Seite; er mochte dumm sein, doch wußte er immerhin, daß ein Wersting ihn übel beißen konnte. Die Fristle-Fifi zerrte den Jagdhund in die Prozession zurück, die geordnet ihren Fortgang nahm.

Arachna, die maskiert war und ihren weiten blauen Seitenmantel trug, stieg auf das Bett. Der flüssige Schimmer hinter den Augenschlitzen, der an Öl auf Wasser denken ließ, entfachte Allorans Hoffnungen aufs neue. Gewiß kannte die mächtige Zauberin die Lösung seiner Probleme.

Der silberne Gong schickte seine zitternden Laute aus. Die Mantissa hängte den gepolsterten Hammer an seinen Platz, ehe sie neben das Bett zurückkehrte. Die zweite Tür ging auf und fegte die blauen Wandbehänge zur Seite. Vier Mantissae brachten Drak herein, der nackt und gefesselt war.

Die Fragen wurden gestellt, die Antworten gegeben, und schließlich erkundigte sich Alloran, was er tun müsse; er war dermaßen aufgeregt und einer Panik nahe, daß er die Worte kaum herausbekam.

Arachna öffnete schwungvoll ihren Mantel.

Alloran wandte den Blick ab.

Wie durch eine Glasscheibe, über die Milch lief und den Blick erschwerte, versuchte Drak mitzubekommen, was um ihn herum vorging. Der Kopf tat ihm weh. Bei Zair! Er hatte das Gefühl, in seinem Schädel sei ein Vulkan ausgebrochen. Ganz klar erinnerte er sich an das Mädchen mit dem weißen Schal und ihre Worte, die Königin wolle ihn dringend sprechen. Was war dann geschehen? Hatte er ein stählernes Klirren vernommen? Ganz sicher glaubte er sich an Wind in seinem Gesicht erinnern, an das Gefühl, in einem Flugboot zu fliegen. Im Namen Beng Raindreks — wo war er nur?

Nun nahm er die Umgebung deutlicher wahr. Man hatte ihm die Hände auf dem Rücken zusammengebunden. Er konnte ein Bett erkennen. Auf dem Bett ... Lust durchströmte ihn wie schmelzender Schnee im Frühling. Das Mädchen erinnerte ihn an jemanden — Königin Lust? Ja, ihre Schönheit hatte viel von der Königin. Und — Silda, Silda, die er halbnackt und blutüberströmt auf dem Schlachtfeld erlebt hatte, wo sie wie eine Zhantilla um sein Leben kämpfte.

Wer immer sie war, sie gehörte ihm. Er versuchte die Fesseln seiner Arme zu sprengen. Keuchend und mit weit aufgerissenen Augen stand er da und erzeugte blubbernde Laute. Speichel sprühte von seinen Lippen und lief ihm über das Kinn.

Die Mantissa mit dem Messer trat vor, um die hinderlichen Fesseln zu entfernen.

»Hört mal!« sagte Silda und bezwang ihre brodelnde Ungeduld über die ungeschickten Schurken, mit denen sie arbeiten mußte. »In diesem Haus wird der Mann gefangengehalten, den ich liebe. Als Gegenleistung für die Schätze habt ihr versprochen, mir zu helfen ...

»Wir haben nichts versprochen, meine Dame. Ich danke dir; aber wir nehmen jetzt die Beute und verschwinden.«

»Du, Kando«, sagte Lon, der die Worte Lyss' gehört hatte und nun erkennen mußte, daß die Dinge die ganze Zeit so gestanden hatten, daß sie aber für ihn keinen Unterschied machten. »Kando, du bist ein ungetreuer Cramph und kein Freund von mir!«

»Das wirst du anders sehen, wenn wir die Schätze erst mal in Sicherheit gebracht haben.«

Fraipur hielt das schwere Messer in der rechten Hand

und den dünnen Strohhalm in der linken. Deutlich spürte er, wie das Stroh zuckte.

Das Messer war eine tödlich aussehende Waffe, eine Art Kalider, einseitig geschärft. Doch wußte der Zauberer, daß der Halm die unvergleichlich mächtigere Waffe war. Er hob ihn in die Höhe und wandte sich der Räuberhorde zu, die nun die nächsten Truhen aufbrach.

»Ihr tut, was die Dame befiehlt. Wir müssen uns beeilen. Folgt mir!«

Ohne eine Reaktion abzuwarten oder sich zu überzeugen, ob sie wirklich nachkamen, marschierte Fraipur auf eine blaubespannte Tür in der gegenüberliegenden Wand zu. Lon die Knie war sofort an seiner Seite. Silda warf einen Blick auf die Diebe. Kando ließ seinen Beutesack fallen und zog sein Messer.

Die anderen hielten ebenfalls die Waffen bereit und drängten herbei. Angeführt von Silda, eilten sie hinter Fraipur und Lon her. Die blaue Tür öffnete sich. Der Strohhalm schien in Fraipurs Fingern zu brennen. Er sah die Szene. Das Begreifen dessen, was nun geschehen sollte, durchzuckte ihn wie ein Blitzstrahl.

»Lon!« sagte er mit einer festen harten Stimme, die den Tierpfleger zusammenfahren ließ. »Auf dem Bett. Wirf dein Messer!«

Silda stürmte herein. Sie erblickte die Szene. Sie spürte die Übelkeit in sich aufsteigen, den unsäglichen Zorn, das Entsetzen — und den Schmerz und die Pein und die Liebe. Lon schleuderte die Waffe. Im letzten Augenblick schien Arachna etwas gemerkt zu haben, schien ihre Aura eine Warnung signalisiert zu haben. Fraipur aber wußte, daß er mit überlegenen okkulten Kräften in den Kampf ging, mit sehr überlegenen Kräften. Lons Messer zuckte durch die Luft.

Alloran fuhr verblüfft herum und griff nach dem Schwert. Die Mantissae rührten sich nicht. Sie waren es gewöhnt, Befehle auszuführen, so daß sie in jenen ersten wichtigen Momenten nicht reagierten, Augenblikke, in denen Arachnas Herz zu schlagen aufhörte.

Alle Anwesenden wurden gefangengenommen. Man starrte auf das Bett. Das Messer ragte aus dem Brustkorb. Der Körper schrumpfte zu einem grauschwarzen ledrigen Gebilde zusammen. Das wunderschöne, leuchtende Apimgesicht zerströmte und schmolz zusammen und wandelte sich zum wirren Ausdruck eines weiblichen Kataki-Gesichts mit schiefen Zähnen, niedriger Stirn und weit auseinanderstehenden Augen, die verkniffen, kalt und feindselig geblickt hatten. Und doch — und doch verströmte dieses Gesicht den nicht festzuhaltenden Eindruck von etwas anderem. Die graue Haut schimmerte gewissermaßen von einem goldenen Pigment, das nicht richtig angepaßt worden war, in seiner Knochenstruktur mochte das Gesicht Elemente einer Vornehmheit in sich bergen, wie sie jedem Kataki, ob Mann oder Frau, fremd war.

Der lange biegsame Schwanz zitterte und streckte sich voll über das Bett. Die Hand, die linke Hand am Ende des Schwanzes, öffnete und schloß sich, fiel zurück und rührte sich nicht mehr.

Silda mußte an Korero den Schildträger denken, den Schildträger des Herrschers, einen goldenen Kildoi mit einer ähnlich kräftigen Schwanzhand — und plötzlich erriet sie die Wahrheit. Arachna war die Frucht einer Bindung zwischen Kataki und Kildoi. Ein schnell aufwallender Hauch des Mitleids für dieses Wesen wurde sofort unterdrückt und erzeugte in Silda das hohle Gefühl, daß das Schicksal offenbar alle ungerecht behandelte.

Dennoch — Arachna hätte ihre Kunst nicht in den Dienst der bösen Sache stellen müssen, wie sie es getan hatte. Mitleid war möglich. Das war alles. Größere Sympathie hätte allenfalls Arachnas Mutter gelten müssen.

Mit lauten Schreien der Verzweiflung traten die Mantissae in Aktion. Ihre klingenbewehrten Peitschenschwänze zuckten empor. Dolche funkelten. Kandos Horde wich zurück, bequemte sich dann aber doch zum Kämpfen — ob im Banne der Zauberei oder weil sie einsahen, daß es wirklich keine andere Möglichkeit gab, blieb dahingestellt.

Silda lief zu Drak. Betäubt und zitternd drehte er sich um, und an seinem ganzen Körper leuchtete der Schweiß, Alloran verfolgte die Szene von seinem Stuhl, das Schwert in der Hand, und tat nichts.

»Silda ...«

»Drak. Hier ... Energisch riß Silda den blauen Seidenmantel von Arachnas geschrumpftem Körper und hüllte ihn um Drak. Sie richtete ihn an der Bettkante in eine sitzende Stellung auf. Er schaute zu ihr auf.

»Du wirst mir sicher gleich sagen, was los ist. Aber zuerst gibt es bestimmt Dringendes zu tun ...«

»Jede Menge. Zunächst müssen wir uns um Alloran kümmern.«

»Alloran?«

Drak wußte nicht, was passiert war; aber er mußte kein Genie sein, um sich das meiste schnell zusammenzureimen. Die verdammte Zauberei! Er fuhr herum und richtete den Blick auf König Vodun Alloran.

Der Mann saß noch immer vor ihm, das Schwert in den Händen. Auf seiner Stirn schimmerte dick der Schweiß, ein Schweiß von anderer Art als der, der Drak zu schaffen machte. Er bebte. Das Schwert warf Lichtblitze in die überhitzte Luft des Raumes, in dem Kandos Horde gegen die Mantissae kämpfte. Silda war es zufrieden, diese körperliche Arbeit ganz den Männern zu überlassen. Schließlich hatte sie sich deswegen die Mühe gemacht, sie mitzubringen, nicht wahr?

Drak stand auf. Mit der linken Hand hielt er den Seidenmantel zusammen. Die rechte Hand hob sich.

»Silda. Leih mir dein Schwert.«

Silda gab ihm den Drexer.

Mit dem Schwert trat Drak auf und baute sich vor Alloran auf.

»Ehe du stirbst, Alloran, sollst du wissen ...«

Alloran unterbrach ihn: »Majister! Ich *weiß* es ja schon! Ich weiß es! Töte mich, damit alles vorüber ist. Ich habe einen schändlichen Tod verdient.« Er warf seine Waffe auf den Teppich.

Plötzlich fühlte Drak sich seltsam unsicher und starrte den Mann an, den Verräter, der so viele Tote auf dem Gewissen hatte. Hier waren Dinge im Spiel, die auf den ersten Blick und an der Oberfläche klar zu sein schienen, deren verborgene Wahrheit aber verdreht werden mochte, so daß die Gerechtigkeit nur noch ein Scherz war.

Fraipur trat vor und wich dabei einer Mantissa aus, die von einem Burschen aus Kandos Bande verfolgt wurde. Fraipur musterte Alloran eingehend.

»Ja, San Fraipur«, sagte Alloran mit leiser, heiserer Stimme. »Ich muß mich unterwürfig bei dir entschuldigen. Ich habe dir unrecht getan. Ich empfinde darüber Scham, denn du warst gegenüber meinem Vater und mir loyal. Dafür habe ich dich behandelt wie ...« Er erschauderte. »Töte mich, San, befreie die Welt von einer großen Schlechtigkeit.«

Der Strohhalm zuckte wie ein Grashüpfer.

»Wie kann man dir Taten zur Last legen, die dir von einem anderen aufgezwungen wurden? Arachna hat dich verhext. Nun ist sie tot, und du bist wieder dein eigener Herr.«

»Ich weiß. Was ich getan habe, quält mich sehr ...«

»Was Arachna getan hat ...«

Faszinieret — und abgestoßen — verfolgte Silda die Szene und sagte nichts. Sie wußte, was Fraipur meinte, und erkannte, daß es rechtens war. Nur war nach all diesem Blutvergießen Verständnis schwer aufzubringen ...

Drak atmete tief ein. Was geschehen war, war geschehen. Er würde sich später mit den Einzelheiten anfreunden. Im Augenblick mußte es ihm darum gehen, diesen verdammten Krieg zu gewinnen und ganz Südwest-Vallia zu säubern. Diese Gelegenheit würde er sich nicht entgehen lassen, nein, bei Vox!

17

Im Südwesten Vallias wurde jene Zeit später das Hyr-Kataki-Jikai genannt.

Die einfachen Leute mochten eben keine Katakis. Die Peitschenschwänzler verdienten sich ihren Lebensunterhalt vorwiegend durch die Sklaverei in allen ihren Aspekten. Für eine Person, die das Pech hatte, zum Sklaven gemacht zu werden, war die Welt so gut wie zu Ende. In der Sklavensprache wurden Sklavenherren und Aufseher Greeshes genannt — eine Zusammenführung der kregischen Worte ›Kleesh‹ und ›Grak‹. Nannte man einen Mann Kleesh, so fühlte er sich bis ins Mark gekränkt und reagierte vielleicht mit besessenem Zorn. Und wer mit ›Grak‹ zur Arbeit angetrieben wurde, wußte sich in der Gefahr, die Peitsche zu spüren, wenn er nicht spurte. In der Wortschöpfung äußerte sich einiges der hilflosen Gefühle von Sklaven, die sich eben nur mit Worten wehren konnten.

Die Große Kataki-Jagd wogte durch das Land.

Der Prinz Majister hätte den Ausbruch nicht verhindern können, selbst wenn er diese Praktizierung des Rechts hätte unterbinden wollen.

San Fraipur, der wieder seine grüne Kapuzenrobe mit dem goldenen Gurt trug, dazu Rapier und Main-Gauche, blickte ein wenig tiefer. Er wandte sich mit ernsten Worten an Drak, über einem Kelch Wein in einem der Innenräume der Villa, die für Drak hergerichtet worden waren.

»Die Leute verabscheuen Katakis — viele aber haben keine Einwände gegen den Besitz von Sklaven.«

»Meine Ansichten dazu sind bekannt.«

»Es wird nicht einfach sein.«

Drak trank einen Schluck und fragte bedrückt: »Was ist schon einfach?«

Silda war bereits am Tag nach den bedrückenden Ereignissen in Vodun Allorans Villa aufgebrochen. Natürlich hatten die Schwestern der Rose sie gerufen. Wie konnte ein Mann, der eines Tages Herrscher sein würde, es zulassen, daß seine Herrscherin ständig auf diese Weise durch die Welt hetzte? Er dachte an seine Mutter und seufzte in dem Bewußtsein, daß sie mit der häufigen Abwesenheit seines Vaters hatte fertigwerden müssen. Königin Lust dagegen … Nun ja, sie war in großem Prunk eingetroffen.

Sein Bruder Jaidur hatte sich sehr verändert, seit Drak im Inselkönigreich Hyrklana auf seiner Hochzeit getanzt hatte. Seine Frau, die Königin, war nach Hause gereist, weil ein glückliches Ereignis ins Haus stand. Lildra jagte doch nicht die ganze Zeit in der Welt herum, oder?

In diesem Augenblick erschien Jaidur wie ein Bühnenteufel und verlangte Wein. Ja, er war nicht mehr der tollkühne, ungezügelte Bursche, der die ganze Welt gehaßt hatte, ohne recht zu wissen, warum. Seit der Versöhnung mit dem Vater und der Inthronisation in Hyrklana hatte er sich gefaßt und eine vernünftige Regierung etabliert. Nun sollte er Familienvater werden — mit großer Wahrscheinlichkeit würden Zwillinge dabei herauskommen. Die Nadelstecherinnen hatten sich schon ziemlich überzeugt geäußert.

Bald würde sich eine ganz neue Generation bemerkbar machen. Didi, Tochter seiner Schwester Velia und Rog Gafards, war bereits eine erwachsene Frau, so alt wie seine jüngste Schwester Velia. Was mochte der junge Didi von einer Tante halten, die denselben Namen trug wie ihre tote Mutter?

»Auf dem Herritt habe ich Königin Lust in ihrer Sänfte gesehen«, verkündete Jaidur.

»Ja?«

»Sehr vornehm. Mußte mir eine Hand vor die Augen halten, so grell leuchteten ihre Juwelen. Sie war hierher unterwegs, Bruder.«

»Ach.«

»Königin Lushfymi«, erklärte Fraipur auf überraschend nüchterne Art, »ist eine höchst bemerkenswerte Frau. Sie besitzt gewisse thaumaturgische Fähigkeiten, so wird jedenfalls erzählt, auch wenn ich nicht behaupten kann, daß man sie mir bewiesen hätte.«

Drak stand auf und trank seinen Kelch aus.

»Ich glaube, ich mache mal einen Spaziergang zu Alloran. Meine Entscheidung steht immer noch nicht fest. Soll ich ihn hängen oder verbannen, zum Armee-Offizier machen oder ihm seine Provinz Kaldi zurückgeben?«

Fraipurs Gefühlsaufwallung gegen den Kov war längst vergangen. Er sagte nur: »Solange der Kov im Bann der üblen Frau stand, hatte er eine bestimmte Methode, schwierige Probleme zu entscheiden.«

»Eine alte Kataki-Gewohnheit«, sagte Jaidur, als Fraipur ihm erläutert hatte, daß die Kämpfer jeweils für eine Entscheidung eingestanden waren und der Sieger den Ausschlag gab. »So etwas habe ich am Auge der Welt schon erlebt.«

»Ah!« sagte Drak und fühlte Erinnerungen in sich aufsteigen.

»Bedenkt aber eines«, fuhr Jaidur fort, »als ich noch Vax Neemusjid war, gab es mal einen Kataki-Anführer, einen gewissen Rukker, der meinem Gefühl nach tatsächlich einen Hauch von Humanität verbreitete. Es war nur eine schwache Aura, und ich wäre ungern in seiner Nähe gewesen, als er entdeckte, daß er nicht unser Gold gestohlen hatte, sondern Felsbrocken. Ha!«*

Drak ging zur Tür. Er unterdrückte Gedanken an das Binnenmeer von Turismond, das Auge der Welt. Dort hatten er und seine Brüder ein Gutteil ihrer Ausbildung durchgemacht. Die Krozairs von Zy übten eine strenge,

---

* Siehe KROZAIR VON KREGEN, Band 14 der Prescot-Saga, Heyne-Buch Nr. 06/3697. — *A. B. A.*

aber faire Disziplin und machten aus Jungen angesehene Männer. Als angesehener Mann eilte er hier nun unter einem hilflosen Vorwand fort, anstatt zu bleiben und Königin Lushfymi zu begrüßen. Was für eine Schwäche!

»Ich begleite dich, Drak«, sagte Jaidur und trank ebenfalls aus.

Fraipur stand auf, und sofort zeigte Drak den Habitus des Prinzen und sagte: »Du bist uns willkommen, San.«

»Vielen Dank, Majister — Verzeihung, Jis.«

Majis war die allgemein übliche vertraute Anrede gegenüber Herrschern, Königen und Prinzen. Das Kurzwort ›Jis‹, das ›Herr‹ bedeutete, bürgerte sich immer mehr ein.

Die Männer verließen den Raum durch eine Nebentür, deren Wächter sofort Haltung annahm. Im Licht der Zwillinge, der beiden zweiten kregischen Monde, die sich ewig umkreisten, während sie den Planeten umrundeten, wanderten sie zum Außentor der Mauer, deren Wächterin nicht minder zackig grüßte wie der männliche Kollege am Haus. Drak erwiderte den Gruß, und zu dritt wanderten die Männer die Straße lang zu der Villa, in der Alloran untergebracht worden war. Es war nicht der große Bau, der nun nicht mehr von Alloran einen neuen Namen erhalten würde. Alloran residierte vielmehr in der Villa des Mohns und hatte ausreichend Personal zur Verfügung.

Die hier diensttuenden Wächter, Draks Männer, freuten sich über seinen Besuch. Drak beendete das kurze Gespräch mit der Antwort, die alle hier von ihm hören wollten: »Ich danke den Unsichtbaren Zwillingen, die sich in Opaz manifestieren, daß Endru und Carlotta außer Gefahr sind und in ihrer Heilung gute Fortschritte machen. Diese Nachricht habe ich vor kurzem erst erhalten.«

»Hai, Jis!« sagten die Männer und freuten sich, daß ihr Hiktar-Gefährte und die Jikai-Vuvushi am Leben waren.

Drak betrat die Villa des Mohns und überlegte dabei, daß sein Vater recht hatte, wenn er sagte, daß es schon auf die Nerven gehen konnte, wenn immer wieder Menschen darauf bestanden, sich zwischen ihn und die Gefahr zu schieben, was letztlich dazu führte, daß man sich angesichts Zairs sehr klein vorkam; gleichwohl sei das immer wieder ein Wunder und ein herzerwärmendes Erlebnis.

Seit der o-beinige Lon die Knie Arachna zur Ruhe gebettet hatte, war viel geschehen. Sein Bruder war mit einer riesigen Flotte Himmelsschiffe herbeigeflogen, begierig, allen Feinden Vallias den Garaus zu machen. Alloran, bis in die Grundfesten erschüttert, hatte seinen Streitkräften Befehl gegeben, sich dem Prinz Majister voll zu unterstellen. Die Söldner erhielten weiter ihren Lohn, bis man sie wieder einbürgern konnte. Sildas Vater, Kov Seg Segutorio, hatte die Luftarmada verlassen und war direkt nach Vondium zurückgeflogen. Er hatte eine neue Braut bei sich. Vielleicht war Silda auch in Vondium, sagte sich Drak auf dem Weg durch den Flur, der zu Allorans Gemächern führte. Eine schwierige Sache, die Begegnung mit einer neuen Stiefmutter. Sildas richtige Mutter Thelda war in den Zeiten der Unruhe verschollen, eine traurige Geschichte.

Alloran befand sich im Moment in einer Art Niemandsland. Seine Zukunft war unklar, und er wurde inzwischen als Koter angesprochen, als vallianischer Ehrenmann. Drak wußte, daß die Entscheidung letztlich beim Herrscher lag, der sich vermutlich mit Lord Farris und dem Presidio abstimmen würde. Söldner konnten eingebürgert werden; die geborenen Vallianer, die sich bei seiner verräterischen Revolte auf Allorans Seite geschlagen hatten, waren allerdings in einer anderen Position. Drak stellte sich vor, daß das Schicksal Allorans zugleich das Schicksal seiner Anhänger entscheiden würde. Viele von ihnen waren vernünftigerweise bereits geflohen.

Nun ja, vielleicht waren sie doch nicht so vernünftig. Ein beschämender Gedanke, wenn man ihn konsequent zu Ende führte. Ein Khibilwächter nahm vor ihm Haltung an und öffnete die Tür.

Die Gemächer waren bequem eingerichtet, und Drak hatte Anweisung gegeben, Allloran anständig und höflich zu behandeln und ihm seine Wünsche zu erfüllen. Eine kleine Fristle-Fifi, deren Fell nicht golden schimmerte, sondern auf bezaubernde Weise taubengrau, saß in einem goldverzierten Sessel und schluchzte zum Herzerweichen. Ihr braungraues Band zitterte bei jedem keuchenden Aufstöhnen ihres kleinen Körpers.

Mit drei Schritten war Drak an ihrer Seite.

Trotz ihres Kummers hörte sie ihn und hob den Blick. Sie hatte noch nicht lange geweint — bald würde ihr hübsches Gesicht verwüstet aussehen.

»Was bekümmert dich, Fifi?«

»Der Kov ...«, würgte sie hervor und deutete auf die Innentür.

Drak verstand sofort, was sie meinte.

»Jaidur! Fraipur! Wir müssen die Tür einschlagen!«

Drak machte sich nicht die Mühe nachzuschauen, ob sie überhaupt verschlossen war. Ganz bestimmt war das der Fall. Er hieb mit seinem Drexer auf die Paneele ein, und sein Bruder trat ihm zur Seite, während Fraipur sich mit dem Dolch an den Kerben rings um das Schloß zu schaffen machte. Ob sie ahnten, worum es ging, wußte Drak nicht; sein drängender Ton war genug, um sie in Aktion treten zu lassen. Die Tür zersplitterte und gab den Weg frei.

Drak sprang über die Schwelle.

Von einem Haken führte ein straff gespanntes Seil herab, und in der sich drehenden Schlinge steckte der Hals Vodun Allorans. Der Stuhl lag umgestürzt unter ihm.

Mit heftigem Satz durchquerte Drak den Raum, stieß einen Tisch um, ließ eine Vase mit Blumen durch die

Luft wirbeln, und zertrennte das Seil mit seinem Schwert.

Jaidur sprang wie ein Leem herzu und fing den Fallenden auf. Behutsam ließ er Alloran auf den Teppich sinken. Fraipur beugte sich vor und schnitt das Seil los.

Allorans Augen waren geschlossen, sein Gesicht wirkte ausgemergelt und angespannt vor Schmerz. Die Verfärbung an seinem Hals leuchtete noch grellrot.

»Pumpt ihm die Arme auf und ab!« befahl Drak. Nach draußen gewandt, brüllte er: »Laßt Nadelstecher kommen! *Bratch!*«

Damit noch nicht zufrieden, eilte er zur Tür. Das Mädchen stand gerade unsicher auf. Drak beäugte sie. »Lauf und hol den Nadelstecher, Fifi! *Los!*«

Jaidur rief: »Er atmet.«

»Dank Opaz!«

Noch immer nicht zufrieden, denn die kleine Fristle-Fifi war offenkundig außer sich, lief Drak hinter ihr her zur Tür. Er erhaschte einen Blick auf ihre silbergraue Gestalt, die auf das Tor zuhielt. Sie kreischte. Ein Wächter stürmte mit erhobener Hellebarde herein.

»Den Nadelstecher!« brüllte Drak. »Bring ihn sofort her! Lauf!«

»Quidang!«

Nach alledem blieb Drak nichts anderes übrig, als Fraipur mit seinen Wiederbelebungsversuchen weitermachen zu lassen und dann zu warten, bis der Nadelstecher hereineilte und sich mit dem Notfall vertraut machte.

Alloran hatte noch nicht lange am Seil gehangen. Er würde es überleben.

»Die Grauen haben auf ihn herabgelächelt, Jis. Ich will ihm nur ein paar Nadeln verpassen ...« Der Nadelstecher führte geschickt ein halbes Dutzend Akupunkturnadeln ein, die den Schmerz nehmen sollten. »Er wird es überleben.«

Drak seufzte erleichtert. Das war knapp gewesen.

Knapper, als es ihm lieb war. Wäre Vodun Alloran gestorben, ehe eine Entscheidung erreicht worden wäre, hätte sich diese Nachricht für die Welt schlimm ausgemacht. Sehr schlimm. Der Prinz Majister, so würden die Leute munkeln, habe den Kov aus dem Weg räumen lassen ...

»Verpaßt ihm einen Leibwächter!« sagte Drak zu dem Cadade. Der Wachkommandeur nickte verständnisvoll.

»Er bekommt keine Chance, es noch einmal zu versuchen, Jis.«

»Sorge dafür.«

Als Alloran sich einige Tage später wieder erholt hatte, ersuchte er um eine Audienz beim Prinz Majister. Drak entspannte sich gerade ein wenig von seinen vielfältigen Aufgaben und spielte mit seinem Bruder Jikaida. Das Brett war angefüllt mit Reihen und Kolonnen marschierender Figuren, die auf das Kunstvollste geschnitzt und angemalt worden waren.

»Hm«, sagte Jaidur, schlug einen Jiktar und barg den Spielstein in der Hand. »Ich könnte mir vorstellen, daß Alloran im Augenblick Blut und Wasser schwitzt.«

»Deine Elfte Flotte ...«

»Nicht die meine. Dies ist die Elfte Flotte des Vallianischen Luftdienstes. Ich bin nur König von Hyrklana. Die Elfte steht unter Kapt Thandos Kommando.« Er griff nach dem Silberteller mit Greeps, schlanken, hellgrünen Schößlingen, die eine bestimmte Zeit gekocht werden mußten, um ihren duftigen Geschmack nicht zu verlieren. »Was ist mit der Flotte?«

»Wir haben ein schnelles Flugboot mit der Nachricht nach Vondium geschickt und bisher keine Antwort erhalten.«

»Das macht mir keine Sorgen. Es hat eine Verzögerung gegeben. Das ist alles.«

»Solange ich nicht weiß, was Farris und das Presidio entscheiden, habe ich nicht den Wunsch, Alloran zu sprechen.«

»Dann soll er warten«, sagte Jaidur mit einem Anflug seines früheren Ungestüms. »Laß ihn ruhig noch ein wenig mehr schwitzen.«

»Da hast du wohl recht. Allerdings ist das grausam ...«

»So ist das Leben.«

»Es hat mir leid getan, Silda zu verpassen«, fügte er wie beiläufig hinzu — auch wenn es Jaidur gar nicht so gemeint hatte.

»Sie würde sich freuen, dich zu sehen.«

»Aye. Ich sag dir eins, großer Bruder, es gab da mal eine Zeit, hätte es dich nicht gegeben, da wäre ich ... nun ja, Silda ist Silda. Als ich meine Lildra kennenlernte, war es passiert, wir waren, wie man so sagt, beide vom gleichen Blitzstrahl getroffen worden.«

»Das freut mich für dich.«

»Natürlich! Ich bin verheiratet und König. Bruder Zeg ist verheiratet und König von Zandikar. Nun ist auch Onkel Seg wieder verheiratet — und König. Du hinkst ein bißchen hinter den Dingen her, du humpelst wie ein Leem mit nur fünf Beinen.«

Drak rutschte unbehaglich auf seinem Sitz herum.

»Falls ich Königin Lushfymi heiratete, könnte ich König von Lome werden ...«

»Falls ...?«

Der verächtliche, spöttische Ton überraschte Drak.

»Sie ist eine sehr bemerkenswerte Frau, und ich empfinde ehrliche Zuneigung zu ihr.«

Wie seine Zwillingsschwester Dayra kannte Jaidur keine Skrupel, in dieser Situation seine Meinung zu sagen, ungeachtet der Gefühle seines Bruders, die er in dieser Sache für fehlgeleitet hielt.

»Wenn du die heiratest, Drak, wirst du es bedauern. Es gibt doch längst das richtige Mädchen für dich ...«

»Die niemals hier ist. Die keine Ahnung hat, was es bedeutet, Königin oder Herrscherin zu sein.«

»Umnachteter Onker!« rief Jaidur angewidert.

Drak fuhr herum und wechselte betont das Thema. »Wir haben uns seit unserer Jugend in Esser Rarioch nicht mehr gestritten. Nun aber zu Alloran. Ich würde im Presidio für Gnade stimmen. Der arme Teufel stand im Bann von Zauberkräften. Wenn wir nicht bald aus der Hauptstadt hören, werde ich die Entscheidung treffen …«

»Du willst ihn begnadigen?«

»Mehr als das. Ich will ihm seine Besitztümer und seinen Titel zurückgeben. Der Verrat ging nicht auf seinen eigenen freien Willen zurück.«

»Das ist wohl richtig. Aber wir haben uns später noch gestritten — in Zy, als die Krozairs uns auf die Probe stellen wollten …«

»Aber das war ohne Zorn und Boshaftigkeit.«

»Ah!«

Drak wandte sich von dem Jikaidabrett ab, stand auf und bewegte energisch die Faust. »Bei Zair!« entfuhr es ihm. »Ich wünschte, ich wüßte, wo Silda jetzt steckt!«

18

Nicht alle Söldner, die in Vodun Allorans Diensten gestanden hatten, nahmen widerspruchslos die Verfügung hin und ließen sich einbürgern.

Leone Sternenhammer zog die Zügel an und schaute auf das Dorf hinab, das in seinem kleinen Tal lag. Es brannte noch immer. Der schwarze Rauch hing schwer über eingestürzten Dächern und Mauern. Leichen lagen grotesk verkrümmt herum.

»Die Schweinehunde waren auch hier — und es ist noch gar nicht lange her«, stellte Leone energisch zu Königin Lushfymi, die dicht neben ihr ritt.

»Dann können sie noch nicht weit sein«, sagte die Königin.

»Der Primitive Armipand soll sie verfaulen lassen!« Leone hob die behandschuhte Rechte. »Ich schicke die Mädchen los. Wir schnappen uns die pandriteverfluchten Cramphs ...«

»Du willst den Rest der Brigade einsetzen, Leone?«

Leone hatte ein Regiment Zorca-Bogenschützen und ein Regiment Zorca-Lanzenreiter unterstellt bekommen — allerdings handelte es sich um männliche Kämpfer. Sie rümpfte die Nase.

»Nur wenn wir unbedingt müssen.«

»Es wäre wohl angebracht.«

»Jawohl, Majestrix.«

Sie waren leider viel zu dicht bei Rashumsmot. Die Paktuns zogen plündernd und brandschatzend zum nächsten Hafen, und würden bestimmt noch weitere Male zuschlagen, ehe sie dann Schiffe in ihren Besitz brachten. Daß Königin Lushfymi, die mit ihrem Leibwächterregiment losgeritten war, zufällig auf diese Horde Räuber-Paktuns gestoßen war, bedeutete in ihren Augen, daß Pandrite sie zum Instrument ihrer Vernichtung bestimmt hatte. Die Hoffnung, diese Briganten in ihren

Dienst zu nehmen, bestand nicht mehr — angesichts von Draks Einstellung, die er immer offener vertrat und durchsetzte. Wenn sie nur ... nun ja, das war längst mit dem Winde verweht ...

Als die Brigade sich, von Vorauskundschaftern gelenkt, in Bewegung setzte, überlegte sie bedrückt und mit einer Panik, von der sie überwältigt zu werden drohte, die sie aber verzweifelt im Zaum zu halten suchte, daß sie Drak schnellstens dazu bringen mußte, sich zu erklären. Sie wurde nicht jünger. Gewiß, mit Hilfe ihrer Künste erhielt sie ihre Schönheit aufrecht, so daß es noch viele Perioden dauern würde, ehe das Alter auch ihr seinen Stempel aufdrücken würde. Aber sie spürte auf grausame Weise das Verstreichen der Zeit.

Ihre Spione meldeten, daß das einfache Volk sie verehrte. Der größte Teil der Bevölkerung würde eine Heirat begrüßen, durch die sich das mächtige vallianische Reich mit dem reichen Pandahem verband. Alte Feindseligkeiten ließen sich begraben. Die Zukunft sah sehr gut aus.

Und sie, Lushfymi, würde Herrscherin von Vallia sein!

Sie würde mindestens ein Kind zur Welt bringen. Nun ja, dieses eine Opfer wollte sie bringen.

Sie würde diesen Preis bezahlen, und sobald das Balg — oder die Zwillinge, die auf Kregen als Glücksbringer galten — geboren war, konnten Ammen und Gouvernanten ihre Arbeit aufnehmen, so daß sie es nur bei öffentlichen Anlässen wiedersehen mußte. Sie war nicht willens, ihre Figur in Gefahr zu bringen, nein, bei Pandrite!

Natürlich würde sie ihr Kind lieben. Sie kam mit Kindern nicht zurecht, doch mußte das eigene natürlich anders sein. Man brauchte sich nur das schreckliche Familienleben des Herrschers anzuschauen!

Sie würde dafür sorgen, daß Drak aus ihrem Regiment nicht ausbrach — soviel war klar.

Die Kundschafter hatten die Söldner ausgespäht, und die Trompeter verbreiteten ihre Befehle. Die Brigade ging in Formation. Sie umfaßte knapp tausend Kämpfer, nachdem der Feldzug und die Überfahrt nach Rahartdrin Opfer gekostet hatte. Die Zahl der Paktuns schätzte Leone auf vier- bis fünfhundert.

»Kämpft sie nieder!« forderte die Königin. »Keine Gefangenen.«

Leone begann anzuordnen, daß die Mädchen bei der Königin bleiben sollten, während der Angriff lief, wurde aber von Lushfymi heftig unterbrochen.

»Nein, Leone! Ich werde heute mit dir und dem Regiment vorreiten!«

»Aber — Majestrix!«

»Keine Widerworte, Leone. Die Paktuns haben keine Chance gegen uns. Es besteht keine Gefahr.«

Unter der Hand wies Leone zwei kräftige Deldars an, links und rechts von der Königin zu bleiben und sich nicht aus dieser Position zu entfernen, was auch geschehen mochte.

»Und zerrt ihre Zorca aus dem Getümmel, wenn die Dinge sich aufhitzen!«

»Quidang!«

Leone Sternenhammer kannte sich aus. Die Paktuns hatten nur etwa hundert Berittene bei sich. Vermutlich hielt die Königin Fußsoldaten für nicht sonderlich gefährlich. Kämpfer, die solche dummen Fehler machten, konnten leicht ums Leben kommen. Leone organisierte den Angriff, wie es sich gehörte, und ging dabei nur die Risiken ein, die unumgänglich waren. Die Zorca-Bogenschützen bildeten schießend die erste Angriffswelle, gefolgt von den Lanzenträgern. Das Leibwächterregiment, die Jikai-Vuvushis der Königin Lushfymi, attackierte von der Flanke.

Das Ergebnis stand von vornherein fest.

Es gab wie immer unschöne Szenen und lautes Geschrei. Niemand liebte den Anblick einer zuckenden

Zorca, die von einem Pfeil in die geschmeidige Flanke getroffen worden war. Die Paktuns kämpften um ihr Leben und ergriffen schließlich die Flucht. Aber da brauste die Brigade heran und vollendete den Kampf.

Eine letzte verzweifelte Attacke einer Reihe Armbrustschützen, die aber gleich darauf die Waffen niederlegten. Ein Bolzen traf Königin Lushfymi in die Seite. Sie stürzte nicht aus dem Sattel, denn sofort griffen die Deldars zu.

Entsetzt rief Leone nach den Nadelstecherinnen.

Nur ein wenig, sehr wenig rotes Blut war rings um den spitzen Eisenstift zu sehen, der in Königin Lushfymis weicher Seite steckte.

»Hör mal, liebe Milsi«, sagte Delia, Herrscherin von Vallia, »wenn du das Knie hebst, mußt du das energisch genug tun, um ihm die Innereien tüchtig durcheinanderzubringen. Sonst erreichst du nämlich nichts.«

»Jawohl, Delia«, antwortete Milsi.

»Außerdem«, fuhr Silda fort, »ist es angebracht, ihm noch einen Tritt zu versetzen, während er hinfällt.«

»Mit dem Rapier kenne ich mich einigermaßen aus«, sagte Milsi, Königin Mab von Croxdrin. »Aber wenn es darum geht, Leute herumzuwerfen und ihnen die Arme und Beine zu verdrehen und sie zu schlagen, damit ...«

»Damit sie einem keinen weiteren Ärger machen.«

»Ja, Delia.«

Ein lautes Dröhnen war vom anderen Ende des Übungssaales zu hören, und die drei Frauen schauten lächelnd zu, wie der Haufen Mädchen sich dort langsam entflechtete. Sie hatten einen freien Kampf absolviert, und das Gewirr der Arme sah aus wie ein Strickzeug, das in die spielerischen Fänge eines Chavniks gefallen war. Hier in Lancival galten die Rangabstufungen und entsprechenden Privilegien ausschließlich im Kontext der Schwestern der Rose, so daß Milsi als Novizin ihren weltlichen Titel als Königin vergessen konnte.

»Du machst dich prächtig, Stiefmutter«, sagte Silda, und ihr Lachen verriet Milsi, daß das Band zwischen ihnen sich allmählich zur Zuneigung festigte. Keine der beiden Frauen wollte ihre wichtige Beziehung durch zu große Eile in Frage stellen.

»Das freut mich zu hören, Stieftochter. Dieses Hikvar ist eine Kunst, die ich vielleicht noch in den Griff bekomme. Dagegen das Grakvar!« Milsi erschauderte übertrieben. »Mit einer dicken schwarzen Peitsche um sich zu hauen! Das ist ziemlich übel, weiß Opaz. Wenn ich aber über das Jikvar nachdenke ... also, mir fehlen die Worte, um meine Gefühle zu beschreiben. Sie ...«

»Nicht alle Schwestern der Rose machen ihre Ausbildung in Lancival, Milsi«, unterbrach Delia. »Deine Gefühle in allen Ehren. Ich will es nicht allzu pompös ausdrücken, aber die Last des Jikvar auf unserem Orden erlegt uns eine große Verantwortung auf. Da hörst du, liebe Silda, ich rede nun doch große Worte.«

»Aber nein, Delia. Ich war in Rashumsmot nicht gezwungen, meine Klaue aus dem Rucksack, einem behelfsmäßigen Jikvarpam, zu ziehen. Aber ...« sie wandte sich Milsi zu »... aber hätte sich die Notwendigkeit ergeben, müßten sich einige üble Typen da unten jetzt mit tiefen Schnitten plagen.«

»In Croxdrin wurden Übeltäter in den Kazzchun-Fluß getrieben«, sagte Milsi. »Die Schnelligkeit und das Ausmaß der Sühne mag unterschiedlich sein; das Ziel ist überall dasselbe.«

Ein in einen weißen Lederanzug gekleidetes Mädchen trat in den Waffensaal. Sie bewegte sich mit zielstrebiger Anmut und trug den Kopf stolz erhoben. Rapier und Main-Gauche schwangen an ihrer Seite, der rotbestickte Jikvarpam ruhte auf ihrer Hüfte. Sie ging direkt auf Delia zu, blieb stehen und neigte in respektvoller Geste ein wenig den Kopf.

»FarilSheon, Delia. Es gibt Neuigkeiten.«

»SheonFaril, Yzobel. Heraus damit.«

»Königin Lust ist durch einen Armbrustpfeil in die Flanke schwer verwundet worden. Die Nadelstecherinnen bezeichnen ihre Chancen als fünfzig zu fünfzig. Der Prinz Majister ist bekümmert ...«

»Bei den haarigen schwarzen Warzen und der tropfenden Nase des berüchtigten Makki Grodno, den mein Mann immer zu zitieren weiß!« Delia erkannte sofort, was hier lief, und und war entsetzt und zornig, überaus zornig.

»Ich mache mich auf den Weg ...«, sagte Silda.

»Natürlich, meine Liebe. Opaz allein weiß, was für schlimme Dinge sich jetzt entwickeln werden.« Delia wußte aber, daß auch Silda die Hintergründe und möglichen Konsequenzen dieser schlimmen Nachricht erkannt hatte.

»Seg ist im Augenblick in Balkan«, sagte Milsi, »und möchte, daß ich zu ihm komme. Wenn du mich aber brauchst, Silda, begleite ich dich.«

Impulsiv streckte Silda die Hand aus.

»Bitte ... Milsi ...«

»Das wäre also geregelt«, unterbrach Delia. »Yzobel — organisiere uns ein schnelles Flugboot, den schnellsten Voller, den wir haben.«

»Quidang!«

»Ich weiß, wie stur, aufrecht und verbohrt mein Sohn ist.« Delia begab sich zu den Umkleideräumen. »Wenn wir Frauen in dieser Situation nicht einen Plan der Ehre schmieden können, dann hat er es verdient, Königin Lust für alle Zeit am Hals zu haben. O ja, bei Vox!«

Mit diesem wirren Ausspruch leitete Delia den eiligen Flug nach Rahartdrin ein.

Yolande die Gregarian schaute täglich so oft in den irdenen Topf auf dem Regal, daß sie schon nicht mehr mitzählte. Das Wasser in dem Topf, das seltsam metallen schimmerte, rührte sich nicht; es war verhextes Wasser, weiter nichts.

»Du verschwendest deine Zeit«, sagte der Geschickte Kando zu ihr. Er hatte die Nadel akzeptiert, wie man auf Kregen sagte, setzte aber sein altes Gaunerleben unverändert fort.

»Was verschwunden ist — irgendwohin —, kann auch wieder zurückkommen, Kando.«

»Nicht in diesem Leben, Yolando, nein, beim Flinkfingrigen Diproo. Die Hexe ist tot. Ihre Juwelen bleiben bei ihr. Das ist einfaches Wasser, weiter nichts.«

»Trotzdem werde ich es behalten. Man weiß nie ...«

»Wenn ich nur ein bißchen von dem Geld in meine Taschen gestopft hätte! Vielleicht wäre das Gold geblieben und nicht auf magische Weise verschwunden ...«

»Du kannst Dame Lyss der Einsamen keine Schuld geben. Sie hat uns gewarnt ...«

»Oh, aye! Und wir wurden ausgenutzt, Yolande, ausgenutzt. Der einzige gute Aspekt dieser Affäre ist der Tod Ortygs den Kaktu und seiner Freunde.«

»Die werden auf den Eisgletschern für Unruhe sorgen.«

»Aye, bei Beng Brorgal!«

Als Lon die Knie eintrat, trug Yolande ein sauberes Kleid und hatte sich das Haar gekämmt und ein Parfum angelegt.

Lon prallte förmlich zurück. Im ersten Augenblick glaubte er, ein Powcy habe den Raum parfümiert, ehe er gestorben und auf der Stelle verfault wäre.

»Lahal, an alle«, sagte er und fummelte an seinem gelbgrünen Taschentuch herum.

»Lon!« strahlte Yolande und wand sich förmlich vor Freude und Sehnsucht. »Tritt ein. Möchtest du Wein?«

Er nahm Platz und ließ sich den Kelch reichen. Yolande wollte die Feier schon in Gang bringen, als Kando fragte: »Gibt es Neues über den Zustand der Königin? Du müßtest in den Ställen des Prinzen doch alle Gerüchte mitbekommen.«

»Sie lebt noch«, sagte Lon und trank einen Schluck.

»Angeblich hat man sie dermaßen mit Nadeln gespickt, daß ein Warzenschwein daneben kahl aussehen würde.«

Yolande stand auf, durchquerte den Raum und schaute in ihren irdenen Topf. Das Wasser blieb Wasser. Auf dem Rückweg nutzte sie die Gelegenheit, an Lons Stuhl vorbeizugehen und ihm eine Hand auf die Schulter zu legen. Für Lon fühlte es sich an, als würde er von der Hand der Verderbnis berührt. Er rührte keinen Muskel. Das Parfum entfaltete seine überwältigende Wirkung, und er bewegte das Taschentuch, als müsse er eine Fliege vertreiben.

»Lon, mein Lieber«, turtelte Yolande, »Was hast du doch für eine hübsche Stellung! Wenn man sich das ausmalt — der Prinz Majister von Vallia nimmt dich in seinen Dienst, gibt dir eine flotte Livree und läßt seine Zorcas von dir versorgen! Wo es dir jetzt so gut geht, brauchst du eine ordentliche Frau, die sich um dich kümmert.«

Der Geschickte Kando, der die Szene genoß, verbarg sein Gesicht hinter einem Krug. Er trank nur Bier. Lon, als potentieller nächster Ehemann, bekam Wein aufgetischt.

Mannhaft versuchte Lon das Thema zu wechseln und sagte: »Auf der Hauptinsel hat es schreckliche Plagen gegeben. Dort sind Frösche vom Himmel gefallen, und Insekten haben alles aufgefressen. Außerdem sollen die Toten wiederauferstanden sein …«

»Davon will ich nun wirklich nichts hören!« entfuhr es Yolande. Dann lächelte sie. »Mehr Wein, liebster Lon?«

Kando hielt es für angebracht, sein Anliegen jetzt vorzutragen. Der arme Lon konnte seinen Rückzug dann allein durchfechten, wenn er gegangen war.

»Hör mal, Lon, ich habe da für morgen abend einen kleinen Plan. Dazu wären mir zwei schnelle Zorcas recht, die …«

»Du stiehlst mir meine Zorcas nicht, Kando!«

»Nein, nein, du Fambly! Ich will sie mir ja nur ausleihen.«

»Also, ich weiß nicht so recht. Der Prinz hat da einen Burschen als Ordonnanz eingesetzt, Nath den Strengen, der sieht alles.«

»Na, Lon, ein alter Leem-Jäger wie du legt den doch jederzeit rein«, sagte Kando großzügig.

»Schon möglich. Ich will mal darüber nachdenken. Aber ich werde mich nicht wie ein Onker aufführen und meine Stellung riskieren. Der Prinz vertraut mir.«

»Natürlich! Er mag dich. Da hat er bestimmt nichts dagegen, wenn du dir zwei Vollblut-Zorcas ausleihst. Außerdem brauche ich sie dringend, damit mein Plan funktioniert. Zunächst brauche ich schnelle Tiere, verstehst du?«

»O ja, ich verstehe dich schon.«

»Gut! Dann wäre alles geregelt. Morgen abend.«

Er stand auf, bedankte sich bei Yolande der Gregarian und begab sich zur Tür. Hastig stand Lon auf.

»Ich begleite dich, Kando. Es gibt Arbeit.«

»Oh, Lon!« rief Yolande. »Du bleibst doch sicher noch auf einen zweiten Kelch? Außerdem will ich dir noch etwas zeigen ...«

»Vielen Dank, Yolande; aber ich muß noch einen Auftrag des Prinzen ausführen. Das duldet keinen Aufschub.«

Kando konnte vor Lachen kaum noch an sich halten, als er den Raum verließ, dichtauf gefolgt von Lon die Knie, der ein starres Lächeln aufgesetzt und das Taschentuch an die Nase gepreßt hatte. Die beiden Männer riefen ihre Remberees und flohen in die Nacht hinaus.

Yolande seufzte, schürzte sie Lippen und ging zu ihrem Krug hinüber, um — sicherheitshalber — noch einen Blick hineinzuwerfen.

19

Thandor der Felsen knallte sich die rechte Faust energisch gegen den Brustschild — ja, Brumbytevax Thandor Veltan ti Therfuing liebte beim Grüßen wie auch anderen Dingen die traditionellen Methoden — und brüllte: »Also, Jis, ich habe sie mir angesehen. Sie haben durchaus Fortschritte gemacht, durchaus. Aber wir hätten sie mühelos kleingemacht, aye, beim Ellenbogen eines Brumbyten!«

»Tritt ein, tritt ein, Thandor, setz dich und nimm ein Glas Wein.« Drak deutete auf den Stuhl, der dem seinen gegenüberstand, und auf den dazwischen stehenden Tisch, der von ziemlich guten Weinen überladen war.

Die beiden Kapts auf dem verlängerten Stuhl, der etwa wie ein Sofa aussah, hielten möglichst großen Abstand. Kapt Logan Lakelmi wußte durchaus, daß er sich glücklich preisen konnte, hier zu sitzen und höflich als kommandierender General einer Armee behandelt zu werden, anstatt irgendwo mit zerschmettertem Schädel in einem Graben zu liegen oder in einem Eisenkäfig zu stecken und der Gewalt wilder Vögel ausgesetzt zu sein.

Der Prinz Majister hatte lediglich gesagt: »Du hast die Befehle deines Herrn ausgeführt, Kapt Logan. Wir vermögen nicht zu sagen, ob du unter dem Einfluß von Zauberkräften gestanden hast. Du hast dich Vallia gegenüber verräterisch verhalten. Gleichwohl darfst du am Leben bleiben. Ich glaube, du wirst dem Reich und dem Herrscher Vallias künftig getreulich dienen.«

Lakelmi hatte erwidert: »Ich bin der Meinung, daß ich und viele andere Kämpfer magisch beeinflußt worden sind. Ich bedaure, was geschehen ist. Ich werde deiner Person dienen und meine Loyalität dem Herrscher verpflichten.«

Kapt Enwood nal Venticar dagegen saßen die Erinnerungen an Schlachten und Gefallene noch so tief in den Knochen, daß er Zeit brauchen würde, um über die Ereignisse wegzukommen. Er war, wie er bei jeder Gelegenheit ausführte, ein alter Freiheitskämpfer aus Valka. Nicht nur er war der Ansicht, daß Valka aufgrund der dort ausgetragenen Kämpfe die besten Soldaten, Taktiker und Strategen von ganz Vallia hervorbrachte.

Der dritte Kapt in diesem gemütlichen Ruheraum, in den Drak sich zurückzog, um die dringendsten Probleme zu ordnen, trug eine überreich verzierte Uniform, deren blaues Tuch einen auffälligen Gegensatz zur Kleidung der anderen bildete. Kapt Nath Molim, der Trylon von Polnehm, hatte aus seiner Heimat keine Armee mitgebracht. Er war an Bord eines Argenters aus Lome gekommen. Er wollte die Königin um Hilfe in ihrem eigenen Land bitten, wo seit vielen Perioden Unruhen tobten. Wie Vallia versuchte die Insel Pandahem nach den Zeiten der Unruhe wieder zu einem normalen Leben zu finden.

Nath Molim war bestürzt gewesen zu erfahren, daß die Königin schwer verwundet und dem Tode nahe war.

Die Menschen, die ihr nach ihrer langen Abwesenheit in Übersee noch immer treu dienten, verloren allmählich den Mut. Sie verstanden, warum sie vor ihnen geflohen war; nun drohten die bösen Mächte, die auf das unglückliche Land eindroschen, die letzten Bastionen des Widerstands zu brechen. Nath Molim hoffte, die enge Freundschaft der Königin im Herrschaftshaus Vallias würde Männer, Waffen und Geld hervorbringen, die in einem großen Jikai ihre Feinde aus Lome vertreiben konnten.

»Ich schwöre dir, Majister«, hatte er zu Drak gesagt, »und der Prächtige Pandrite sei mein Richter, daß kein getreuer Soldat Lomes sich jenen Armeen aus Nord-Pandahem angeschlossen hatte, die dich hier in Vallia angegriffen haben. Diese Schurken kamen aus Menaham, Tomboram und Oyam. Außerdem plagen uns die

Piraten von den Hoboling-Inseln, die mit jeder Periode angriffslustiger werden.«

»Ich glaube dir, Trylon Molim«, sagte Drak, der den Mann noch nicht gut genug kannte, um ihn Trylon* Nath zu nennen.

Nun saß Nath Molim in diesem gemütlichen Raum, den Brytevax Thandor der Felsen betreten hatte, und war nervös und ungeduldig angesichts seiner Hoffnung, die Vallianer dazu bringen zu können, ihm mit Männern und Schätzen auszuhelfen.

Seine detaillierte Inspektion hatte Thandor den Felsen überzeugt, daß Alloran in Kürze eine halbwegs ordentliche Phalanx auf die Beine gestellt hätte; noch hatte er dieses Stadium nicht erreicht. Trotzdem durfte man erleichtert sein, daß Thandors drei Kerchuris nicht gegen die beiden entsprechenden Einheiten Allorans hatten antreten müssen. Der Felsen mochte seine Brumbyten ...

Man machte Anmerkungen über die verschiedenen Armeen, und das Gespräch verlief überaus höflich. Drak machte sich große Sorgen um Königin Lust; trotzdem bereitete es ihm ein heimliches Vergnügen zu sehen, wie diese Männer einander belauerten. Sie befanden sich an einer Art Wasserscheide. Alles mögliche konnte passieren. Zum Beispiel Molim. Er war noch ziemlich jung und klug und zeigte eine gewisse Schärfe, einen Drang, der anzeigte, daß er stets nach dem Höchsten strebte. Für ihn hatte sich Drak eine elegante Lösung einfallen lassen, an der vielleicht sogar sein Vater Spaß gehabt hätte ...

»Trylon Molim«, sagte er, als eine Pause im Gespräch eingetreten war. »Es gibt viele Paktuns, die die Wiedereinbürgerung erwarten. Viele von ihnen stammen aus

---

* Trylon: Ein Adelsrang unterhalb eines Vad und oberhalb eines Strom. — *A. B. A.*

Pandahem. Ich halte es für denkbar, den Herrscher und das Presidio dazu zu bringen, Gold für ihre Bezahlung aufzubringen. Sie würden dann für die Königin in Lome kämpfen und ihr Land für sie befreien. Bitte bedenke, daß ich dir hier keine feste Zusage geben kann. Aber ich halte diesen Weg für gangbar.« Beinahe hätte er hinzugefügt, daß er der Königin viel verdanke, verzichtete dann aber doch darauf.

»Majister! Dies ist genau die Antwort, auf die ich gehofft hatte!«

Kapt Logan Lakelmi, der um einen guten Eindruck bemüht war, sagte: »Gib die Befehle, Jis, dann führe ich meine Armee nach Lome.«

»Dazu müssen wir die Entscheidung aus Vondium erwarten.«

»Jawohl, Jis.«

Drak wußte nicht recht, ob der Vorschlag wirklich gut war. Die Folgerungen für die Zukunft, die sich daraus ergaben, waren nicht recht zu überschauen.

Man hatte hinsichtlich der Versorgung der beiden Armeen vernünftige Arrangements getroffen und die Männer über ein großes Areal verteilt. Hier in Rashumsmot befanden sich nur noch die Leibwächterregimenter mit einigen Hilfseinheiten. Immerhin brachte Lakelmis Plan eine Verwendung für seine Armee ... Allorans Streitkräfte auf dem Festland, die unter dem Kommando der Kataki-Zwillinge gestanden hatten, waren zusammengebrochen. Sie würden Kapt Lakelmi mit ausreichend Kampfkraft versorgen. Was die beiden Anführer-Katakis betraf, so waren sie mit ihren peitschenschwänzigen Gefolgsleuten verschwunden.

Drak warf einen Blick auf die Wand neben der Tür, wo sein Krozair-Langschwert hing. Warum traf er diese Entscheidungen nicht selbst? Sein Vater hatte ihm einmal auf seine barsche Art gesagt: »Wenn es nach mir geht, bewegst du dich nicht in meinem Schatten, Junge, und wirst das auch nie tun.«

Aber es war verdammt schwer, das Gefühl abzuschütteln, doch stets im Schatten seines Vaters zu stehen. Dieser Vater war eben so verdammt gut in allem, was er anpackte — außer natürlich Fragen der Höflichkeit und der Etikette. Er hatte nun mal das Yrium, jene magische, charismatische Kraft, die Männer und Frauen an ihn binden konnte, die sie dazu brachte, ihm treu zu dienen und ihm bis in den Tod und darüber hinaus zu folgen. Drak hatte das Gefühl, diese Macht nicht zu besitzen; Silda dagegen war überzeugt, daß er sie geerbt hatte.

Vor der Tür hörte er einen Aufruhr; es wurde gebrüllt und geschrien. Unmittelbar darauf eilte Nath der Strenge herein. »Da ist eine Jikai-Vuvushi, die dich unbedingt sprechen will, sofort. Es sei sehr dringend. Die Jungs halten sie fest ...«

»Herein mit ihr!«

Als Nath der Strenge in den Vorraum zurückkehrte, sah er, daß sich das Mädchen auf wundersame Weise aus den Griffen der Wächter befreit hatte und mit schnellen Schritten auf die Tür zulief. Hinter ihr wurden Bögen gehoben, drohten Pfeile sich in ihr Fleisch zu bohren.

»Halt!« brüllte Nath. »Der Prinz empfängt sie.«

Mandi Volanta warf sich förmlich durch die offene Tür. Mit einem Blick erfaßte sie den Raum voller hoher Offiziere, entdeckte den Prinz Majister und kam rutschend vor ihm zum Stillstand.

»Majister!« kreischte sie förmlich. »Sie töten Leone! Leone Sternenhammer! Königin Lust hat angeordnet, sie zu töten! Bitte, Majister — tu etwas!«

»Das ist doch nur angemessen«, sagte Trylon Nath Molim in das plötzlich eintretende Schweigen. »Die Frau hat versagt und die Königin nicht richtig beschützt. Deshalb muß sie sterben.«

»Aus dem Weg!« fauchte Drak und sprang zur Tür. Im Laufen riß er das Langschwert von der Wand.

Gebrüllte Befehle, das Stampfen zahlreicher Stiefel, die sich in größter Hast bewegten, und schon war er an der Spitze einer Abordnung seiner Leibwächter im rosaroten Schimmer der Jungfrau mit dem Vielfältigen Lächeln unterwegs. Mandi Volanta ritt an seiner Seite und wies ihm den Weg und forderte die Männer mit schriller Stimme immer wieder auf, sich zu beeilen. Dabei sparte sie nicht mit Schimpfworten.

Unpassenderweise kam Drak im vollen Galopp der Gedanke in den Sinn, daß die Königin am Leben war. Sie hatte das Bewußtsein wiedererlangt. Und ihr erster Befehl hatte der Rache an Leone gegolten, der sie ihr Unglück zur Last legte.

So lief das natürlich bei den Großen der Welt, bei Königinnen und Herrscherinnen. So sollte es aber nicht im neuen Vallia sein.

Seine Mutter, die göttliche Herrscherin Delia, würde eine solche Scheußlichkeit keinen Augenblick dulden. Aber — so reagierte nun einmal die Welt, in der Königin Lust geboren und großgeworden war, die sie in sich aufgenommen hatte und nun nach ihrem Willen zu formen versuchte.

Drak brachte es nicht fertig, der Königin einen Vorwurf zu machen ...

Am Eingangstor und im Hof und auf den Treppen lagen zahlreiche tote Jikai-Vuvushis. Zwischen ihnen befanden sich auch Männer, die vorwiegend in blaue Kleidung gehüllt waren. Offenkundig handelte es sich um Gefolgsleute Trylon Nath Molims, die nur zu gern bereit waren, Befehle ihrer Königin auszuführen. Solche Untaten waren ganz normal für eine Königin, das wußten alle.

Leone Sternenhammer und ihre Mädchen hatten sich im obersten Stockwerk der Villa verbarrikadiert und leisteten heftigen Widerstand. Der Kampf war eine blutige Angelegenheit. An der Spitze seiner bunten Leibwächterhorde trat Drak in Aktion; mit lauter Stimme forderte er die Lomer auf, die Waffen zu strecken oder gnadenlos niedergemacht zu werden.

Der Ausgang der Konfrontation stand auf der Kippe. Einige raffinierte Streiche des Krozair-Langschwerts, zwei statuierte Exempel — und die Lomer hatten begriffen. Sie hörten, was der Prinz ihnen zubrüllte, und wußten, daß sie daran glauben mußten. Wenn nicht — war es um sie geschehen.

Was Drak betraf, so war er willens, all diese Pandahemer zu töten. Er schätzte Leones Mädchen hoch ein. Die Lomer kamen aus Pandahem und waren schon lange vor Draks Geburt unerbittliche Feinde Vallias gewesen. Einen Loyalitätskonflikt gab es in dieser Sache nicht.

Erst als es ans Aufräumen ging, wurde ihm die seltsame Tatsache bewußt, daß viele von Leones Jikai-Vuvushis ebenfalls aus Lome in Pandahem stammten ...

Daß es nach dem Kampf nach Blut und Angst stank, gehörte zum normalen Leben der Kämpfenden. Drak überließ die weitere Regelung seinen Leuten, nahm eine starke Wachabteilung mit und begab sich zu Königin Lushfymi.

Er fand sie in einem breiten, seidenverhüllten Bett liegen. Sie hatte sich schon wieder weitgehend im Griff, nachdem die meisten Akupunkturnadeln entfernt worden waren, und ihr Gesicht war untadelig aufgemacht, ihre Frisur ein schimmerndes Wunder. In ihren violetten Augen stand die Erinnerung an den Schmerz. Sie lehnte an Seidenkissen und lächelte ihm strahlend entgegen.

»Drak! Wie nett von dir. Ich wußte gleich, daß du mich sofort aufsuchen würdest, sobald du — aber du bist sehr schnell! Ich habe meine peinigenden Zofen eben erst weggeschickt.«

Mit dieser Eröffnung brachte sie ihn sofort in die Defensive. Er mußte trocken herunterschlucken.

»Königin — Lushfymi. Zum Thema Leone ...«

»Ach, diese dumme Frau! Ich hatte großes Vertrauen zu ihr, Drak. Ich fühlte Zuneigung. Aber sie hat auf das schlimmste versagt. Vergiß sie. Sag mir, was es sonst Neues gibt ...«

Heftig redete er sich ein, daß er sich nicht, wirklich nicht wie ein kleiner Junge vorkam, der von einem Älteren getadelt wurde!

Diese Frau kannte sich mit der Macht aus und wußte diese undurchdringliche, überwältigende Ware hervorragend zu handhaben. Sie würde eine großartige Herrscherin abgeben. Die legendäre Königin des Schmerzes aus dem alten Loh konnte vor Neid erzittern.

Als er ihr berichtete, daß er Leone Sternenhammer gerettet hatte, reagierte sie entrüstet. Auf ihrem Gesicht erschien ein drohender Ausdruck, der den unschuldigsten ihrer Untertanen mit Entsetzen erfüllt hätte.

»Du hattest nicht das Recht, in mein gerechtes Urteil einzugreifen!«

»Lushfymi, nun hör mal — man kann da wohl kaum von einem gerechten Urteil sprechen ...«

»Und ob! Behält der Handwerker ein defektes Werkzeug bei sich? Trennt der Krieger sich von einem wertlosen Schwert?«

»Es war nicht Leones Schuld ...«

»Ach! Dann soll es also meine gewesen sein, wie?«

»Nein, natürlich nicht ...«

»Vielleicht sollten wir das alles schleunigst vergessen, Drak. Immerhin bin ich der Meinung, daß wir hinsichtlich unserer Beziehung bald zu einer Schlußfolgerung kommen müssen — du weißt genau, was für eine hohe Meinung ich von dir habe.« Sie glättete ihr Seidenlaken. »Bestimmt hast du in bestem Glauben gehandelt ...«

»Ja ...«

»Vergessen wir also die dumme Frau. Wenn Leone am Leben bleiben darf, kann sie sich glücklich schätzen — für den Augenblick. Nath Molim liegt sehr daran, daß wir nach Lome reisen und all die elenden Schurken vertreiben, die sich an meinem Land schadlos halten. Wir beide zusammen können es schaffen.«

Drak kam sich schwach vor, als er sagte: »Die Entscheidung liegt beim Presidio und dem Herrscher.«

»Ich empfinde große Zuneigung zu deinem Vater, seit er durch den Baldachin meiner Sänfte fiel.«

Das war nicht ganz die Geschichte, wie Drak sie von seiner Mutter gehört hatte, doch ging er nicht darauf ein. Lushfymi war eine eindrucksvolle Frau, eine Königin, die sich im Rahmen ihrer eigenen Rechte perfekt zu bewegen wußte, eine ungeheure Kraft an Persönlichkeit und Charakter, die mit jedem Aspekt der Lenkung Vallias fertig werden würde, wenn sie erst Herrscherin war.

Lushfymi, die genau wußte, welche Macht sie über Drak ausübte, sich zugleich aber frustriert bewußt war, daß die erstrebte Lösung weiter denn je entfernt zu sein schien, lehnte sich in ihre Kissen. Sie setzte ein schwaches, mutiges kleines Lächeln auf. Sie wußte, daß sie schön war, nicht nur, weil sie dies von jedem versichtert bekam, sondern weil sie sich Tag für Tag in ihrem Spiegel davon überzeugte.

»Lieber Drak, ich bin müde. Ich freue mich sehr über deinen Besuch, aber ...«

»Selbstverständlich.«

»Drak — bitte küß mich, ehe du gehst ...«

Er küßte sie auf die Wange, und sie drehte den Kopf, so daß ihre weichen Lippen die seinen trafen. Sie wußte alles, was man über das Küssen wissen mußte. Drak spürte die verhaltene Leidenschaft und wich zurück. Er rang sich ein Lächeln ab, machte kehrt und schaffte es, ohne zu stolpern zur Tür zu gelangen.

Bei Zair! Was für eine Herrscherin würde sie abgeben! Was für eine Ehefrau! Die nackte Leidenschaft, die in ihr tobte, war nicht zu verkennen, und mochte auch unklar sein, wieviel davon der Position als Herrscherin galt und wie wenig ihm als Mann — was immer sie ihm zuwendete, würde mehr als genug sein für jeden Sterblichen. Keine andere Frau hatte je in ihm so heftige Gefühle erweckt — natürlich mit Ausnahme Sildas; aber Silda war anders.

Am nächsten Tag landeten seine Mutter, Silda und deren neue Stiefmutter, Königin Mab. Kurze Zeit später traf ein zweiter Voller ein, der Senator Naghan Strander, ein angesehenes langjähriges Mitglied des Presidio, aus Vondium brachte.

Man begrüßte sich mit großer, ehrlicher Freude. Drak fand Milsi entzückend. Sie erkannte ihrerseits, daß Silda wohlberaten wäre, Drak sofort zu heiraten. Der Mann war eine großartige Person, brauchte aber eine starke weibliche Hand. Solange Lushfymi die Rolle der verwundeten Kampfheldin spielte, auch wenn es sich dabei nur um ein Scharmützel handelte, stand Silda im Schatten.

Naghan Strander brachte die Entscheidung. Alloran durfte aufgrund magischer Einflüsse begnadet und als Kov von Kaldi wieder eingesetzt werden. Drak freute sich.

In den nächsten Tagen bereiteten sich all jene Söldner, die für Königin Lust kämpfen wollten, wenn sie ihren Sold erhielten, auf die Abreise nach Lome vor. In der Stadt herrschte ein lebhaftes Kommen und Gehen. In dieser Zeit gab es auch Gelegenheit zur Zerstreuung — Tänze, Feiern, Bälle und sonstige festliche Begegnungen. Lushfymi erholte sich schnell wieder. Silda und Milsi kamen bestens miteinander aus. Dabei vermieden es die Frauen sorgfältig, von dem Grund für ihren Besuch zu sprechen; vielmehr begegneten sie Königin Lust mit ausgesuchter Höflichkeit und bestaunten angemessen ihre Schilderung des Kampfes, bei dem sie verwundet worden war.

Delia machte sich ein Bild von Leone Sternenhammer und war einverstanden, die Jikai-Vuvushi in ihr persönliches Regiment zu übernehmen. Dort bestand nicht die Gefahr, daß Leone je wieder unter Köngin Lusts Kommando käme.

Die Söldner segelten mit der Flotte, die Alloran bei seinem Versuch, die Inseln zu erobern, zusammengestellt worden war. Naghan Strander informierte die Lomer, daß sich das Presidio gegen Kapt Lakelmis Plan ausgesprochen hätte, seine restlichen Truppen nach Lome zu führen. Vielmehr sollte er mit Alloran nach Kaldi zurückkehren. Die große Insel Womox, die vor der Westküste lag, war von Delias Burschen der Blauen Berge zurückerobert worden. Vallia fand zur Einheit zurück. Nur noch Nord-Vallia mußte wieder angeschlossen werden. Die Vallianer aber wußten, daß ihre Kampfkraft insgesamt gegen die schrecklichen Angriffe der Shanks gebraucht wurde, Fischwesen, die über den weiten Ozean herbeisegelten und ganz Paz vernichten würden, wenn man sie nicht daran hinderte.

Als sich die Stadt nach den Aufregungen wieder etwas beruhigt hatte, kam die Meldung, daß Kovneva Katrin Rashumin sich bei den Zauberern auf ihrer Insel Fruningen versteckt hatte. Sie wollte nun in ihr Kovnat Rahartdrin zurückkehren. Delia freute sich sehr über diese Nachricht, denn Katrin war ihr seit vielen Perioden eine enge Vertraute. San Fraipur nickte lächelnd und stellte klar, daß die Zauberer seiner Heimat eben keine Onker seien.

Eines Tages sagte Milsi zu ihrer Stieftochter. »Silda, meine Liebe, ich glaube, es wird Zeit, zu deinem Vater nach Balkan zu reisen. Er braucht mich da oben.«

»Aber ja, Milsi«, sagte Silda, die nichts dafür übrig hatte, eine mütterliche Anrede für die Frau zu finden. »Ich verstehe dich. Richte ihm bitte liebste Grüße aus.«

Delia sagte: »Ich habe das Gefühl, mein Sohn beginnt sich zu einer Entscheidung durchzuringen. Ich glaube, es wäre sinnlos, ihn antreiben zu wollen. Silda, Milsi und ich richten hier eigentlich mehr Schaden an, als daß wir einen guten Einfluß ausüben.«

»Delia!« entfuhr es Silda. »Das kann doch nicht stimmen!«

»Ich glaube aber doch. Wir stehen eindeutig auf deiner Seite und üben damit einen Druck auf ihn aus. Die arme Köngin Lust dagegen, die allein und verwundet auf ihrem Lager liegt, hat niemanden, der für sie eintritt!«

So mußte Silda zum Abschied winken und ihre Remberees rufen. Denn sie wußte, daß Delia recht hatte; trotzdem schmerzte es, die Freundinnen ziehen zu sehen.

Um gegen dieses Gefühl anzugehen, nahm sie sich vor, eine Person zu aufzusuchen, deren Besuch sie sich schon seit langer, langer Zeit vorgenommen hatte. Sie versuchte nicht undankbar zu sein. Außerdem ging es um die Frage des Goldes ...

Um dieselbe Zeit nahm sich Drak vor, nach Vondium zurückzukehren, sobald Königin Lust wieder reisen konnte. Nachdem nun Katrin Rashumin zurückkehrte und Kapt Enwood und die Armee zur Stelle war, konnte er diesen Winkel Vallias als gesichert ansehen.

Naghan Strander meldete, daß sich das Presidio über das Schicksal des Verräters Alloran uneins gezeigt hatte. Der Herrscher habe darauf hingewiesen, daß der Prinz Majister als Mann vor Ort am besten in der Lage sei, ein Urteil zu fällen. »Dies wurde allgemein akzeptiert, Drak. Ich kann sagen, daß ich sehr froh bin über den Respekt, den man dir entgegenbringt.«

Eine Rückkehr nach Vondium dürfte also keine Schwierigkeiten machen.

Er konnte nicht leugnen, daß er sich über ein Wiedersehen mit seinem Vater freuen würde. Der Mann mochte ein alter Teufel sein, doch repräsentierte er für Drak eine überaus akzeptable Art zu leben und sich für seine Ziele einzusetzen. Sein Vater war immer ehrlich zu ihm gewesen, mit Ausnahme jener geheimnisvollen, unerklärten Perioden des Verschwindens, und er hatte nur einmal mit Gewißheit angenommen, daß sein Vater ihn belog.

Das war in Esser Rarioch gewesen, vor unzähligen Perioden. Damals hatte Drak einen wunderbaren goldenen und scharlachroten Raubvogel erspäht und einen Überraschungsschrei ausgestoßen. Sein Vater hatte die Existenz dieses Vogels abgestritten. Doch hatte Drak ihn gesehen. Natürlich war er damals noch sehr jung gewesen, und seither war viel Rauch vom Wind verweht worden. Inzwischen war er erwachsen: Vielleicht hatte das etwas damit zu tun.

Über ein Kettenhemd zog er ein dünnes rotledernes Jagdgewand, ohne groß darüber nachzudenken; dann legte er Rapier und linkshändigen Dolch an. Schließlich ergriff er sein Krozair-Langschwert und brüllte: »Nath!«

Ein rotgesichtiger Page, ein Brindle, eilte herein. »Nath der Strenge hat einen Dämon in seinen Gedärmen. Lon die Knie ...«

»Laß Nath mein Beileid aussprechen. Lon die Knie wird die Zorcas vorführen.« Drak kam sich drinnen beengt vor und eilte aus dem Haus, um frische Luft zu schöpfen. Er wies die Wache an, den Hikdar zu verständigen, der heute die Wachabteilung kommandierte.

In den Ställen zeigte sich Lon überaus geschickt. Eine schöne Vollblutzorca wurde herausgeführt, Steifohr genannt, und Lon ging einfühlsam mit dem Tier um. Er half dem Prinzen beim Aufsitzen. Niemand sah seinem rundlichen Gesicht an, daß Lon die Knie einen katastrophalen Auftritt gehabt hätte, wenn der Prinz auch nur ein Glas später erschienen wäre.

Silda kam zu Fuß in den Hof, dessen Kopfsteinpflaster mit Strohresten bedeckt war. Sie sah Drak auf dem Rücken der Zorca sitzen.

Lon verschwand in den Schatten der erstbesten Box. Er hatte Lyss die Einsame seit den aufregenden Tagen nicht wiedergesehen und war entzückt, daß sie ihn besuchte. Der Prinz hatte sicher nichts dagegen; aber man mußte vorsichtig sein, wenn man in den Ställen des

Prinz Majisters eine verantwortungsvolle Stellung bekleidete!

Silda war in einer Stimmung, die wie Fett in der heißen Pfanne zischte.

»Du willst wohl los, um Königin Lust zu besuchen.«

»Ich wollte ausreiten«, antwortete Drak so förmlich, als wäre sie eine Königin. »Wo du aber davon sprichst, werde ich es wohl tun. Vielen Dank für den Vorschlag.«

»Ach, bitte sehr.«

»Die Königin ist verwundet, mußt du wissen, und ...«

»Unsinn! Die dicke alte Madam ist längst wieder fit!«

»Du vergißt dich!«

»O nein. Aber ich wünschte, ich täte es!«

Drak, dessen Gesicht so hart geworden war wie das einer Marmorstatue, gab Steifohr die Sporen zu spüren und galoppierte fort. Drak und Silda, im Banne eines Zorns, den sie nur halb begriffen, liefen wieder einmal auseinander.

Lon schloß den Mund.

Er machte eine Bewegung, die ein leises Geräusch erzeugte. Sofort bekam er eine überaus scharfe Schwertspitze zu spüren.

»Lon?« fragte Silda in die Dunkelheit.

»Aye, aye, Lyss, ich bin's. Ich begreife nur nicht, warum du nicht längst mit abgeschlagenem Kopf am Boden liegst! Du hast mit dem Prinzen auf eine Weise gesprochen ...«

»Vergiß ihn, den Onker! Ich wollte dich besuchen!«

Silda war überzeugt, daß das Funkeln in Lons Augen nur eine Erklärung zuließ. Er fuhr herum, als die Bande in die Ställe geschlichen kam; die Halsabschneider hatten gewartet, bis der Prinz fortgeritten war. Nun warf der Geschickte Kando einen Blick auf Lyss und sagte: »Wir sind da. Und die Dame ebenfalls, wie ich sehe.«

Sofort kehrte Silda zu ihrem alten Ich zurück. Sie warf Lon einen scharfen Blick zu, der daraufhin sofort

Erklärungen zu stottern begann. Kando hatte sich zwei Zorcas ausgeliehen und nach getaner Arbeit zurückgegeben. Nun ging es um weitaus größere Dinge. Die ganze Bande mußte mit Zorcas ausgerüstet werden.

»Er ist ein dicker Sklavenhalter, Lyss! Er hat noch immer Sklaven in seinen Verstecken. Und Gold! Rafak ist ein Hühnchen, das nur darauf wartet, gerupft zu werden! Begleite uns doch!«

»Wenn dieser Rafak als Sklavenherr weitermacht«, sagte Silda, »übertritt er das Gesetz.«

»Genau!« rief Lon.

»Dann sollte man ihn der Wache oder dem Prinzen melden ...«

»Wir haben mit der Wache nicht viel im Sinn. Und wir haben große Hochachtung vor seinem Gold und meinen, daß es in unsere Taschen wandern sollte ...«

»Was soll ich nur mit euch tun?« fragte Silda, die sich nach der traurigen Begegnung mit Drak aufgemuntert fühlte. »Das klingt ja alles ganz vielversprechend. Ich brauche jetzt wahrlich eine kleine Abwechslung — warum nicht einen Sklavenhändler durch die Mangel drehen?«

Die in schwarze Mäntel gehüllte Bande ritt auf Vollblutzorcas des Prinzen durch die Nacht. Silda begleitete sie. Drak brauchte seinen Ausritt, um sich den Kopf durchpusten zu lassen; Silda erhoffte mehr als einen einfachen Ausritt, um sich von der Qual und dem Schmerz zu befreien, die ihre Seele belasteten ...

Lon die Knie gab es auf, sich über das mitgehörte Gespräch Gedanken zu machen. Vielleicht bildete er sich Teile davon auch nur ein. Vielleicht hatte er geträumt, eingedöst im Zorcastall ... Auch er hatte das Gefühl, daß ein bißchen Bewegung ihn wieder muntermachen konnte.

Der Blütenblattumriß eines Flugboots erschien über den Reitern, raste voraus und verschwand zwischen Bäumen, die eine Anhöhe bedeckten.

Die Bande des Geschickten Kando, zu der an diesem Abend auch Lon die Knie und Silda Segutoria in ihrer Rolle als Lyss die Einsame gehörten, ritt mit forschem Tempo, denn sie hatte viel vor sich. Ihr Ziel war das Versteck des kriminellen Sklavenhändlers Rafaks der Peitsche, eines Rapas.

Einige Zeit später ritt Drak im Trab in die Stadt zurück — einen großen Teil seiner schlechten Laune hatte er beim Galopp abschütteln können. Dicht hinter ihm ritt die diensthabende halbe Schwadron und freute sich auf ein Getränk und die Gelegenheit, sich auf diese oder jene Weise zu entspannen. Ein Jurukker der Wache, die Königin Lust zugeteilt war, galoppierte Drak in größter Eile entgegen.

»Prinz! Die Königin! Sie wird von Katakis bedrängt!«

Der Reiter riß seine Zorca herum, daß der Staub aufwirbelte und brüllte weiter: »Die Königin! Mord! Beeil dich, Jis, beeil dich!«

Ohne zu zögern, spornte Drak Steifohr zur Eile an. Das geschmeidige Tier reagierte sofort und galoppierte los — doch im gleichen Augenblick zog Drak schon wieder die Zügel an, denn von der Seite huschte eine Gestalt herbei und baute sich mit erhobener Hand direkt vor ihm auf.

»Zum Teufel, was soll das? Aus dem Weg, oder ...« Drak wollte schon drohen, er würde die Gestalt niederreiten; dann aber sah er die schlichte lange Robe, den schrägsitzenden Turban — und wußte Bescheid. Er hatte das Gefühl, das Herz drehe sich in seiner Brust und versuche aus seiner Kehle zu springen.

»Drak! Silda! Die Katakis greifen sie und ihre Gefährten an — in dem Glauben, du wärst bei ihr. Sie ist schwer in Bedrängnis. Ihr bleibt nicht viel Zeit ...«

20

An dem Tag, an dem Königin Lushfymi anordnete, den Hauptmann ihrer Wache hinrichten zu lassen, hatten die Mädchen den Mördern Widerstand geleistet, um Leone Sternenhammer zu schützen. Seither hatten sich die meisten von ihnen zur Herrscherin Delia versetzen lassen. Als dann die Katakis mit ihrem Flugboot landeten, um die Königin zu töten, stießen sie folglich nur auf die vom Prinz Majister zur Bewachung der Königin abgeordnete Garde.

Die Wächter schickten einen Kurier los und verbarrikadierten sich in der Villa. Königin Lust kam gar nicht auf den Gedanken, daß hier vielleicht eine göttliche Strafe ihren Anfang nahm. Sie sah keine Verbindung zwischen ihrem absolut logischen und legalen Befehl und diesem engagierten Mordversuch.

Einer der Wächter sagte, der Anführer des schurkischen Kataki-Haufens sei Stromich Ranjal Yasi, Zwillingsbruder Strom Rosil Yasis. Ein zielgenauer Pfeilbeschuß nagelte die Katakis am Boden fest, die mit zwei Angriffen nicht durchkamen. Die Königin war völlig gelassen. Hikdar Nervil meinte, man könnte wohl noch einige Zeit standhalten, sei aber letztlich in der Unterzahl.

Königin Lust antwortete darauf nur: »Der Prinz Majister wird bald hier sein. Er würde die Eisgletscher Sicces zum Schmelzen bringen, nur um an meiner Seite sein zu können.«

»Ganz gewiß, Majestrix«, antwortete Nervil, der von den Dritten Gelbjacken des Herrschers zu Draks Schwertwache des Prinz Majister abgestellt worden war, und begab sich in die gefährdete Ecke, wo das Gebüsch ein wenig zu dicht an die Mauern der Villa heranreichte.

Auch Silda erlebte beim Ritt zu Cottmers Senke eine Besserung ihrer Stimmung. Allein, daß sie unterwegs war, übte eine positive Wirkung auf sie aus. Sie hätte den armen Drak nicht so bedrängen dürfen; schließlich war er einer Täuschung durch Königin Lust erlegen. Sie würde sich so schnell wie möglich mit ihm aussöhnen müssen. Dabei war er wirklich stur! Wenn sie nur ein bißchen Vernunft in ihn hineinbekäme!

Der Geschickte Kando orchestrierte den Angriff mit großer Umsicht. Silda sah den Grund, warum die Bande Zorcas brauchte; man konnte Rafak die Leine angreifen, seine Sklaven befreien und ihm das Gold nehmen und wieder in der Stadt sein, ehe überhaupt etwas gemerkt wurde.

Rafak, dessen geierhafte Züge sich verkrampften, dessen Gefieder hochstand und dessen arroganter Schnabel ziemlich verbogen aussah, verlor sein Leben nicht. Der Sklavenmeister und seine Helfer wurden in eine der heruntergekommenen Hütten in der Mitte der Senke getrieben. Dichte Bäume umstanden die Anlage, die finster und feucht war und ihren Namen zu Recht von den schrecklichen Cottmers Höhlen ableitete.

Silda erkannte, daß sie sich allein für die Sklaven einsetzen mußte. Sie machte sich daran, sie zu befreien, die daraufhin jammernd im Kreis herumliefen und freudig die Hände wrangen, überwältigt von der Tragik ihres Schicksals und nun dieser Freilassung. Lon die Knie zögerte nicht lange und half Silda bei ihrer Arbeit.

Der Geschickte Kando und seine Kumpel suchten unterdessen nach Goldtruhen.

Als dann der Flieger landete und der Rataki-Strom seine Leute in den Racheangriff auf den Mann führte, der seinen Sturz bewirkt hatte, wußte er nicht, daß der Prinz Majister sich gar nicht in Cottmers Senke aufhielt. Yasi war überzeugt, daß die Reiter der Zorcas aus den Ställen des Prinzen den Prinz Majister begleiteten. Hier und jetzt wollte er seine Rache vollziehen.

Mit schrillem Kataki-Angriffsgeschrei stürmten die Peitschenschwänzler vor. Ihre Waffen funkelten.

Silda erfaßte die Situation mit schnellem Blick und zerrte Lon in die Hütte, in der Kando und seine Gefolgsleute auf ihrer Goldsuche schwere Verwüstungen anrichteten. Armbrustpfeile bohrten sich dumpf in die Wände und fetzten durch die schmalen, kleinen Fenster. Das Erstaunen und das Toben in der Hütte durfte sie in keiner Weise beeinflussen.

Lon sah, wie sie den einfachen Rucksack nach vorn schob und mit der linken Hand hineinfuhr, und mußte daran denken, was mit dem Spinlikl geschehen war, der sich in diese Tasche gewagt hatte. Dann stockte ihm der Atem.

Silda hob die linke Hand in die Höhe und brüllte etwas in das Durcheinander.

Eine eiserne Hülle umfaßte die linke Hand, ein gefährlich funkelndes Gebilde, eine Klaue, ein Gebilde aus eingeöltem, beweglichem Stahl, aus grausamen, rasiermesserscharfen Flächen. Diese Waffe verwandelte Silda in eine echte Jikai-Vuvushi der Schwestern der Rose.

»Hört zu, ihr Famblys! Die Katakis da draußen — die sind doch nur hinter Sklaven und Gold her, eurem Gold! Und euch als Sklaven! Mich werden sie nicht bekommen.«

Die scharfen Reißflächen ihrer Klaue, die sich öffnete und schloß und böse und wunderschön zugleich aussah, versprühten feurige Lichtreflexe.

Sie hatte den Jikvar mit dem schnellen Notgriff gezogen, und während Kandos Männer wie aufgescheuchte Ameisen durcheinanderliefen und -brüllten, schnallte sich Silda die Klaue sorgfältig am linken Unterarm fest.

Die ersten Aktionen der Katakis bestanden darin, Kandos Leute in der Hütte zusammenzudrängen und die frisch freigelassenen, verwirrten Sklaven einzufangen, ehe sie zur Tat schreiten würden. Silda legte sich diesen wahrscheinlichen Ablauf zurecht und ließ dann ihrer Wut über bestimmte Dinge freien Lauf.

»Du hast dich geweigert, die Schwerter zuzulassen, die ich euch bieten wollte! Wie viele haben noch die Speere, die ich geliefert habe? Außerdem wir haben keinen einzigen Bogen! Bei Vox! Das genügt, um eine ehrliche Jikai-Vuvushi zum Strickzeug greifen zu lassen!«

»Das genügt, um einen ehrlichen Dieb erkennen zu lassen, wenn er den Mund halten muß«, verkündete Yolande die Gregarian und warf Kando einen vieldeutigen Blick zu. Einige andere begannen Vorwürfe zu äußern — gegenüber Kando, den anderen oder sich selbst, weil sie so dumm gewesen waren — und Lon die Knie, weil er die Zorcas geliefert hatte, denen sie diese Falle verdankten. Silda hatte das Gefühl, etwas in ihrem Kopf müßte platzen. Sie brachten sie zum Lachen, diese diebisch-unbedarften Kerle. Ihre schlechte Laune kannte nur noch eine Richtung, hatte nur noch ein Ziel: Katakis!

»Wenn wir einfach hier bleiben und darauf warten, daß sie uns greifen, wenn sie soweit sind«, sagte sie mit energischer, abgehackter Stimme, wie Lon sie bei ihr erst einmal erlebt hatte, »werden sie uns gnadenlos niedermetzeln. Wir müssen ausbrechen, uns zu den Zorcas durchschlagen und losreiten. Wir alle zusammen.«

»Diese Mauern sind sicher nicht besonders dick«, sagte Kando. »Aber sie können Armbrustpfeile stoppen. Wenn wir hier bleiben, können sie nicht auf uns schießen, und wenn sie eindringen wollen, hacken wir sie nieder.«

»Aye!« sagte der Schiefohrige Tobi und schwenkte sein Messer. »Aber ich folge Lyss der Einsamen. Ich vertraue ihr.«

»Ich bleibe bei Kando!« sagte Ob-Auge Mantig und zeigte den Speer, den er nicht fortgeworfen hatte.

Auch die anderen äußerten sich für oder gegen den Plan.

Lon, der die Umgebung durch einen Mauerspalt im Auge behielt, rief: »Ihr müßt euch schnell entscheiden. Sie kommen schon!«

Silda erkannte, daß diese Leute keine große Hoffnung haben konnten, sich aus der Klemme zu winden. Wenn sie nicht sofort getötet wurden, endeten sie als Sklaven. Ein Schicksal, das auch ihr drohen mochte ...

Das fauchende Kampfgeschrei der Katakis kündigte den Angriff an, der den in der Hütte Kauernden das Ende bringen würde. Silda wandte sich der schwachen Tür zu. Ihre Klaue war erhohen, ihr Drexer gezogen. Sie war bereit.

Die Phantomgestalt Deb-Lu-Quienyins, die in gespenstischem Licht schimmerte, verschwand. Er hatte sein Kharrna benutzt, um sein Bild über eine unvorstellbare Entfernung auszusenden und Drak zu warnen. Welche Wirkung dieses Zauberwerk auf seine Männer haben mochte, bekümmerte Drak im Augenblick nicht.

Königin Lust!

Silda!

Drak brauchte keine Entscheidung zu treffen.

Ihn erfüllte keine qualvolle Verzweiflung ob der Frage, was er tun mußte. Er zerrte die Zügel herum und löste damit bei Steifohr, die ein so hartes Verhalten nicht gewöhnt war, einen leisen Protestlaut aus. Die Königin mußte versorgt und geschützt werden — nichts weniger geziemte sich einem Prinzen von solch aufrechtem Charakter.

»Reite zur Villa des Mohns!« brüllte er ihrem Kurier zu. »Alarmiere Kov Vodun und seine Männer! Bringt alle Leute auf die Beine, die ihr finden könnt, egal woher — und reitet wie die agateflügeligen Krieger aus Hodan-Set!«

»Majister ...?«

Aber schon war Drak verschwunden; seine Beine preßten sich um Steifohrs Rumpf, seine Hand trieb das

Tier zu größter Eile an. Seine halbe Wachschwadron folgte und versuchte den Anschluß zu halten.

Hikdar Nath der Sorgfältige brüllte dem jüngsten Jurukker der Einheit zu: »Jurukker Vaon! Du reitest in die Kaserne und scheuchst dort jeden auf, den du finden kannst! Ihr reitet zu Cottmers Senke — und *bratch*, Vaon!«

»Quidang, Hik!«

Vaons Zorca raste sofort los.

Drak, Prinz Majister von Vallia, galoppierte wie von Furien gehetzt durch die Nacht.

Wenn ihr etwas geschähe! Wenn sie getötet oder verwundet würde ... Diese zairverfluchten Peitschenschwänzler verstanden sich auf den Umgang mit Gefangenen, und wer ihnen als Frau ins Netz ging, konnte nur auf ein grausames Schicksal hoffen, bei dem der Tod ein willkommenes Ende bildete. Er machte sich keine Illusionen. Er erinnerte sich an Worte, die seine Mutter bekümmert wiederholt hatte, Worte, die von den Lippen seines Vaters stammten. Sein Vater hatte sich bemüht, Velia zu retten, die erste Velia. O nein, das reale Leben hatte wenig Ähnlichkeit mit den Romanzenstükken des Theaters, mit den Puppenvorführungen, in denen der stolze Prinz stets rechtzeitig zur Rettung erschien.*

Steifohr gab sich auch keinen Illusionen hin; das Tier erkannte, daß es der Reiter auf seinem Rücken eilig hatte, ein Begehren, auf das dieser reinblütige Zorcahengst mit dem ganzen Stolz und Können seiner Rasse reagierte. Er streckte sich zu einem langen Galopp, der ihn wie einen Vogel über den Boden dahinhuschen ließ. Drak lag tief im Sattel, schaute voraus und spornte die Zorca an, und er spürte das Blut in seinem Körper im glei-

---

* Siehe DIE ABTRÜNNIGEN VON KREGEN, Band 13 der Prescot-Saga, Heyne-Buch Nr. 06/3661 — *A. B. A.*

chen Rhythmus pulsieren wie das Stakkatotrappeln der Hufe.

Nach kurzer Zeit verließen sie die Straße und brausten über das freie Land, über bewaldete Hänge und durch flache Bäche, ein Galopp über das offene Heideland.

Sollte ihr etwas widerfahren, dieses Versprechen gab sich Drak voller Zorn und nutzloser Rachegefühle, würde er jeden Kataki aufknüpfen lassen, jeden einzelnen, bis er selbst zu den Grauen auf die Eisgletscher Sicces geschickt wurde, um sich von dort vielleicht zu den sonnigen Hochländern emporzuarbeiten. Kein Kataki sollte seiner Rache entkommen …

Die Tür war eingeschlagen und hing schief in den Angeln. Man hatte Bänke und den Tisch aufgestapelt und die Eindringlinge abgewehrt; nun aber lag der Lange Nath blutspuckend da, von einer Schwanzklinge getroffen, und Nath der Dunkelhäutige lebte nicht mehr. Der Geschickte Kando bohrte seinen Speer in einen Kataki, der kreischend neben einem Artgenossen zu Boden ging.

Lon die Knie hatte Lyss bei der Arbeit gesehen und erschauderte, während er gleichzeitig seinen Speer durch einen Mauerspalt schob und einen Schmerzensschrei hörte. Die Katakis griffen die Hütte von allen Seiten an und versuchten sich einen Weg hineinzubahnen. Die Eingeschlossenen hatten bisher keine Gelegenheit gehabt, Lyss' Plan in die Tat umzusetzen, einen Ausfall zu machen und auf den Zorcas des Prinzen zu fliehen.

Niemand stellte mehr Sildas Recht, Befehle zu geben und die Verteidigung der Hütte zu leiten, in Frage. Die Diebe erkannten, daß sie ein Profi war. Der erste Kataki, der mit hocherhobener Schwanzwaffe durchbrach, bekam es mit Sildas Klaue zu tun: Der Kataki sackte zurück, ohne zu schreien.

Die unangenehmen Gerüche in der Hütte, der

Schweiß und das Blut, dies alles wurde zu einem Miasma des Entsetzens. Die Diebe, die keinen anderen Ausweg mehr sahen, kämpften wie die Besessenen. Gut geleitet, gelang es ihnen, die ersten beiden Kataki-Angriffe abzuwehren. Aber die Zeit war gegen sie. Wenn die Peitschenschwinger den Plan aufgaben, Ware zu erbeuten — nämlich Sklaven —, kamen sie vielleicht auf den Gedanken, die Hütte anzustecken und die Eingeschlossenen auszuräuchern ...

Tisch und Sitzbänke ächzten und wurden von der sich öffnenden Tür zurückgeschoben. Drei Peitschenschwänzler sprangen über die Schwelle. Kando duckte sich und bohrte dem letzten seinen Speer in die Rippen. Von den beiden ersten schaute einer — einen kurzen Herzschlag lang — höchst erstaunt auf seinen Schwanzstumpf, ehe ein Drexer ihm den Garaus machte.

»Sie greifen immer weiter an!« fauchte Kando und wischte sich den Schweiß von der Stirn. »Ich glaube, meine Dame Lyss, es ist um uns geschehen.«

»Dee Sheon wird uns beistehen, Kando. Wir kämpfen, bis es nicht mehr geht.«

Lon traf einen Peitschenschwänzler, der den Mauerspalt mit einer Axt erweitern wollte. Er linste hinaus. Dann wandte er sich zurück und brüllte Silda zu: »Hinten ziehen sie sich zurück, Lyss. Ich glaube ...«

»Ja, du hast recht. Eine letzte Attacke gegen die Tür. Wer dann noch von uns lebt, soll ausgeräuchert werden.«

Das Grüppchen Diebe bereitete sich dennoch vor. Sie wollten sich wehren, die wollten ein letzte Mal kämpfen, so gut es ging. Die Katakis würden sie nicht als Sklaven erbeuten. Silda gestattete sich den bekümmerten Gedanken, daß sie ihren Vater viel zu lange nicht wiedergesehen hatte und daß der Verlust der Mutter ihr naheging. Was Drak anging — nun ja, da waren die Sterne auf eiskalter Distanz geblieben ...

»Da kommen die Greeshes!«

Die Katakis kämpften sich über die umgestürzten Tische und Bänke herein. Sie hieben und hackten um sich, und die Speere taten an ihnen ihr blutiges Werk. Sildas scharfe Klinge schnitt und stach, und ihre Klaue zuckte strahlend hell auf. Die raffiniert angeordneten Schneiden taten ihr blutiges Werk. Sie kämpfte zwei Peitschenschwänzler nieder, ein dritter fuhr ihr mit der Schwanzklinge über den Oberschenkel. Der Schmerz fiel ihr nicht auf. Sie nahm die Klaue herum und beendete sein Leben. Lon hieb währenddessen mit seinem Speer um sich. Aus dem hinteren Teil der Hütte sirrten immer wieder geschickt gezielte Messer herbei.

Eine Schlinge umfaßte einen Kataki, der ins Stolpern geriet und gleich darauf Yolandes Messer zum Opfer fiel.

Der Flinkfingrige Diproo war Zeuge, wie energisch die Diebe kämpften.

Der Ansturm der Katakis war aber doch zu stark. Es konnte nicht mehr lange dauern, bis die Diebe überwunden waren. Silda nahm sich erneut zusammen, ließ das Schwert hochzucken, ebenso die Klaue. Wenn es so enden sollte — nun ja, sei's drum!

Das Krozair-Langschwert, das zu den gefährlichsten kregischen Waffen überhaupt gehörte, mähte die Katakis nieder wie ein Bauer das Getreide. Drak pflügte sich wie ein Berserker von hinten durch die Angreifer. Er kämpfte sich einen Weg zur zerschmetterten Tür und kämpfte ohne einen Anflug von Rücksicht. Er war ein ergebenes Instrument der Vernichtung.

Seine halbe Schwadron nahm sich auf professionelle Weise den Katakis an, die den Ausgang der Angelegenheit noch abwarten wollten. So stürmte Drak ins Innere der Hütte.

Er sah Silda, die über und über mit Blut beschmiert war, die Klaue ein Instrument des Schreckens. Gegen die verbleibenden Katakis ging er mit schnellen, sparsamen Hieben vor wie sie den Disziplinen der Krozairs von Zy entsprechen; allmählich kam er wieder zu sich. Der letzte Sklavenherr sank zu Boden. Drak blieb mit erhobenem Schwert stehen und schaute Silda an.

»Du bist in Sicherheit«, sagte er verständnislos und spürte, wie das Zittern ihn überkam. Er neigte den Kopf und senkte das Schwert.

Silda brachte kein Wort heraus. Sie konnte kaum atmen.

Lon die Knie sah alles.

Er hatte sich schon verlorengegeben, und jetzt waren er und die anderen durch den Prinzen gerettet worden. Er würde sich wegen der Zorcas etwas Schlaues einfallen lassen müssen. Er sah, wie der Prinz das schreckliche Schwert senkte. Er sah Lyss die Einsame ihr Schwert zu Boden werfen. Das schreckliche Klauengebilde über ihrer Hand sank herab. Lon sah es. Er sah, wie der Prinz vortrat und Lyss in die Arm nahm. Er hörte ihn sprechen.

»Silda! Silda — ich war ein Dummkopf. Ein unglaublicher Dummkopf ...«

»Psst, Drak! Du bist hier. Ich bin hier ...«

»O ja!«

Lon versuchte den Mund zuzumachen, schaffte es aber nicht.

»Wir werden sofort heiraten, Silda. Wenn du mich haben willst ...?«

»Es hat nie einen anderen gegeben, niemals, Drak ...«

»Als ich erfuhr — Deb-Lu hat mich gewarnt —, da wußte ich, daß ich nicht ohne dich leben wollte ...«

»Und ich nicht ohne dich ...«

»Und, Silda, mein Schatz, wir werden so glücklich sein, daß ganz Kregen staunt!«

»O ja, Drak, mein Liebling. O ja, o ja!«